在鏡頭前表演

濱口竜介、野原位、高橋知由 著

陳幼雯 譯

目次

推薦序〈一〉

如何自由而真誠地展現內在

盛浩偉｜作家

我曾與濱口竜介有過一面之緣。

那是二〇二三年七月中下旬，國家電影及視聽文化中心與臺北市立美術館共同策劃了《一一重構：楊德昌》回顧展，邀請濱口竜介擔任論壇嘉賓。期間，在因緣際會之下，我有幸受邀與他同桌共進晚餐。作為濱口竜介的影迷，當時的心情與其說是興奮期待，不如說是惶恐與緊張。因為在我的預想裡，濱口竜介應該極度聰明，聰明到會把他人所有細節與破綻全都看穿。

聰明。這是我在看完他的電影之後最常有的感受。他的電影總是對人性有深刻的洞悉，更擅長於捕捉人際之間幽微的互動。同時，濱口竜介對於語言也有相當高超的理解——這個「語言」所指的，不只是電影裡角色使用了怎樣的語句或字詞說了些什麼，更是他們「沒說什麼」，以及那些潛藏在說出的話語底下模稜兩可或完全相反的意圖。或者也可以這麼說：濱口竜介的電影精通於使用語言來表達人與人之間的溝通理解並非只有語言。（若要我舉最具代表的例子，那大概就是《偶然與想像》第二段裡老師與女學生的對話了吧。那完全不是字面的意思，而是言外之意的交鋒與抗衡。）

總之，我抱持著這樣的印象出席，且因為吃的是合菜，我本還打算躲在自己的角落默默進食，聽著其他人的對話就好。但閒聊之間，話題就從外在事物轉移到了具體細節，甚至個人身上。比如他此行目的是參加論壇，於是不免就聊起楊德昌的電影，但愈來愈深入，後來竟就詢問起楊德昌電影裡角色操持的本省腔、外省腔，乃至族群與階級的關係。令我意外也印象深刻的是，他問到了我的創作，卻不是客套地泛泛談論，而是想要詳細了解主題、創作意圖、個人關懷、手法，甚至是問起故事情節。

老實說，濱口竜介這樣已經享譽國際的大導演，對於我這樣一個初次見面、不同國籍、後生晚輩，甚至目前沒有任何跡象會走上影像創作、未來私下也極可能不會再次見面的人，實在不需要動用這麼龐然的真誠與情感勞動。很神奇地，我的回答起初也只是簡短、卻步，但不知怎麼地，漸漸像是雪球般愈滾愈大，所有原先藏起來的話都說了出口。

讀到這本《在鏡頭前表演》裡，濱口對於表演的方法論，尤其是，文中談到他在拍攝「東北紀錄片三部曲」時發展出的「聆聽」方式時，這段曾與他同桌共進晚餐的回憶、他那張直視著我詢問的臉孔，以及他那雙彷彿攝影機般的眼睛，又生動地浮現在我眼前。就像書中所寫的：「『聆聽』能夠幫助人展現真誠的自己」，此言不虛。

《在鏡頭前表演》原書出版於二〇一五年，主要是關於同一年上映、片長達三百一十七分鐘的電影《歡樂時光》，收錄了電影劇本、電影的方法論，以及衍生文本，書末並附上此前濱口竜介的電影作品列表與簡短的創作自述。雖然這已經是將近要十年前出版的書了，且濱口竜介在這十年間急速竄紅，廣受世界矚目，更於近期的二〇二一至二〇二三年間，一口氣在國際三大影展及奧斯卡金像獎皆有斬獲，成為繼黑澤明之後，締造此項紀錄的日本導演第二人；然而，本書仍然是截至目前為止，市面上唯一濱口竜介親筆寫下的關於電影的思索與方法論述。當然，閱讀這本書，也能夠清楚了解《歡樂時光》這部電影如何從無到有。

《歡樂時光》是一部講述四位女性密友在步入三十歲的後半段之際，逐漸在家庭、事業、感情、日常等各方面開始產生大大小小煩惱，因而迷失，並努力找回自我的故事。這部電影在濱口竜介的創作歷程當中也可以說是關鍵，不僅名列日本國內電影旬報年度十大的第三位，更在國際的盧卡諾影展、南特影展等有所斬獲，也是令他站穩腳步、確立海內外地位的作品。同時，從本書收錄的方法論也可以看到不少他日後電影作品的雛形，也就是他參考《尚・雷諾瓦的表演指導》的「義大利讀本法」，採取連珠砲且像唸電話簿般的方式唸讀劇本；如果是看過《在車上》電影的觀眾，肯定會想起電影主角家福在排練戲劇採用同樣方法的那段情節。

這種「將自己拍攝電影的方法論化為情節或設定」、有點劇中劇或後設意味的情形，也可說是濱口電影常見的特色之一。比如他早期作品《親密》，電影的前半講述一群社團朋友如何排練一齣劇場戲劇演出、後半則是原原本本呈現該齣戲劇。又或者《歡樂時光》本身的創作契機，是二〇一三年濱口竜介在神戶開辦的工作坊，而電影裡也就順勢加入了角色們參與「尋找身體重心」工作坊的情節。

紀實與虛構，表演與日常，語言與姿態，冷漠與有情，溝通與溝通的不可能，這些都是濱口電影裡經常出現的元素，而《歡樂時光》正可謂集大成，也是他日後作品的重要參考座標。一如與他過有一面之緣後，我對自己腦內印象的校正，讀者們在閱讀這本書之後，勢必也可以發覺，濱口在電影裡布置這些元素所念茲在茲的，始終是藉此探討人如何自由地、真誠地，展現自己的內在。而這些方法論，從來不止是關乎電影、關乎表演，更直接關乎我們自身，作為一個人，如何面對他人，也面對自己。

推薦序〈二〉

表演是一種脆弱的虛構

鄧九雲—演員／作家／編導

《歡樂時光》是我認識濱口竜介的第一部電影。當時看完後，沒做什麼功課，以為就是一部讓一群素人經過幾個月表演工作坊後留下的實驗性電影。這樣的方法並不稀奇，舞台劇與學院的表演課都在發生，一開始好奇這部電影，就是抱著吃瓜的心情去觀望一個導演如何處理素人演員。

只是這「處理」包含兩件全然錯誤的預設——角色是素人本色出演，台詞八成也是集體創作生成的。也就是說，我以為角色分配是貼近素人們原本現實生活中的身分與經驗，而那些看似渾然天成的台詞大概原本就是從他們口中冒出來的，通常都是在工作坊中即興出的對白，拍攝前再由導演重新編制。會這樣想當然是因為電影非常成功，讓我完全「相信」他們，但這樣的誤判其實是魯莽又粗暴的，不只大大貶低了劇本創作，更是極度小看了濱口竜介。

《歡樂時光》的劇本是先寫好的，台詞也是參與者一句句背下然後演出。所謂的「即興」完全是另一回事——絕非設定情境讓演員自由丟接，而是透過縝密「衍生文本」的演練。當我發現搞錯時，心頭滲出一種深沉莫名的酸楚，參雜了些許羞恥以及羨慕。無法第一時間理清那是什麼複雜的心情，直到讀完這本書前半部的方法論——我明白自己的誤判底下，活埋了總是為了達到所謂「寫實表演」而拋出的自己。

活埋是一個強烈的字眼，但是我目前能想到最貼切的字眼。我無法代表所有的演員，只能稍稍在此談及自己的經驗，心裡的酸楚還包含重新審視那讓我磕磕絆絆的自尊心。在台灣業界（主要指影視表演），普遍追求一種自然與真實。這種目標並沒有錯，但還有另一個重要的前提，那就是認清表演本質是一種需要打磨的技藝。自然好看的方法不是讓被攝者盡量做自己（或是表現他們想像中角色的樣子），勾動個人經驗與傷痛，然後鏡頭抓拍，後製揀選。那注定被攝者只能永遠扮演接近自己的角色或是某種刻板印象，用習慣的節奏語氣說話，又因幾乎不可能被去除的攝影機凝視而導致肢體僵硬，最後必須透過破碎的剪輯來挽救。

要追求自然與真實必須從故事根基著手，也就是最初的劇本——能被讀出，然後才是演出。在濱口竜介的方法論裡，他使用那反覆近乎無意識的冷讀（cold reading）去打磨台詞，不限對素人或職業演員。這樣的方法甚至成為了他的電影的敘事核心，關於人與人如何溝通——其中「聆聽」遠遠大於如何「反應」。這也讓我重新思考一般寫實表演認知的：Acting is reacting，以及角色動機（Action）。

濱口的方法論不是關於表演方法，而是導演方法。對我來說最大的差異是他把演員與文本，用近乎捍衛的方式放在第一順位。在他的電影裡面，演員必然是活生生的人，而非人體執行道具。追求渾然天成的表現不再是演員一個人的抗戰，濱口要求全體工作人員一同營造有安全感的環境，讓被攝者能處於自在與充滿勇氣的精神狀態裡。舉個例子，多數導演要設計一個沒有剪輯的長鏡頭，往往是先出於對畫面美學的追求，但濱口竜介或許是單純希望演員的表演能不被打斷，然後才考慮攝影美學。他將攝影的紀錄視為「無窮盡的未來」，而攝影機的存在正是容許人們進行日常生活中不可能做到的凝視，因而造就人在鏡頭前無法自在。濱口在做的便是盡可能去弱化這不可取消的凝視，以《歡樂時光》來說，最後的方式是捨棄了「即興」，回到「虛構」。

他說，「表演是一種脆弱的虛構」。於是濱口的方法論不談扮演，談脆弱——也就是人的羞恥心。我很喜歡他說，人生就是不斷在更新羞恥心。早期演戲時真的會有種，「啊，這種台詞我說不出口」的困窘。但隨著經驗，我想大部分專業演員很少會再出現這種身體上的物理抗拒，頂多覺得台詞不太合理或不順，也就是說，我們已經完全拋下了羞恥心！代表我們放棄了身上最珍貴好看的部分——脆弱。但依然，濱口不認為這都是演員的問題，因為「攝影機是毫不留情審查拍攝者與被拍者的機器」，就像他在東北三部曲紀錄片裡發現的，必須先有聆聽，才會出現好聲音。

濱口竜介是一個真正懂得聆聽的導演，冷讀時他聽，透過聽去修正、革新、審查台詞，讓被攝者在保有自己的情況下安全地成為他人。他鼓勵演員對那深層的說不出口保持意識，持續聆聽，然後說話。這套方法論是針對《歡樂時光》的工作坊，並不一定適合職業演員，後半段收錄的衍生文本幾乎是編劇的模範。能細讀好劇本絕對是演員的享受，但相較於演員，濱口竜介無私分享的方法論對導演們來說恐怕更具意義。

因為最終，「每顆鏡頭都會呈現出拍攝者與被攝者面對彼此的方式。」

前言

攝影機是可懼的，絕對不能小看它。

然而攝影機拍下的這個世界，也同樣是絕對不容小覷的。

二〇一五年八月，五小時十七分鐘的電影《歡樂時光》，在第六十八屆盧卡諾影展進行首映。主演的田中幸惠、菊池葉月、三原麻衣子和川村莉拉在影展中獲得最佳女演員獎，HATANO KOUBOU（はたのこうぼう，由濱口竜介、野原位和高橋知由組成的編劇團隊）[1]的劇本獲得特別提及獎。

在超過一年的籌備與拍攝期間，她們在鏡頭前的表現一直令我驚豔。因此，我的第一個感想就是，這是她們應得的殊榮。與此同時，為了輔助她們的表演而一路寫來的劇本能被提及，讓我多多少少感覺有了回報。

本書收錄了製作電影《歡樂時光》衍生的相關文本，我會在全新專文〈《歡樂時光》的方法論〉中詳述每個文本的特性以及電影製作的全貌，歡迎參考本篇專文。

為什麼要寫這篇專文？第一，在盧卡諾影展之後，我常常被問到《歡樂時光》這部電影的創

1　編註：HATANO KOUBOU，其中「HATANO」由三人姓氏的首音組成，「KOUBOU」則可有「工坊」之意。

作手法。獲獎的四名女演員都沒有表演經驗，這似乎為電影的成立增添了「謎團」。我面對每一個問題都期望能真誠以答，但是多數時候我得在有限的時間中找答案，所以這些答案感覺「坑坑疤疤」的，提問者多半也聽得一知半解。耗時約兩年的製作過程，終究無法以隻字片語解釋清楚，我也不敢說自己掌握了整體電影製作的全貌。儘管如此，我仍然希望趁著記憶猶新時，為整個製作過程留下紀錄，對我而言，這次的電影製作恐怕會是未來的「分水嶺」。

因此，本書所寫的頂多是我個人的「方法論」。我的書寫立場有時可能宛如在為全體工作人員和編劇團隊的代言，不過沒有表演者與工作人員提供各式各樣的方法，也就沒有電影《歡樂時光》，他們未來都可以再去闡述這些方法論。我在本書所闡述的電影製作全貌，僅僅是立基於我的脈絡和觀點。書寫這篇專文，為的是讓自己梳理清楚。

寫專文的第二個原因，是為了稱頌她們。而當我用「她們」二字的時候，我內心想到的未必只有那四位主角。後文在提及《歡樂時光》表演者時，我的重點就是四名女主角，因此用「她們」二字。不過希望各位閱讀時可以理解，既然「他們」通常不限男，「她們」自然也可以不限女。

電影《歡樂時光》的最大魅力就是她們這群表演者本身，她們的存在，解救了創作者自述電影方法論的愚蠢。她們是電影的核心，是解無可解的謎團。

她們的表現真的很精彩，這與得獎與否毫無瓜葛，在拍攝她們之前，我就一直覺得精彩無比。她們毫不掩飾自己的精彩站在鏡頭前，這也讓我由衷感到驕傲。至少我認為，這件事並不容易。

表演者的工作是表演，《歡樂時光》採用的「表演」極其普通——記誦紙上的文字、說出台詞並扮演另外一個人。然而她們不是角色本身，如此不爭的事實，卻會如此輕易地顯現出來。表演是一種脆弱的虛構，只要來個小孩說出「國王沒穿衣服」，彈指間就灰飛煙滅。

攝影機正猶如大剌剌戳破「國王沒穿衣服」的孩子，它如實記錄下「表演是脆弱的虛構」這件事，它總是拍出形同兒戲的努力，因此再怎麼強調「在鏡頭前表演」的風險都不為過。打從開拍之前，我就一直誠懇、殷切地提醒她們此事，而她們依然選擇站到攝影機前面，我想稱頌她們的這份勇氣。

這份讚許其實也是獻給未來「在鏡頭前表演」的所有人，你們所做的比你們以為的更偉大。未來每一天，這個世界都會因為你們在鏡頭前的表演而增值或貶值。我言過其實了嗎？這篇前言就是寫給覺得我言過其實的讀者。

學生時期，我投注大量時間在電影和音樂上，在大學畢業、當上商業電影的副導後，我卻被澆了頭冷水，因為我發現那些經驗對於拍攝現場的實務毫無益處可言。在這個會被踹屁股的環境中，「電影和音樂對我見死不救」的念頭使我槁木死灰。那些我珍視的、甚至願意奉獻一生時間的東西竟然無法幫助我一絲一毫，真的是痛到骨子裡的體悟。

隨著時間流逝，在事過境遷後，我所堅信的嚴格來說已與當時完全相反——我相信電影和音樂對生命是有所助益的，因為一流的創作，是一個人真誠活過的證據。攝影機（或麥克風）是記錄的機器，它記錄下真誠活過的證據，並且無數次重播。在你看過聽過那些鐵錚錚的證據之後，它會成為養分，鼓舞你活下去。我之所以敢如此鐵口直斷，是因為我親身經歷過。

現在，我談論表演的風險與價值所在，為的是鼓勵各位「在鏡頭前表演」。而談論這些，也相當於在談《歡樂時光》的方法論。

我要將本書獻給願意站在鏡頭前的表演者、在鏡頭後陪伴我的工作人員，以及將這一切化為可能的所有人。

濱口竜介

1

《歡樂時光》的方法論

濱口竜介

1 電影《歡樂時光》與「即興表演工作坊 in Kobe」

在談論《歡樂時光》的製作前，勢必要先回溯到神戶設計創意中心（デザイン・クリエイティヴセンター神戸，通稱KIITO）舉辦的「即興表演工作坊 in Kobe」（即興演技ワークショップ in Kobe）。KIITO從二〇一三年的六月開始招募學員，報名者不需任何表演經驗，但要經歷三次的審核。報名人數為五十一人，最終有十七人獲選為工作坊的學員，年齡分布從二十到七十歲，男、女、老、少無一不有，其中約三分之二的學員沒有表演經驗。我們的初始計畫，就是在工作坊結束後與有志一同的學員合力製作電影，從結果而言，每位學員在電影《歡樂時光》中都各有自己的角色，因此，對於他們的稱呼便從「學員」轉變為「表演者」。

為期五個月的工作坊

工作坊期間是二〇一三年九月到隔年二月，為期五個月，基本上每星期六舉辦，總共二十三次。主辦單位KIITO已公開成果報告手冊，介紹活動緣起與內容，一般民眾都可以上網閱覽[2]。我在此先不詳述細節，不過我想揭示這個工作坊的主軸——那就是「聆聽」。活動名稱雖有「即

2　成果手冊〈說說看你是誰〉（自分が誰なのか言ってごらん）的 PDF 檔可以從下方連結下載：http://kiito.jp/wp-content/blogs.dir/2/files/2014/05/KIITO_AiR_hamaguchi_201405s.pdf

興表演」四個字，但工作坊幾乎沒有表演相關的課程。「聆聽」是整體的主題，學員有時出外採訪自己關心的人事物（帶著攝影機，與工作人員同行），有時邀請名家來KIITO舉辦開放一般民眾參與的講座（每月一次，講座名稱「Dialogue Café」〔ダイアローグ・カフェ〕），有時也會互相進行訪談。此外，我們每個月都邀請舞者暨編舞家的砂連尾理先生，舉辦一場身體開發的講座。講座的重點不是表達自我，而是以非語言的手段探索溝通方法，這也算是「聆聽」的一種延伸含意，期待藉由這種探索，提升身體的感受力。

回顧「即興表演工作坊」到《歡樂時光》的製作，這段期間給予她們的一切指導，我想都是為了達成以下兩個目標：「讓她們放心」並「給予勇氣」。說來抽象，不過籌備拍攝的階段，我和工作人員的努力不外乎這兩件事。「放心」與「勇氣」屬於表演者的精神狀態，我們自然也不具備扭轉精神狀態的能力，然而美國電影導演約翰・卡薩維蒂（John Cassavetes）曾經說過：

> 我真心認為每個人都會表演，一個人能展現出多精湛的演技，取決於他有多大程度的自由，以及當下**環境是否能讓他放心**表達自己的感受。
>
> （《卡薩維蒂論卡薩維蒂》〔*Cassavetes on Cassavetes*〕，著重號為筆者標記）

我沒有誇大，這句話就是本片的思想導師。表演者是扮演角色的人，工作人員會對她們的精神狀態造成影響，我們在工作坊和拍攝過程中，要一而再再而三認識並理解自己的影響力。對表演者而言，「三、二、一」之後未必就「開演」，拍攝現場還有凝視她們的導演與工作人員存在，這個環境總地來說，依舊是一個無法抛開日常習慣與成規的「社會」。

在開拍《歡樂時光》與開拍前舉辦的「即興表演工作坊」之中，導演、編劇與工作人員都將目標放在如何弱化「社會」的影響力（理論上無法全然隔絕），並試圖打造出更友善更有助於表演者的「環境」。本文沒有什麼機會提到諸位工作人員的貢獻，因此我想開門見山先強調，他們最大的成就，就是時時刻刻弱化並縮小自己。

工作人員是如何輔助表演者的？我至今還不知道該如何安上一個正確的名稱，在此不妨貿然先以「肺腑之應」稱之。「肺腑」不是常見的日常用語，真的出現的時候，通常是「肺腑之言」這類稍嫌誇飾的用法，具有「自我內心深處」的意涵。

然而「肺腑」是不能掏出來展現的，掏心又掏肺，勢必死路一條，而這種「不於日常中所見」之處恐怕特別重要。所謂肺腑之應亦即透過「日常中看不到、我身上的某種非比尋常」所產生的反應，打造出導演、工作人員與表演者彼此相輔相成、同心協力的環境——以上就是《歡樂時光》拍攝現場的目標。

在導《歡樂時光》的時候，扮演最重要角色的是劇本，也就是文本。劇本在電影製作中的重要性是無庸置疑的，不過這個重要性涉及創作的根基，想要細數劇本各方面的功能，勢必要繞一定程度的遠路，我們先從劇本外圍的「衍生文本」（subtext）開始。

2 衍生文本：即興表演

《歡樂時光》舊名《BRIDES》（新娘們），主角是四名年近四十的女性，初始的構想是寫成約翰・卡薩維蒂電影《Husbands》（大丈夫）的對照版。《Husbands》的四名主角是摯友，其中一人的離世，激起剩下三人內心的波瀾，而《BRIDES》則是男女翻轉的版本。

《BRIDES》是二〇一四年一月，在「即興表演工作坊」尾聲時寫出的三部劇本之一。工作坊結束後，我們與有志之士共同往拍電影的方向前進。劇本皆由HATANO KOUBOU（濱口竜介、野原位和高橋知由）擔綱，我們的其中一個目標是邀請學員參加電影製作，這些學員大多都沒有表演經驗。我們雖然將三部劇本提供學員參考，並將選擇權交到她們手上，但現在回首發現，每部劇本的規模和登場人物都不盡相同，三個參差不齊的選項根本難以比較。儘管學員對此討論了一番，但選擇權最終仍舊回歸到HATANO KOUBOU手上。

從結果來說，我們選擇電影化的劇本是《BRIDES》，主要是因為這個本「最有可能讓工作坊全體十七名學員參與」。這樣做也不是為了「體恤」工作坊學員。不排除任何一個人、讓她們全體邁進，等於是將「即興表演工作坊 in Kobe」的成果結晶整個打包用於拍攝，我們有預感這勢必是本次電影製作的最大優勢。

劇本《BRIDES》的魅力

這裡要先說明兩件事。第一，為什麼我們希望所有學員參與電影？總地來說，「即興表演工作坊」究竟是什麼？第二，《BRIDES》的哪個面向被認為「最有可能讓工作坊全體十七名學員參與」？

關於第一點，本篇專文會再詳述，所以我先來談第二點。這一題的答案很直白，就是「登場人物眾多」，但又不是單純以數量取勝（如果只是單純要人頭，另外兩本也可以改稿）。《BRIDES》當然是虛構的故事，但並非奇幻故事，角色與我們都生活在同樣的重力場中，我們不會飛，沒有光速般解決一件問題的法力。這代表什麼？工作坊學員即便沒有表演經驗，只要有「日常生活中的想像力」就可以直接應用到劇本的解讀。除此之外，野原位主筆的「初稿」中散落著許多角色，這些角色都既迷人又有神祕感，讓表演者有極大的空間發揮想像力開展角色。我重新整理一次，《BRIDES》劇本初稿中的角色人數眾多，不但「都與我們生活在同個世界、與我們相去不遠」，而且都具有「身為他者的難解（亦即這個世界的奧妙之處）」。眾角色有其立體感，不會只為故事服務，除了四個主要女性角色（明里、櫻子、芙美、純）外，安插在她們四周的次要角色也有生而為人的厚度和說服力，這些是我們選擇《BRIDES》的關鍵原因。而當眾角色越立體，主要角色的輪廓也就更加鮮明。

工作坊的成果發表：「角色訪問」

在劇本初期階段，讓角色有大幅成長的是二〇一四年二月即興表演工作坊成果發表的「角色訪問」。工作坊學員要根據各自被分配的角色，進行即興表演彼此採訪。舉例來說，表演者田中幸惠是「明里」，三原麻衣子是「芙美」，她們要面對面詢問彼此的來歷與想法。電影正式開拍前的這場訪問，兼具揣摩角色的功能，經過錄影和剪輯之後，我們公開展示九組共十八人的訪問影片。

我們沒有規定這場訪問的進行走向，也沒有非說不可的台詞，主要目的只是讓她們在扮演角色的同時，以獨立個體的身分互相聆聽與分享。這種沒有既定綱領的訪問，看起來或許猶如「單純的遊戲」。沒錯，表演與「遊戲」其實本來就是一線之隔。話雖如此，由於「角色訪問」畢竟是在正式開拍前就被世人看見，工作人員一直不希望輿論使得表演者在開拍前就失去了信心。

這種事情之所以會發生，其中一個主因是「即興塑造角色」之難，亦即「說謊」根本上的難度。每個曾經口是心非的人都明白，謊言基本上是無法自圓其說的。真實具有某種重力，圓不起來的部分堆疊起來就會開始崩塌。我們應該都記得自己說謊的聲音**越來越小聲**，或者越來越空洞的情況吧。

即興的「角色訪問」如果淪為隨口胡謅的表演，代表表演者也在遠離角色，演一個沒有厚度的人物。為了避免讓表演者和觀眾都感到淺薄與空虛，HATANO KOUBOU採取的策略是撰寫「衍生文本」。我們決定在拍攝角色訪問的兩星期前（工作坊成果發表的內容是在時日近時才定下的），將大量的衍生文本寄給表演者。

衍生文本①「十七個提問」

「衍生文本」是什麼？我們將描寫角色的來歷、心境、人物關係的「非劇本」文本通稱為衍生文本，衍生文本大致可以分成兩種。

一種是聚焦於來歷和心境，以問答形式呈現的文本，名為「十七個提問」。提問者（不確定是誰）會對角色提出問題，角色則要回答問題。衍生文本中沒有特別描述，不過訪問地點的原型是心理學的實驗室，由HATANO KOUBOU分工撰寫完成，總共有以下十七題。「你幸福嗎？／為什麼？／你重視什麼？／愛是什麼？／你的工作是什麼？／你討厭什麼？／你想變成怎麼樣的自己？／你愛著誰嗎？／那個人是誰？／你討厭現在的自己什麼地方？／你喜歡現在的自己什麼地方？／你怕什麼？／你今天起床做了什麼？／你和父母感情和睦嗎？／你喜歡做愛嗎？／你覺得友情是什麼？／你對於死亡的想法是什麼？」這些提問沒有原型，當然也包含了一些無需贅述的老梗問句。HATANO KOUBOU先是列出洋洋灑灑的許多問題，再從中挑出能讓角色更為立體的幾個。將這些問題寫成十七人份是件要命的工作，不過意外的是，我們彷彿是在答題的過程中與這些角色相遇（我甚至期待這些提問以後能在撰寫劇本、開發角色的時候立大功）。身為編劇，在撰寫的時候才意外發現，有些角色會選擇「不回答」。

如何讓角色開口述說？

劇本角色基本上都有其「偏好」的言行舉止，編劇與讀者相同，我們去剖析這些偏好是什麼，並嘗試揣摩出更立體的形象去撰寫衍生文本。

這樣一來，寫著寫著就會遇到在「問答的場合」不願意坦然開口的角色。當我們企圖寫出與劇本連貫的衍生文本時，本來就會發生「寫不出來」的情況，而在文本中遇到這個情況，相當於遇到「不說話」的角色。我們得使盡全力讓角色開口，畢竟這些衍生文本也是提供表演者準備「角色訪問」的資料，不能只交出白紙一張。

卡關是個歡樂又滑稽的過程，我們常常在此時使用「先把人趕走」的策略。遇到不開口的角色，提問者就先停止發問，要她們隔天再來。她們在「想像中的隔天」再度前來，並支支吾吾說起話。既然她們選擇前來，可見她們有話要說，或者有話非說不可，因此可以順著寫下去。在角色語塞或答案流於表面時，我們也會追問下去。儘管這一切都只是想像，然而「開口述說」需要一些必然性，道理如此簡單，對於虛構的角色而言也不例外，這是我們透過撰稿的「身體」學到的一堂課。

我想強調的是，「十七個提問」的撰稿不是單純的自問自答，因為這是一種共同創作的過程。衍生文本不只立基於既有的劇本，更會經過三人（或至少兩人）之手與眼，最後才交給表演者。哪怕撰稿者任意妄為，有些角色依然不為所動，我們感受這樣的「重量」、共享這樣的經驗，讓這些經驗成為後續撰稿工作的基礎。

在將「十七個提問」的文本交給各個表演者時，我們反覆強調，文本只能當作即興表演的參考或依據，絕對不是「故事上的正確答案」。接下來，我們也請表演者回答自己版本的「十七個提問」，作為表演的準備。

本書並沒有收錄「十七個提問」的衍生文本，因為在角色訪問和後來的電影製作中，真正發揮功效的文本恐怕不是編劇版，而是表演者自己的版本。我們並沒有見過那些文本，甚至不確定是否每個人都寫過。倘若真的寫了，那些文本總歸仍是表演者與角色之間的「祕密」。

衍生文本②角色的過去與人物關係

第二種衍生文本是本書所收錄的，書寫形式更接近一般的劇本。這種衍生文本的目標會特別放在釐清劇本中未提及的、角色之間的「關係」（大多是過去的）。公開這些衍生文本，免不了讓我們這些編劇面紅耳赤。文本原先預設只會交給表演者，所以顯得緩慢沒有律動感。那些都是她們的日常，即便有特別之處也小之又小。將文本交給表演者的時候，我們還是會強調這些不是故事上的正確答案，只是「或許發生過，也或許沒有」的可能性——甚至就是一個「平行世界」。我們反覆強調這些衍生文本不是「故事上的正確答案」，為的是避免她們將表演的注意力放在「依循解答」。不過這些提醒終將使她們的表演「蒙上一層灰」。我後面會更詳細描述，即興表演之所以產生了無法按本操課的「遲疑」，是因為有「無所謂」的情境。如果選項有優劣之分，我們都能輕易做出選擇前進，而衍生文本是為了讓角色的「偏好」更鮮明，讓表演者更容易做出選擇。寫本不是為了無中生「河」（故事），而是為了建造渠道讓水流通。而我們希望渠道中流淌的水是什麼？多半就是她們自己。

我現在依然無法判斷衍生文本對於表演是否有助益，不過從結果來說，「角色訪問」帶給我們相當奇妙的拍攝體驗。在為期五個月的工作坊期間，我們或多或少認識了每位學員，不過鏡頭下的她們明顯是在扮演不同於自己的人格，也就是在扮演角色。她們坦坦蕩蕩進行問答，那些對話都讓人以為「她就是角色本人」[3]。因此，我們認為這種劇本形式的衍生文本能夠「輔助」表演者，衍生文本的撰寫也一直持續到電影正式開拍之後。

登場的角色眾多，每一個角色在劇本上沒有寫到的地方，依然有自己的「台下」時光，衍生文本的功能就是寫出角色是如何度過這些時光。最終完成的衍生文本，與超過五小時的劇本幾乎一樣有分量。

角色超越劇本的故事時間框架，在衍生文本中無怨無悔地存在。於是這營造出一種感覺，彷彿她們有自己的生活，她們是異於表演者的另一個人格。這種感覺相當幽微，畢竟她們肯定是不存在於現實的，然而透過閱讀衍生文本，表演者對角色似乎也產生一種只能稱之為「尊重」的情感。

簡單來說，衍生文本可以「合理化」角色的行為。倘若只擷取劇本中某一些言行舉止的「片段」，容易讓人感覺太突兀，不過這個角色自有一套行為準則，而這套準則只有表演者知曉。上述條件導致一個情況，就是透過衍生文本理解並演出角色的，只有該名表演者。在開拍時，尤其當角色的行為脫離社會規範時，衍生文本應該是表演者強而有力的基礎，它或許賦予了表演者某種責任感。

表演的矛盾

如此一來，編劇無法隨意擺佈角色，扮演角色的表演者也無法任意操控角色。表演者們基本上不會以「我不會這樣做」為由而拒演，畢竟角色與表演者是不同的人格。人與人的相處都需要尊重，表演者與角色之間亦如是。只是表演者與我們在此刻，都會面對表演內蘊的一個矛盾。她不是我，然而她只能是我。

表演者是否有辦法飾演自己的「身體」抗拒的角色？寫本時卡關的原因除了前述的「角色連慣性」之外還有一個，就是「表演者的身體」。這種卡關，為《歡樂時光》的電影製作帶來無數次的改稿工程。

我還需要繞很大一段路，才能進一步討論劇本的文本功能或者電影的拍攝，不過在經歷整個《歡樂時光》的製作後，我得到一個教訓：很多時候，繞遠路才是最短距離。

3 身體與攝影機：無窮盡的未來凝視

我在一間咖啡廳中寫稿時，遇到了「寫不出來」的情境。隔壁桌是一個在拉保險的壽險業務，他（年近三十的男性）的客戶（中年女性）坐在他對面，客戶提出許多問題，他都說「是啊，我非常理解」、「懂懂懂」、「原來是這樣啊」，一再強調自己有在聆聽。我猜想業務員都

3 「角色訪問」（キャラクター・インタビュー）的紀錄影像在二〇一四年二月十五日的「即興表演工作坊 in Kobe」成果發表會上發表過，此後就沒有公開過了。雖然已規劃將影片當作群眾募資的回饋禮，但是目前還沒有機會被更多人看見，但願未來有這個機會。

有一本教戰手冊，提醒他們在客戶面前要積極表現自己多理解對方，但是我認為這種表現近似於「拙劣的演技」。假如坐在業務對面的是我們，我們或許會突然當局者迷，不過就我從隔壁桌的觀察，可以清楚知道這個業務員不可信任。

拙劣的劇本

舉例而言，假設我要在劇本中拉保險的場景寫一句「懂懂懂，原來是這樣啊」，代表這個場景的言外之意是「這個業務員絕對不是真心為客戶設身處地」，因為我認為這句台詞無法讓人留下誠懇的印象。我自己不會發自肺腑說出「懂懂懂，原來是這樣啊」，所以這個結論或許單純是反映我個人的偏好。

世界之大，我相信有些人的身體確實能夠真心誠意說出「懂懂懂，原來是這樣啊」。但是至少在寫本時，我認為語言和身體是交互作用的。人要說出某句話時，那句話會拉著身體前往某個方向，而身體的狀態也會決定當下說出來的話，因此台詞才會是表演者強力的「表演」線索。

我敢肯定，在對話中不斷應聲說「懂懂懂，原來是這樣啊」的身體，不但沒有打開耳朵，也沒有誠心接納對方。這些當然只能算是我的個人意見，身兼編劇與導演的我縱使師心自用，卻還是只能這樣說：當我在寫一個「真誠聆聽別人說話的角色」時，我不會使用「懂懂懂，原來是這樣啊」的台詞。這句台詞非但無法引導表演者的身體去「真誠聆聽」，甚至只有反效果。

這個業務員的拙劣演技，簡單來說就是被拙劣的劇本誤導的（在這個情況下指的是教戰手冊或他對世界的認知），或許他是個不幸的表演者。為什麼從結果來說，他的表演只能獲得「演技拙劣」的評價？因為他心口不一。想要獲得信任的他，做出了反其道而行的選擇。

身體會說話

現在的問題是，為什麼人會選擇採取這麼明顯的心口不一？我前面說到，當人們同在一桌面對面的時候容易當局者迷，這是為什麼？因為人類基本上禁止彼此互相端詳「凝視」。在某些時候，「看著對方的眼睛」確實是表現自己認真的一種禮貌，不過我們的身體還是會慣性撇開視線。我們活在禁止「互相端詳凝視」的社會中。

拉保險的業務員或許只是出於無意識，不過他依然服膺「禁止互相端詳凝視」的社會規範。不，如果他根本無所用心，代表他單純是低估了「凝視」的力量。他低估的不是客戶，而是「凝視」本身的力量，他根本沒有認真看著對方，否則沒有人能當著他人的面說出「懂懂懂，原來是這樣啊」。他相信無論自己在盤算什麼都不會露出馬腳，對方也看不出來，於是展演了「拙劣的演技」。然而真的看不出來嗎？

身兼編舞家與舞者的砂連尾理先生，主導「即興表演工作坊」的身體開發講座，在最後一堂課之中，他提出一個活動叫「沉默的對話」（沈黙の会話）。兩兩一組的學員要面對面凝視彼此，並在沉默中展開對話。「沉默」與「對話」本就自相矛盾，而且這種對話大幅脫離社會常識。這比較像是視障者看手語的感覺，只是活動中不會使用特別的肢體語言，純粹靠眼睛說話。

心電感應當然是不存在的，所以「沉默的對話」勢必成為一種雞同鴨講。學員都是在腦內自說自話，牛頭馬嘴基本上也兜不起來。然而，值得驚訝的是，即便是在沉默之中，某種溝通依然是成立的。在沒有任何語言的情況下，我們依然能透過互相凝視，接收到大量來自身體或面部表情的情感訊息。在沉默之中，依然有人很「長舌」，「三思」而後言的身體也會被認為是更加三緘其口的。

「身體會說話」，至少身體會反映當事人的內在狀態，而且說不定比語言更誠實。透過眼神溝通的「沉默的對話」教會我一件事：當我們超脫出社會禮儀的規範，以非比尋常的專注力凝視彼此時，我們的確能接收到身體釋出的某些訊息。而我彷彿早就明白箇中道理了，我是透過什麼學會的？透過影像，透過攝影機。

鏡頭前的「身體」

我想談談侯孝賢電影中的兩個畫面。

一個畫面出自《珈琲時光》（二〇〇三），一青窈下了路面電車要走去JR站轉車。我看著這一幕總覺得怪怪的，或許是我雞蛋裡挑骨頭，但總覺得她的步態「蒙上了一層灰」，舉手投足無論擺手或背包包的方式都不太自然，彷彿她的行走有強烈的目的性。「行走」基本上是附屬於起迄地之間的產物，是無意識的行為（我們幾乎不會想到「要先踏出左腳後再踏右腳」之類的），而非目的本身。一青窈在人群之中顯得與眾不同，不只是因為鏡頭跟著她走，更是因為她「表演出自然的步態」的企圖心。結果事與願違，她的企圖正是促使行為「蒙灰」的元兇。

第二個畫面出自《千禧曼波》（二〇〇一），有一個在夕張開「關東煮」店的老婆婆。她只出現在一個場景，也沒有在這部電影中扮演任何重要的角色。但是不管重溫《千禧曼波》多少次，最令我印象深刻的可能都是這位老婆婆。我猜她可能真的是當地關東煮店的女主人，我沒有任何可信的證據，但是我敢這樣說，是因為她的身體是強而有力的證詞。

老婆婆一定是每天都在那裡煮關東煮，每天把辣椒裝瓶，她不用逐一確認就知道盤子要放哪裡，攝影機也不禁跟著她流暢沒有迷惘的動作走。這個老婆婆在故事上沒有任何功能，卻成為電影的一部分，這大概可以證明侯孝賢自己也為她的身體所著迷。

老婆婆的身體誠實展示出她每天的生活，也就是「習慣」。「習慣」指的是有意識的初始行為，到後來漸漸化為無意識的重複。在反覆練習的過程中，原本得專心一意的，變成無意識的行為，甚至還可以進入下一個階段（想成運動就很好理解了）。她的身體，透過習慣性的行為道出了她的「人生」——這樣說不知是否太小題大作。舉例就先到此為止，總之身體釋放出太多的個人訊息，有時候甚至會出賣我們。

被身體出賣

我們的身體透露的有時候比語言更多更誠實，由此可知社會何以禁止「互相端詳凝視」。我們並不希望被別人看見自己的身體侃侃而談，因為身體侃侃而談的內容往往會「出賣」自己。

身體透露的訊息，並不是我們想展現與傳達的自己。這當然也與心電感應無關，我的意思也不是「說謊的人都會被看出端倪」。即使是沒說謊的人，當他擔心「別人是不是覺得我說謊」時語調也會改變。我們絕對無法斷定身體的變調是否為「說謊」的符號，縱使身體比語言誠實，就傳達的正確性而言依然不及語言。既然社會的基礎建立在語言溝通之上，理所當然會漸漸形成避免「互相端詳凝視」的默契。「出賣」我們的身體與「端詳凝視」的眼光萬萬不能交會在一處，否則這會是動搖社會根本的問題。

攝影機是「無窮盡的未來凝視」

而攝影機又是另一套運作機制，它機械性實踐了社會禁止的「端詳凝視」，放大了「出賣自己」的人體之語。攝影機是在有限的畫面範圍中，正確記錄光影變化的機器，每一顆鏡頭都是這個世界「片段」且「完整」的光學（視覺）紀錄。而這些影像終究只能被人眼所見，所以到頭來人眼或攝影機或許是大同小異。然而，無論電視、電影或網路影片都無妨，請各位回想我們是如何肆無忌憚地閱聽這些內容。所有的影像都擺脫了社會的束縛，讓人得以「端詳凝視」，於是攝影機擺到誰面前，就會讓誰的身體「僵硬」。

如今只要有手機就能隨手拍影片，所以我想多數人都有這樣的經驗，原本朋友之間聊得正愉快，突然有人開始錄影，被拍的人就會下意識壓低語調；也有人正好相反，鏡頭一出現就表現得更加奔放——總之人在面對鏡頭時，都不得不改變作風，調整言行舉止的強度。之所以如此，是因為攝影機記錄下來的影像，容許人們進行日常中不可能做到的凝視。人類的感官當然無法準確如機器，漏看漏聽都是常態，不管一個人進行何種凝視都是如此，但這些錯漏的可能，並不足以讓被攝者永得安寧。紀錄總是指向未來，攝影機是現身於拍攝現場的部分「未來」。

留下影像紀錄，等於是被投以「無窮盡的未來凝視」，無限的時間，使得人類有限的整體感官，能夠逐漸向攝影機的全方位知覺靠攏。在無限的時間裡，勢必會有人鉅細靡遺看遍他們與她們的身體，看出被攝者的「習慣」與「被出賣」。那一天可能是明天，也可能是一萬年後，但是終究會無所遁形。攝影機總是在捕捉他們與她們的內在，道格拉斯・瑟克（Douglas Sirk）對於攝影機的評論絲毫沒有言過其實。

> 攝影機擁有X光的眼睛，它能夠窺看到靈魂。在鏡頭前面是藏不住真面目的，我覺得這就是電影了不起的地方。
>
> （《瑟克論瑟克》〔*Sirk on Sirk*〕）

「無窮盡的未來凝視」總有一天會讓被攝者無所遁形，而儘管是下意識的，但人們早已知曉這件事，因此攝影機是可懼的。我與酒井耕共同執導過一個紀錄片系列「東北紀錄片三部曲」，在製作過程中，我前所未有地深刻體悟到這個道理。那也是我身為一個影像工作者，與這個課題正面交鋒的一次體驗。

4 「東北紀錄片三部曲」：聆聽的方法論

「東北紀錄片三部曲」的製作從二〇一一至一三年，為期兩年，由我與酒井耕共同執導，拍

攝歷經東日本大地震的東北地區。我們採訪的對象，是海嘯災情特別嚴重的沿海地區「災民」，這些訪問內容梳理成《海浪之音》（なみのおと）與《海浪之聲》（なみのこえ）兩部作品，我們另外也記錄了東北地區的口傳民間故事，拍成《說故事的人》（うたうひと）。為什麼這幾部作品的主題看似大相逕庭，卻還稱之為「三部曲」？

在拍《海浪之音》和《海浪之聲》的時候，我們得找出願意在災後來到鏡頭前分享遇難經驗的人，這件事本身並不容易。二〇一一年五月，我從東京來到仙台，當時我以為仙台的居民是「災民」，但是他們卻這樣說：「市區的災情並不嚴重，雖然生活停擺了一個月左右，但是與沿海地區的人相比根本不算什麼。」

他們說，要採訪的話，不妨去採訪沿海地區的居民。到了沿海地區，家中淹水的居民說：「與房子被沖毀的人相比，我們好多了。」結果找到房子被沖毀的居民時，他們說：「我們全家平安，有些人失去的是親朋好友，我們可不能一直鬱鬱寡歡。」而失去親朋好友的人說的是：「被海嘯帶走的他是多麼痛苦啊。」每個人都在顧慮「（想像中）災情比自己更慘重的他人」，當時聽著居民的分享，我感覺自己漸漸在逼近「災情的中心地帶」，等到得知被海嘯捲走的亡者才是「災情的中心」時，彷彿我該問的對象跟著消失了，也彷彿是這些痛苦的比較級，使得人們噤聲。

誰是「災民」？

他們與她們並非不願意和我們分享自己的經驗，只是拿起攝影機拍攝又是另一回事。若是以

「災民」的身分在攝影機前分享，不知道社群內部（或者想像中的亡者）會對災情相對輕微的自己，投以什麼樣的目光。稍微想像一下，就知道他們與她們何以認為自己「不適合分享經驗」。然而「災民」的標籤正是我們想撕下的，我們認為在這個脈絡下，讓他們與她們在鏡頭前為自己的經驗代言，將會是無比重要的一件事。

舉例來說，電視新聞中的「災民」會在瓦礫堆或淤泥中哭泣、低頭不語，時而放聲吶喊，時而堅毅勇敢。我無意說這些行為太戲劇化，這些人確實存在，但是自認與這類「災民」並非同類的人，自然會覺得「我不是合格（適合上電視）的災民」。

每一個人都站在一條界線上，這條線會因為「毫釐之差」而讓災情等級產生劇烈變化。海浪線有進有退，這條界線也搖擺不定，災民與「不完美的」災民之間固然有一條線，但是那條線要畫在哪裡，顯然不是事先決定好的。毫釐之差細微到僅能稱之為「偶然」，卻會造成人與人之間決定性的區隔。「災民」與「非災民」之間只隔著些微的偶然，是偶上加偶的結果（「如果當時這樣、沒有這樣……」）。其實每個人都心裡有數，至少理智上清楚，或者字面上理解。

來到仙台之後，我終於開始學習當地歷史，我很快發現一件事——在東日本大地震中，海嘯災情慘重的三陸沿海地區，也是過去常常發生海嘯的區域。一八九六年、一九三三年和一九六〇年都曾有大規模的海嘯侵襲此地，若再加上二〇一一年的東日本大地震，代表在不到一個半世紀的期間，大規模海嘯發生的頻率是每三十～五十年一次。儘管這次的規模遠遠大於從前，但是改變不了人類平均壽命會遭遇一～兩次海嘯的事實。當地居民難道不知道自己住在「海嘯頻仍之地」嗎？這倒不盡然。天災一事經過口耳相傳流傳至今，但是很多人異口同聲表示「沒想到自己會成為災民」。

把「災民」與「日常的自己」一刀切開的思維是很好理解的。日常生活奠定在「明天與今天相去不遠」的思維之上，有了這個前提，公司才能經營下去，也才有可能產生「日常」的概念。在這個概念之中，摧毀自己生活的「地震」與「日常」不會有交集。

我想問題就是出在把「災民」和「自己」一刀切開的思維，身在海嘯頻仍之地，這樣的思維很難說沒有風險。在每一場的訪談中，倘若我們肩負著一種使命感，那就是將「誰是災民」記錄下來。遭遇天大災害的人，也曾以為「明天與今天相去不遠」，就這一點而言，他們和我們一樣，是活在日常的個體，我們的企圖，就是把這樣的體感留存下來。我們期待這種體感能遏止土地口傳文化的空洞化，並且期待影像紀錄跨越「災民」與「非災民」之間的隔閡。

我們開始去找沿海地區的居民，無論對方遇難經驗是輕是重，都拜託他們來到鏡頭前面：「說什麼都可以，請和我們分享看看」。有些人一開始一頭霧水，但是進行幾次沒有出機的訪問之後，對方漸漸便了解，我們歡迎那些隨處隨口可聊的瑣事。我們在實際拍攝現場採取的是基本的訪問方法，就是讓關係緊密（夫妻、朋友、親子、同事等等）的兩個人面對面，分享彼此的經驗。我們期待透過這個方式，讓他們的身體更容易找回日常的自己，而不是當一個「災民」。

遇見「好聲音」

最終，我們收穫了很多「好聲音」。等到回過神來，我和酒井已經開始使用這個詞了。東北沿海的災區南北狹長，我們為了訪問與攝影，不斷在據點仙台和沿海各地之間往返，期間超過一年半。來回奔波的車程之中，尤其是回程路上，我和酒井會針對訪談和拍攝給予回饋，此時我們常常說「那個是好聲音啊」。

「好聲音」指的是訪問中聽到的聲音，它讓我們感覺到受訪者之間的「關係」，以及他們自己的真誠。而那大概就是我們想記錄下來的，是「一個人」同時活在天災與日常之中的狀態。我和酒井聽到「好聲音」的時間帶常常是一致的，實際上在放映拍攝素材的時候，也會看到好聲音留下的痕跡。這讓我們相信，只要記錄到好聲音，無論受訪者遇難經驗是輕是重，都能拍成一部電影。由於每一組訪問至少有兩～三小時，真正進入《海浪之音》和《海浪之聲》的剪輯階段之後，好聲音就是幫助我們重新組織，將訪談濃縮成十五～三十分鐘版本的關鍵。但其實好聲音並不常見，尤其在拍攝初期更是如此。

到底要怎麼做才能聽見「好聲音」？最後我們的假設是，可能要先有「聆聽」，才有「好聲音」。「無論是什麼樣的遇難經驗都好，只要你願意說我們都想聽」，這種態度能引導出「好聲音」，也是讓人展現真誠自我的基礎。在我們遇見一名人物之後，這個假設轉為確信。

「聆聽」的力量

前文提到《說故事的人》是部講述民間故事的紀錄片，不過這樣的描述並不準確。正確來說，《說故事的人》聚焦在一名聽故事的人身上，她是「宮城民間故事會」（みやぎ民話の会）的顧問，小野和子小姐。小野小姐當時已經七十八歲，她不是仙台當地人，但是移居仙台逾四十年，她著迷於山野與沿海村落口耳相傳的民間故事，喜歡走訪各地，採集埋沒於世的民間故事。

採集這些口傳的民間故事，其實等於是在找說故事的人，這些講述者都聽祖父母與父母說很多次的民間故事。有不少村民看到小野小姐在採集「民間故事」，都視她為奇葩，不過在講述者眼中，她似乎變成了為自己賦予價值的重要人物。這是因為民間故事原本被視為「女人小孩的床邊故事」，小野小姐不但看出其中的價值，更登門要求聽故事。有些講述者將遇見小野小姐這件事評為「像是遇見神一樣」，而且這並非個案。親眼目睹小野小姐與所有講述者之間的深厚情誼，帶給我們的是一連串的驚奇，於是為了我們的活動需要，決定改拍她「聆聽」的姿態。最終的果實，就是《說故事的人》這部電影。

《說故事的人》是由三名講述者與小野小姐的對話所組成，透過對話可以發現，對於講述者而言，民間故事並不只是故事，更是傳承自祖父母與父母的「肉身」。這些是口近口、耳靠耳、身體貼近身體反覆講述的故事，因此會深深烙印在身體上。其中一位講述者是伊藤正子小姐，她記得超過兩百則故事，她說她只能用母親講述的方式照本宣科。她講的一個故事，竟然與小野小姐在二十五年前初次聽到的如出一轍，這讓她相當意外。她引用中上健次來討論講述者怎麼「說故事」，並援引「複聲」的概念。

> 說故事的並非個人。個人背後存在著一種共同體，不，是人與人聚集一處的複聲，複聲將說故事的「我」交付出來。說故事的聲音，並不是單聲。
>
> （中上健次〈短篇小說的力量〉〔短篇小説の力〕）

所謂的說故事，就是把負載著集體經驗的故事，負載到自己身上。中上健次寫道，我們以為說故事用的是自己的聲音和自己的語言，但實際上並非如此，我們是發出了眾人之聲，並且把這樣的自己交付出去。真是令人意外。（出自小野和子的演講〈民間故事的趣味、韌性與深度〉〔民話のおもしろさ、つよさ、ふかさ〕）

正子小姐說故事的聲音，並不單純是她獨自一人的，最好的證明就是她只能夠照母親的方式述說民間故事。不過我想要強調的是，除了傳承自前人的縱線，還有一條橫線編織出了這個說故事的空間，這條橫線是「聆聽」。在小野小姐登門討故事之後，故事才能在「此時此刻」被述說。組成複聲的並不單純只有歷代祖先的語言，需要有人引導，這些聲音才能不再屬於一個人，並且在當下誕生、當下被接收。小野小姐討了故事，八十六歲的正子小姐便在《說故事的人》中以清朗的聲音說出故事，此情此景之美，更勝於片尾會出現自己名字的電影。我認為這個場景，能讓人相信活在這個世上有其價值。這一幕說故事的場景中，存在著層層疊加的複聲，以及複聲的「厚實」。

到了此刻，我們也可以勉強將《海浪之音》和《海浪之聲》聽到的「好聲音」，視為這種複聲。那「厚實的聲音」恐怕是來自生活在大小各異的社群脈絡與關係中的人們，是他們聆聽彼此後發出的聲音，而並非單一個體獨有。為什麼《說故事的人》最終和《海浪之音》、《海浪之聲》合稱三部曲？不單是因為三部皆以災後的東北為主題，更因為「聆聽」是孕育出「聲音」的母體，我們想將它定調為貫穿三部曲的母題。

攝影機的另一種可能性

在拍攝三部曲的過程中，我和酒井聽到鏡頭前的人說出「好聲音」一直驚訝不已。我們透過這樣的經驗發現，攝影機「無窮盡的未來凝視」，在可懼之餘還有另一個可能性——被攝者具備的價值，總有一天也可能會被伯樂看見。一如攝影機之可懼，基於同個原理，被攝者的價值也勢必被看見。那一天可能是明天，也可能是一萬年或者更久以後，但是終究會被看見。

若攝影機在攝影的世界裡僅僅是「無窮盡的未來凝視」的象徵，恐怕便難以看出被攝者的價值，因此在當下，需要存在具體的個體，認同並鼓勵被攝者的價值，比方說以小野和子小姐的方式「聆聽」的人。無論是一同站在鏡頭前或者鏡頭後的人，只要被攝者確切感覺到這些他者對於自己的關心，就能在「無窮盡的未來凝視」面前，獲得真誠表達自己的勇氣。以上是我們在東北的活動中獲得的直覺。

為什麼「即興表演工作坊」的主題是「聆聽」？答案已經昭然若揭。在「有人聆聽」的體感中誕生的「好聲音」，讓原本難以判定真偽的「故事（謊言）」突然變得可信了。只有在這個情況下，我們才能從某個故事中，感覺到當事人的真心真意。我希望將「好聲音」移植到自己一直涉足的劇情片領域之中，倘若「好聲音」能在虛構的時空中響起，或許就能找到一個方法，讓我們站在那可懼的鏡頭前，進行如坐針氈的「表演」行為。

即興表演的陷阱

「聆聽」能夠幫助人展現真誠的自己。

我們在東北獲得的這個直覺，是「即興表演工作坊 in Kobe」的濫觴。工作坊每週舉辦一次，內容是根據我與野原、高橋的討論，以及前週發生的事決定的，通常都決定得很即興，最後辦的就是多場前面提到以「聆聽」為主軸的活動。

怎奈我們在工作坊之中，一直沒有找到直接牽起「聆聽」與「表演」的那條線。只要從前文所說的「角色訪問」和即興對戲，應該就很好想像「聆聽」如何幫助「表演」。然而最終在《歡樂時光》的製作上，我們幾乎是漸進式全面棄用所謂的即興表演。

不過我們並不是徹底放棄「即興」這件事，所以我在此先定義，我們放棄的只有表演者以角色的身分，想到什麼說什麼的「即興台詞」。為什麼棄用比較容易直接牽起「聆聽」與「表演」的即興台詞？因為即興台詞帶來了不即不興的反效果「遲疑」，而且我們消除不了它。「遲疑」的成因是表演者對於當下感到迷惘，猶豫「這個場合說這些話是否正確」。只要是以「說故事」為目標，就絕對無法抹去這種正確與否的自我懷疑。

我們確實也會在日常對話中遇到「不知道該說什麼」的情況，導致我們吞吞吐吐、無意義重複或突然改變話題。也就是說，即興對話有辦法讓觀眾誤以為「這就是日常對話」，但是無法描繪出在社會規範之中，仍舊真誠展現自我的「沒有迷惘與猶豫的人物」，至少這種表現是無法複製重來的，這是劇情片製作上最根本的問題。

到頭來，即興表演使得表演者要扛起導演或編劇的職責，即便導演說「說什麼都可以」，在攝影機「無窮盡的未來凝視」面前卻很難做到。她們無從判斷表演的方向性或當下的即興台詞是否過關，卻要肩負這樣的責任後果。表演者明知即興表演的「NG」會直接歸咎於自己，卻仍得在鏡頭前即興表演，因此她們心中會植入揮之不去的迷惘，講話也跟著越來越小聲。

我們暫訂的結論是，在工作坊之後的電影製作上，「無法以即興台詞創作出（至少是我們理想中的）虛構作品」。虛構的角色在現實中少之又少，而即興台詞運用的是日常的身體，日常的身體終究難以扮演現實少有的角色。她們都不是職業演員，讓她們在鏡頭前執行這項任務有其風險，一如紀錄片會產生的風險。我重新體認到，我們需要組織過的文本和不同的姓名，用以確保「她們與這些人格之間存在著明確界線」，這樣才能保障表演空間中根本性的安全。於是，《歡樂時光》的製作又回歸劇本先行，回歸更一般的電影拍攝。

到了即興表演工作坊的後期，我們想走的路線是讓文本與表演者更熟悉彼此，進行的活動包括請表演者朗讀她們訪問的逐字稿，以及匿名的情書（不會告訴她們這是誰寫給誰的）。這個路線讓事情有了大幅的進展。我們都沒有找到牽起「聆聽」和「表演」的那條線，而既然劇本上已有台詞，表演者也只要照既定順序唸出來，那麼「聆聽」又是以什麼機制幫助到「表演」？「聆聽」的確能幫助我們「展現真誠的自己」，也是「在鏡頭前表演」問題的解藥，但是運作機制是什麼？到了這裡，終於可以開始談回劇本寫作了。

5 劇本修訂：深入肺腑

本書後半收錄了《歡樂時光》的劇本（《BRIDES》最終定名《歡樂時光》，後文無論時間點皆用這個稱呼），為求方便，姑且稱這個版本為「第七稿」。工作坊的成果發表除了有「角色訪問」的影像展，同時進行了劇本的「公開讀本」。「讀本」在《歡樂時光》的製作上發揮了最重要的功能，這個部分容我後述。成果發表中的「公開讀本」，是讓各個表演者在觀眾面前唸出自己被分配的台詞。當時使用的是初稿稍微修改後的「第二稿」，後來我們找不到拍攝需要的外景，不得已只好大幅修改了第二稿。二〇一四年五月，我們以修改後的「第三稿」開始拍攝，最終定稿是第七稿。

這部電影的整個製作期間，我們邊拍攝邊大幅改過幾次劇本。不管有沒有拍片的經驗，只要擬定過「計畫」大概都能想像邊拍邊改的難度。劇本基本上同時也是開拍前的電影製作計畫書，在前期的籌備上是不可或缺的。拍攝中大改本代表事前的準備全數泡湯，也可能打擊到表演者和工作人員的士氣。

儘管如此，本片製作上還是經歷了幾次的大幅修改，原因可統整為二。第一，「劇本不適合表演者」。第二稿修訂為第三稿的時候，刪除了第二稿的主軸「戲劇化的發展」。主筆這次改稿的是我，當時的我認為第二稿欠缺現實考量，並不適合沒有表演經驗的表演者。然而這次改稿使劇本變得極度乏味，似乎不值得表演者參與整體的電影製作。開拍沒多久的五月中，高橋知由指出了這個問題，於是我們棄用第三稿，開始進行大規模改稿。劇本的最大前提當然是「可拍攝性」，但我們此刻重新認知到，可拍攝性不能犧牲掉值得說的「故事」。我們多次修改劇本還有另一個原因，就是想「以更有希望的方式說故事」。我當時寫了封信給全體表演者，告知這次劇本的修改。

這次之所以要修改劇本，是因為工作人員都覺得故事後半的發展不太對勁。我簡單統整大家的想法：這個版本的故事主軸是「（找到）幸福」，而現在的結尾告訴我們的是，找到幸福的第一步就是正向思考獨自一人的「孤獨」。我自己實際上確實是這樣想的，不過工作人員一起討論出的方向是「我們不能做一部，不管再痛苦仍然選擇和某個人一起活下去的電影嗎」。

這樣聽起來或許是種happy ending，總之希望在這個故事中，人與人一起活下去這件事得到某種肯定。我們來到神戶討論「想做什麼樣的電影」時曾出現過這個話題，我想這同時也單純是我們的人生問題。

戲劇與「身體」的拉扯

劇本的修訂就在前文所述的兩個拉扯中進行，編劇有編劇想開展的故事，更正確來說，是希望透過故事達到某一個次元，那是日常中不易得的「肺腑」次元。

而這個次元不容易達到還有一個原因，就是「表演者的身體」。衍生文本實際上並不需要演出，因此表演者的身體未必成問題，寫作者下筆可以更自由，把重點放在描繪角色即可。不過寫作者也不是完全自由，前面提過，我們會遇到角色「不肯動」的情況。

於是在修改劇本時，尤其這個劇本又是可拍攝（理當如此）且敲定選角的情況下，我們撞上了實際存在的「表演者的身體」。寫作者修訂過程中無可避免，一定會具體想像那個角色，因為當時我們與表演者已經來往超過半年，認得她們的表情與聲音，寫作者心中自然會對「表演者的身體」留下強烈的印象（儘管這反映的只是寫作者個人與對方的關係）。這個時候，無論寫作者想寫的台詞對於推動劇情多有效果，也會發生「實在無法想像那個人的表情和身體，會說出那種話」的現象。寫作者面臨的是，表演者身體「說不出來」的情況。

表演者身體「說不出來」指的是什麼情況？解釋起來不難，基本上就是說話者認定自己「不該說」這些話。在東北也發生過這個情況，就是社會禁止說話者開口，或者說話者自認不該說。這裡所說的「社會」不限於「當代社會」這麼大的範疇，從職場、學校、家庭到戀愛關係，人類隸屬的各種社群與關係，都有其既定的「禁忌」。我們的生活已經內化這些禁忌，也知道要在不同場合調整自己的言行舉止，這種壓抑自我表現的內化社會，我們慣稱為「羞恥心」。

「羞恥心」規範的頂多是活在現實中的表演者本人，而異於表演者人格的角色，是不是就能自由開口了？這個提問是成立的嗎？到這裡，我們又得回歸「表演」內蘊的矛盾之處——

她不是我，**然而**她只能是我。

何謂「羞恥心」

要表演者說出一句台詞，她們當然做得到，但這台詞終究是「平常不會說的話」，她們的身體會非常誠實訴說「自己日常中說不慣這句話」。無視潛藏於她們身體的「說不出來」、強行進行下去，最終就會引發「羞恥心」的強力反彈。若這件事發生在鏡頭前，攝影機就會將這過程如實記錄下來。臉頰抽筋、動作僵硬、發聲的時候喉頭梗住，這些都是「羞恥心」在作祟，有時候會在畫面與聲音中留下深刻的痕跡。當我們理解這個道理之後，表演者身體的「說不出來」，便轉化為劇本寫作者的「寫不出來」。有一個很簡單的方法可以解決這個問題，就是「拋開羞恥心」。

「拋開羞恥心」大概是許多表演者的第一堂課，否則我們平常不會看到那麼多「不知羞恥」的表演，不過拋開羞恥心蘊含著表演上的一個巨大問題。二〇一四年八月，在著手進行大規模修改（將第五稿修訂為第六稿）的過程中，我寄了一封長信給表演者，我想引用以下這段「導戲紀錄」來描述這個問題。我認為這些話只有在面對她們每一個人的時候才能成立，無法一體適用任何情況。

去年九月，我們邀請小野和子小姐蒞臨了Dialogue Café，在和她通信的時候，我突然對於「羞恥心」感到好奇而提出問題。「表演」和「羞恥心」的關係是我長久的疑問，當時獲得的答案讓我心服口服，因此我也想轉告各位。

我要先講一段大家都很熟悉的經驗當作開場。

小學的音樂課有一個「考唱歌」的環節，我相較之下算是比較內向的小孩，要我在大家面前唱歌真是痛不欲生，我覺得大聲唱歌是件丟臉丟到家的行為。但是我記得某一次（應該是升上高年級後），我看到自己前面的同學唱歌，猛然覺得「只會小聲唱歌的人丟臉多了」。我對記憶不是很有把握，但我猜我當時是看到有人「小聲羞怯地」唱歌，我不希望自己唱成那樣，不希望別人對我投以我投向那個人的眼光。那一次的歌唱考試中，我試著大聲唱歌，猶記得當時的感覺，彷彿視野都開闊了起來，原有的羞恥心似乎被更巨大、更深層的羞恥心所更新。這不是孰優孰劣的問題，我只是覺得，既然羞恥心會被更新，人生是否就是不斷在更新「羞恥心」的過程？長大，或許也就是這麼一回事。

但其實我們還是會想要擺脫羞恥心吧？從束縛自己的羞恥感中解脫之後，不知道會有多輕鬆。我猜這就是人們依靠「表演」的動機之一，但是，我長期對於拋開「羞恥心」的表演感到不太對勁。許多導演似乎都會對表演者說「拋開羞恥心」，至少我們看到的表演常常是如此。然而，無論這樣的表演多有熱情，我看到時，都感覺是在看不存在於世的鏡花水月。不知道為什麼，我並不希望別人在表演時拋開羞恥心。

帶有羞恥心的表演看起來既不自然，甚至可能很外行，對於表演明明沒什麼加分效果，我卻極不希望表演者拋開它，我自己對此也深感意外。我藉著某次機會（當時我內心產生強烈的羞恥感，但又覺得這種感受相當重要），寫信詢問小野小姐這件事。我除了告訴她上述這樣的感受，也詢問「您對於羞恥心有什麼想法嗎」。以下引用她的回覆。

我不時會突然想到。
所謂的「表演」是不是帶有讓人「省察」的意思？
表演者與導演或許一直是在產生「對話」的同時，「省察」彼此的存在。
因此表演者實際演出後，一定能獲得迥異於演出前的自己。
我想導演也是如此吧。（中略）
「羞恥心」或許是擁有自我省察能力的人被賦予的力量，已經接近一種本能了吧。

我看了大吃一驚。小野小姐雖然是《說故事的人》的被攝者，但是應該沒有任何所謂的「表演」經驗，她怎麼會有這樣的體悟？不過仔細想想，此時的小野小姐多半是將「表演者」與「導演」分別對應到「講述者」與「聆聽者」吧。因此她才會有這樣的體悟，認為「說」與「聽」的對話也是某種「省察」。我前面講的是表演者與導演，不過我自己感覺「表演者」之間也存在這樣的對話。或許可以說，即便是在表演空間之中，「表演者」與「導演」的立場也是流動的。

聽了小野小姐這一番話我恍然大悟，感覺終於找到「在鏡頭前表演」的合理性了。

這件事與我和各位一起進行的攝影素材放映有關。我透過回放這些素材重新認知到，攝影機是毫不留情省察拍攝者與被攝者的機器，這份體悟是前所未有的深刻，深深烙印在我身上。

拍攝現場給過關的標準，如果不是針對表演本身，而是針對時間（以及金錢和人際關係）或其他因素，攝影機會毫不留情留下紀錄。如果現場過關的內容讓人難以卒觀，畫面上是看得出來的，反之亦然。不過反例如同奇蹟一般，我們在拍攝時無法期待奇蹟發生。最終，每顆鏡頭中都會呈現出拍攝者與被攝者面對彼此的方式。

而從現實層面來說，勢必得耗費無盡的時間才能讓表演本身過關，在這種情況下，我覺得時間會是一個依據。我想電影製作的實情，就是容忍在有限的時間中，被毫不留情拍下來的畫面。既然如此，嚴格來說，攝影機捕捉的就是在此之前，在無法重來的那一天到來之前，拍攝者與被攝者「做了什麼準備」。準備可以指生活上的準備，也可能是一路走來建立了什麼樣的關係。無論捕捉到的是什麼，勢必都要費盡千辛萬苦，才能達到隨攝影機怎麼拍都無妨的境界。（補充一下，我並不是要說正確的準備方式是一絲不苟、戰戰兢兢過日子，每天愉快度日對此也是毫無妨礙的。）

我好像在講座「在鏡頭前表演」（カメラの前で演じること）[4]中，也稍微提及過這件事。站在鏡頭前，而且是站在鏡頭前扮演不是自己的他人（或讓他人扮演、讓他人站在鏡頭前），此事終歸是在打一場必敗無疑之戰。而我疑惑的是，為什麼過去有那麼多人（包括我自己）在重複必敗之戰？

不過看到小野小姐的回信，加上我自己對於「羞恥心」的感受，兩相對照之下，我算是第一次恍然大悟嗎？我彷彿第一次覺得「站在鏡頭前」和「表演」漸漸合而為一了。

借用小野小姐的話，羞恥心亦即自我的省察，它引導也輔助我們成為自己理想的狀態。不過羞恥心的更新同時也是長大、內化社會凝視的過程，而當我們長大成人之後，羞恥心的根基有時候是被「社會」主宰的，我想這大概是每個人的必經之路。「羞恥心」的更新原本是為了讓自己成為理想的狀態，卻在不知不覺間頻頻對自己釋出「不能做什麼」的訊息，輔助與引導自己的「羞恥心」轉而開始壓抑自己。但是反過來說，只要你一切迎合「社會」的標準，就沒有什麼機會捫心自問了。

這個問題在表演空間中未必能夠被消除，因為導演、同行的表演者和工作人員也構成一個社會，在表演的時候，我們可能會迎合導演的標準，或者以其他表演者的自在度為標準。如此一來，「表演」就失去省察的功能了。

前文提到「拋開羞恥心，硬著頭皮演下去」這件事，我總覺得它的問題，似乎是出在「從角色中抽離自己」。擺脫羞恥感這件事歸根究柢來說是做不到的，我們可以創造一個「不丟臉」的自己，然而從結果而言，這就等於是在扮演「與自己無關的他人」。

當你理解攝影機是毫不留情的省察機器，並站在鏡頭前時，此刻你面臨的將是靈魂的拷問：「真正的羞恥是什麼」。更進一步來說，靈魂拷問並不是要你去設想社會的眼光，而是捫心自問「對自己來說」真正的羞恥是什麼，這個時候我們需要的，應該不會是拋開羞恥心。內心最深處的羞恥心，是能夠輔助並幫助自己的，我感覺

4 二〇一四年三月十六日在KIITO舉辦的公開講座，講師為筆者。

羞恥心在此刻，能讓你與角色在最深層的部分產生強力的連結，而不是讓你抽離。

我並不是在說這種省察非得透過「攝影機」或「表演」才能達到，想必無論在舞台上或者生活中，都有人認為必須有所省察，每個人也都在用不同方式實踐。

在收到小野小姐的回信後，我第一次感覺「站在鏡頭前」與「表演」透過「省察」合而為一了。攝影機毫不留情地要求我們「表演」，要求我們完成個人難以完成的一件事。這樣一想，似乎沒有比攝影機更忠於「表演」的夥伴。如今我感覺，表演就是一心一意為了「認識自己」而存在，是一種很合理的行為。

同時我也覺得，表演對於我們這些凡人而言實在過於殘酷，因此前面屢次提及的「聆聽」，似乎能對於表演有所幫助。

到了此時此刻，我依然想不出表演中的「聆聽」代表的是什麼。不過從工作坊到整個電影製作，我感覺「聆聽」這件事本身，就是透過對話的對象省察自己。小野小姐多次指出，「聆聽」就是革新自己、捨棄自己，到頭來，「聆聽」依然是極度殘酷的行為。若「聆聽」即省察，殘酷也是理所當然。而「聆聽」，果然是讓我們站到鏡頭前一個可能的方法。

透過「省察」，「站在鏡頭前」、「表演」和「聆聽」似乎可以合而為一。我好像不斷在強調這些行為的殘酷，但是我想補充的是，透過「聆聽」或者「省察」，我們自己想必也能獲得極大的喜悅。

請回想看看，小野小姐聆聽時的那個表情。

深入「肺腑」

在表演中「拋開羞恥心」亦即斷定「她不是我」，表演者也就此抽離出角色，此時的表演並不會產生本質上的矛盾，表演的目標終歸只是「她不是我，而且她只能是我」，也就是實踐這種無法兼顧的任務，或者可以稱之為「在保有自己的情況下成為他人」。這當然是不可能的任務，倘若真能實現，只可能發生在一個地方，就是表演者遇見「最深層的羞恥」之地。那裡沒有社會的眼光，是讓自己進行省察的場域。那個場域是平常不會出現的、自己的內心深處，我想稱之為「肺腑」。我們追求的若只能在肺腑達成，我們所能做的準備便只有引導表演者深入「肺腑」。

而這樣的準備也只有一種，就是配合表演者身體的「說不出來」書寫劇本。表演者的身體說不出來的，登場人物也說不出來，這是寫劇本的第一原則。表演者和寫作者在改稿前後有多次面談的機會，每次修改劇本，我們對於表演者身體的印象，都會更新並反映在劇本中。如果「寫故事的欲望」是油門，對於表演者的身體印象基本上就是劇本寫作上的煞車。寫作中一直在交替或者同時踩油門與煞車，進度當然無法大幅超前。

尊重文本，也尊重自己

從結果而言，《歡樂時光》故事前半的登場人物，她們的對話滿滿是在「真心話」附近打轉的內容，有點類似社交性的客套，不過那就是她們生活的一部分。這樣說起來，劇本本身就有點衍生文本的特質，我們寫的角色們單純存在於那個現場，未必具有推進故事的功能。這樣的寫法，必然使修改的劇本變得很龐大。

然而無論進度再緩慢，故事都會進行下去，隨著故事的進行，角色開始展現平常不會輕易展現的情感與言行舉止。《歡樂時光》的登場人物生活在與我們相同的時空，都是當代日本的日常，文化基礎也相差不遠，要她們或我們表現出「不同於日常的自己」，兩者的難度是相當的。劇本之所以龐大，主要就是為了讓表演者理解她們走到那一步的心路歷程，以及她們的「除此之外別無他法」。我幾乎沒有直接解釋過人物本身，讀衍生文本和其他文本，是表演者理解角色的唯一方法。能夠操控這些角色的，也非表演者莫屬。她們表演時，有時需要擔任角色唯一的知己，幫助這個角色。

然而「她只能是我」。角色有可能採取一些遭到社會抨擊的行為，而行為人是穿著表演者外皮的人。在鏡頭前表演這項行為時，是表演者本人要背負莫大的風險。她真的有這樣做的動機嗎？她能夠「為了」虛構的角色交付自己嗎？假如她能在無窮盡的未來凝視前奮不顧身，那不是為了她自己，還能是為了什麼？

表演內蘊的矛盾具有雙重的方向性。我們必須尊重角色，因為角色是他者，人與人之間的互動都適用這個道理，儘管對方是想像中的角色，她們還是照常理行動，必須尊重那個角色的選擇。我告訴過表演者，希望她們尊重文本，但是尊重指的不是逐字逐句的精準，更不是不允許任何調整。我的意思是，既然「她不是我」，希望她們在表演時不要忽視自己內心的蹊蹺感。我不斷強調，在面對這些蹊蹺時，我們是不怕改劇本的。

這種「尊重自己」的態度，重要性等同於任何人際互動。若是不尊重自己的情感，人際互動總有一天會產生裂痕。人雖然能夠控制自己的情緒，但每次都選擇為了人際的圓融扼殺情感的人，終究會破壞關係中的另一個人。「讓我是我、你是你，然後我們一起前進」，這種人際互動的難度，可以直接套用在扮演虛構角色的困難。尊重他人、尊重角色固然重要，但或許更重要的是，尊重自己身上的蹊蹺感。這就是她們在生活中養成的「身體」，想擺脫也擺脫不了。攝影機終將捕捉到表演者內在的蹊蹺感——「羞恥心」。

編劇的肺腑

既然「她只能是我」，文本終究只能託付給表演者，因此寫劇本的第一要務，就是盡可能減輕表演者的「羞恥感」，改劇本時得盡可能讓內容貼近表演者。但是並不是一切以表演者為依歸，寫作者有自己想說的故事，我們也必須尊重自己的需求。我們只能希望文本調整的走向，可以既保有說故事的功能，又能與她們同在。但是這推到極致，可能會完全無法顧及她們的「羞恥心」，既然如此，只剩一條路可以走——寫出對於我們，以及表演的她們而言，都很重要的內容。

編劇也要從自己的「肺腑」中找出語言，為的是引導表演者抵達她們自己的「肺腑」。夾在「想說的故事」和「表演者的身體」之間「寫不出來」的狀態，成為了一套寫作法。「寫不出來」的現象之所以發生，就是因為我們明確知道自己想說什麼故事、知道角色的偏好以及表演者的身體如何。只有在這種山窮水盡疑無路的情況下，才能殺出唯一的一條活路。角色們最終都會採取老套又不合理的行為，不過這種老套或不合理正好證明，角色發現了「除此之外別無他法」的自己。

這已經超越了別人怎麼看自己的問題，角色將會找到在社會中依然「不被輕易改變」的自己。寫作者首先透過筆下的角色找到那個自己，接著期望表演者身上發生同樣的現象。每個人的生存狀態固然各不相同，但是我覺得角色重視的，她們或許也會看重，那就是一個挖掘出內在力量、活出自己的過程。希望我們的劇本，能夠幫助她們表演者達到真正的自尊自重。

劇本修改在八月的尾聲來到第六稿，此時大方向已經塵埃落定。而最終定稿之所以為「第七稿」，是因為拍攝每場戲前的一到兩星期我們還是在進行微調，不斷更新成最新版本。

我在信件中提過，小野和子小姐常常說「聆聽」就是不斷拋下舊我、不斷改變。寫劇本就是我們「聆聽」她們的過程，我們不斷在嘗試，能不能在尊重她們的情況下，完成我們重視的任務，這對我們而言似乎也是一種省察的工夫。我們透過書寫深入自己的肺腑，或許只有在那裡，才能讓角色和表演者共存。到最後，任務託付給拍攝現場的表演者。《歡樂時光》的拍攝中，我唯一具體進行的導戲工作是「讀本」，如今想來，讀本可能就是表演者「聆聽」文本的一個階段。她們將會接收來自文本、攝影機以及自己的省察。

在拍《歡樂時光》的時候，基本上都是請表演者直接到現場，不必先背台詞。該場戲的所有表演者都會在開拍前抵達拍攝現場（正確來說是盡可能靠近現場的其他空間）進行讀本，在讀本的同時背誦台詞。我接下來要說明具體的進行方式。

無論文本的類型為何，表演者唸的時候都不要深化文句的意義，不要有抑揚頓挫。我參考的範本是紀錄短片《尚・雷諾瓦的表演指導》（*La direction d'acteur par Jean Renoir*）中拍攝的「義大利讀本法」，讀本時要「如同義大利人」連珠砲唸下去，因此得名，而且還得像「唸電話簿」一樣不帶感情。一開始是想如法炮製這個讀本法，但是日文的每個字獨立發音，連珠砲唸有其難度。我們的讀本速度比較接近日常對話速度，另外有「慢」、「兩倍速」或「一點五倍速」三檔，不同的檔位只是為了在反覆的讀本工作中做出快慢區別，或者讓文句意義更不容易附著。

表演者唸台詞，我聽了之後進行台詞的修改，並當場指示要刪改台詞、修改語尾或沉默的長度，表演者會將這些修改的內容寫進自己的劇本裡。每修改一次就會重新唸一次，在整體有了某種程度的雛形後才開始記台詞。

不過沒有人能一次記住所有台詞，因此每次先唸一到兩分鐘的對話量，然後蓋上劇本。記不清楚的時候就重新唸、蓋劇本，記熟後再進入下個段落，讀本就是不斷重複這個過程。在我印象中，精準記住一分鐘的台詞，需要花大約三十分鐘。拍攝是在每週末進行，幾乎每次的上午時間都花在讀本。

工作人員在讀本期間會到拍攝現場準備或待命，我們盡可能在其他空間進行讀本，表演者記熟台詞後才會進入拍攝現場。我會指示大致的動向如何，並進行幾次排練（排練的時候，表演者的台詞依然維持讀本腔）。工作人員看著排練的情況，理解整體動向，在動向敲定、決定好構圖後就開始拍攝。以上就是拍攝《歡樂時光》的基本模式。劇本中有幾段很長的戲，最多長達三十分鐘，為了記住一場戲裡接連不斷的對話，我們還會找專門讀本的日子，進行長達兩到三天的讀本。對於另有正事要忙的她們而言，不但週末要來，有時候連平日下班後的晚上都要來，這種時程安排確實很逼人。

儘管如此，我們還是採取這種全體一起讀本背台詞的方法，單純是因為大多數的表演者沒有「背台詞」的經驗。我們可以料想到讓她們各自「背台詞」的難度有多高，也擔心有人記不住台詞會心生愧疚。每個表演者都另有正事要忙，忙碌程度也不一，因此比較理想的方法，應該就是讓劇組管理並騰出所有人「背台詞的時間」。

隨著拍攝的進行，我漸漸體悟到這種讀本法真正的價值所在。一如尚．雷諾瓦所言，不深化意義或不帶抑揚頓挫，是為了避免「老套的情感表現」的必要準備。在拍攝前決定抑揚頓挫與意義，等於是在選定表演的方式，讀本時若沒有完整排除意義，會阻礙一場戲在拍攝現場的發展性。而這些道理，也是我到後來才理解的。表演者要在「透明無色」的狀態中帶著文本前進，一場戲才能有自由發展的空間。

回頭來看，「全體一起讀本背台詞」這種拖沓的方法也有其合理性。倘若是一個人在家記台詞，恐怕無法摒棄一切的抑揚頓挫。這可以理解為一種音樂旋律，那些抑揚頓挫對於記台詞大有助益，但是抑揚頓挫內蘊的情感表現同時也會僵化下來。獨自一人背台詞，與「不深化意義」的讀本，兩者的目的是互相衝突的。

讓全體共讀還可以形塑一種「聲音的條件反射」，讓大家聽到一個人講完台詞，就知道輪到自己的台詞了。在某句台詞之後輪到自己講台詞，用這種像是在唱盤上刻溝槽的方式烙印在身體上。每一句台詞，都是下一句台詞的啟動器。

以「讀本」為電影製作的主軸還有一個合理的原因，因為犯錯的風險極低，而且可以重來無數次。讀本時不問孰優孰劣，表演者只要專心用自己的聲音唸出文本即可。這種低風險的重複行為既安全又紮實，幫助文本與表演者熟悉彼此，也成為導演和表演者之間培養的一個習慣。我熱愛表演者與文本磨合的時光，讀本的聲音，說起來其實是生活中可遇不可求的零度之聲。雖然零度之聲還不算是「好聲音」，但是我對於讀本聲毫無排斥感，要我聽多少次都無妨，甚至希望能永遠不絕於耳。

只是我們總不能讀本讀到天荒地老，還是得蓋上劇本開始記台詞，而這個背誦的速度因人而異，每場戲每個人的台詞量也不盡相同。「讀本」到了這個階段才會產生風險，此時的課題，在於如何讓背誦相對慢的表演者，消除她們內心的焦慮與尷尬。提出無理要求的畢竟是我們，而我們也絲毫無意讓沒有表演經驗的人感到丟臉。

無論我們說多少次的「不用怕犯錯」，當其他人都記住了台詞，自己卻記不住，那種心中的尷尬基本上是不可能減少的。既然如此，就得找出些方法，讓大家能達到一致的速度。有什麼辦法，能更快記住台詞？

聆聽文本

某一次，我發現記得快的人聲音有個共同的特徵，我希望能將這件事與大家分享，於是請她們唸台詞的時候想像一件事。以下引用自製作日誌：

想像一下在場所有人的肚臍內部都「掛著鈴鐺」，然後用自己的聲音，去響動對方的鈴鐺。鈴鐺很容易發出聲音，所以講話不必太大聲，但是應該有一種自然狀態，當你想要送出聲音時，就會產生那樣的音量或聲音密度。

（中略）

那不同於命令，我感覺有一種聲音是能驅動他人的。在和表演者討論之後，我說最類似的情況應該是「禱告」。肚臍內部當然沒有鈴鐺，連聲音是否能送達都無從確定，但還是要想像它的存在，專注一心將聲音發送出去，我覺得最接近的例子就是禱告了。

禱告能夠改變什麼嗎？當然不盡然。但禱告不就是儘管沒有任何實際效益卻還是非做不可嗎？禱告的重點在於聲音的起點要放在（想像中的）對方身上，此時的聲音是「被呼喚」出來的東西。有時我會因為「被呼喚」出來的聲音而大吃一驚，我大概就是希望大家體驗看看什麼是「被自己的聲音嚇到」，所以才以「鈴鐺」為例。

這樣的聲音可能會透過驚訝反應，幫助大家將文本烙印在自己身上。

（出自2015／10／18製作日誌）

有些人很擅長邊讀本邊記台詞，我聽到她們的聲音後得到靈感，於是提出想像「鈴鐺」的建議。我無法判斷這個意象能不能大幅加快記憶速度，不過採取這個做法是讀本工程中的巨大轉捩點，讓讀本的主軸明確從「聆聽」轉為「送出聲音」。請表演者想像「鈴鐺」的時候，我同時說「你們不必聆聽，只要專心將聲音送給對方」。

這次電影拍攝，本來就是從「聆聽」工作坊延伸出來的，而讀本原本就兼具練習「聆聽」的意義。我們認為正確的「讀本」是聽到聲音、接收聲音並發出聲音，但是這樣操作會陷入一個兩難。在唸（預想中）情緒較豐富的場面中的台詞時，「聆聽」會更容易讓文句產生意義。

這個經驗，反而讓我重新體認到文本本身的特質與聆聽的力量。語言當然是有其語意的，無論再怎麼排除意義，都不會減損語意本身，語意會產生漣漪，波及接收者的身體。若非如此，我們純粹閱讀「戲曲」的文本時也就不會被打動了。若在摒棄語意的狀態下聽見這些文句，語意就不會被接收。但是我發現，當有人專心聆聽與接收的時候，語意始終能保持開放性。文本原始的語意，會對接收者的身體帶來不小的影響，然後產生意義。而讀本的目的既是「聆聽」又是摒除意義，代表這是自相矛盾的行為。

文本原始的聲音

採用「將聲音送給掛在肚臍內部的鈴鐺」的意象之後，我開始聽到不是喉嚨，而是發自丹田深處——肺腑——的聲音。我猜想原因是她們透過自己的身體，去想像其他人的肚臍內部。那並不是多大的聲音，也不同於腹部發聲，但是可以感覺到一種緊實的密度，感覺像是將自己傳送給「鈴鐺」的意象時，聲音長出了自己的骨幹，這樣的聲音，是來自身體內部的。發聲的不只有喉嚨，整個內臟——「肺腑」都變成一個發聲器官，甚至像是樂器在發聲。雖然沒有任何抑揚頓挫，聽起來仍然像是一種「歌」。

她們「聆聽」自己透明無色的台詞並記下來，而這種有骨幹的聲音如同印章，不斷在她們身上蓋印文本，並讓她們在聆聽文本的過程中不斷改變。我在日常生活中也發現，只有摒棄了語言附隨的意義與抑揚頓挫之後，才能真正聽見對方的聲音。

在保持身體特有律動（groove）的同時，無論是文本的哪一句，都用同樣的強度，再三反覆且正確地唸出來。於是在闔上劇本後，依然能維持這樣的狀態。當你閉上眼睛聽，聽到不知道對方是照唸或默背的時候，那些聲音似乎會得到一定的「厚度」。表演者高度穩定的聲音宛如「文本本身」，同時那當然也是她們自己的聲音，這種聲音，或許可以稱為「褪下外衣之聲」。她們在聆聽的時候也產生了改變，在反覆的讀本中聆聽文本，逐漸變成「文本人」，這或許是一種文本化入肺腑的狀態。在這樣的狀態中，表演者帶著原始的文本前進，兩者互為個體又互相共存。我想這就是在鏡頭前表演、「在保有自己的情況下成為他人」的事前準備。

拍攝現場基本上是屬於表演者的，在喊出「預備、action」之後，現場只能託付給表演者。攝影機只是在跟隨她們，或者去可能發生事件的地方靜候。在送表演者進拍攝現場前，我們基本上只要求一件事，就是使用化入肺腑的文本做出「肺腑之應」。講起來很玄妙，實際做來卻很單純，就是「觀看」以及「聆聽」。除此之外，還要把自己交出去，盡可能減少社會性應答。

7 肺腑之應

「攝影機遊戲」

我們的應答基本上都是社會性的，為了讓溝通如願進行，時而假笑，時而興致盎然地點頭，時而為了讓自己佔上風而大發雷霆。我們的身體很習慣看時機與場合做出反應，而且因為太熟稔這類的反應，因此在表演的空間中並不容易改變習慣。認為某個場合適合什麼樣的表演，這種表演思維理應可以稱之為「窠臼」。為了不落窠臼，就得等待自己的身體在「此時此刻」做出的反應，所以在「觀看」和「聆聽」之後就是等待。「等待」一詞聽起來似乎是種時差，但其實行為與反應之間未必有這種時差。

我們常常在開拍前進行「攝影機遊戲」這個儀式，兩兩一組，一個人是「攝影機」，一個人是「攝影機注視的對象」。兩人面對面對看一分鐘，一分鐘過後兩邊互換，再對看一分鐘，對看時間總共兩分鐘。這算是前文「沉默的對話」的進階版，進階版改成這個版本，是因為攝影機是

「觀看」的最佳楷模。

這是一種「觀看」的訓練，攝影機不管看到什麼都不會有所反應，只會靜觀。有趣的是，看著對方的臉兩分鐘，漸漸會產生「啊，原來對方長這樣啊」的念頭。我們平常不會盯著別人的臉兩分鐘不做任何反應，這個訓練的主旨是幫助大家覺察觀看的力量、培養不輕易做出反應的習慣，更重要的是要習慣「被觀看」。等儀式結束，接下來的表演空間裡，表演者會被攝影機看得一乾二淨，自願站在鏡頭前就是這麼一回事。

表演者無處可逃，但是正因為已經被看得一乾二淨，她們在鏡頭前才有可能互相凝視，不去顧慮社會規範，此時表演者可以盡情挖掘自己平常封閉的感受力。而且人們採取異於尋常方式「觀看」時，多半也只能用異於尋常的方式做出反應。既然如此，**也有可能什麼都不會發生**，放任自己自由反應的確無法保證一定會發生什麼。也因此才需要「文本」與「聆聽」，「文本」與「聆聽」將在現場引路，讓一些預期要發生的事件更容易發生。

厚實的現場

讀本結束後開始拍攝，接著表演者發出第一聲。我在拍攝時基本上不太會指導表演者什麼，不過對於第一聲我還是會給予一些指示。因為我們採取的這種拍攝法，第一聲的狀態會大幅影響後來的走向。此時不是讀本，表演者不會被要求不要深化意義或不帶抑揚頓挫。前文說過，文本有其語意存在，若有人接收了文本的語意，語意就會立刻開展，開展的語意又會影響表演者的身體。舉例而言，文本中有一句「我和一個男人過夜，我們做愛了」，這句話會以既定的方式影響在場的表演者們。

第一聲首先被那位將第一聲化入肺腑的表演者聽見，文本以既定的方式影響這個表演者自己，並在她身上添加既定的意義，她再將文本拋向其他表演者。而這當然也會影響到接收這句話的第二個表演者，他或她聽了台詞後，就會開展台詞的語意，從肺腑中產出既定的意義。不過這些台詞，依然是按照順序出現的。在一場戲結束前，都會持續這個過程。只要表演者不逃向社會性反應，自始至終都交出自己的肺腑之應，文本與表演者之間產生的既定意義就會不斷累積。

現場的反應為透明無色的文本增添意義，並自由地發展下去。重點在於透明無色的文本，為表演者（以及導演如我）發揮了標準音高的功能。讀本時透明無色的文本與現場聲音之間的落差，讓我們更容易感受現場添加了什麼意義。在看見、聽見之後不斷累積「此時此刻」的反應，最終就會產生出這顆鏡頭既定的唯一意義。而文本也不會隨著一顆鏡頭而消逝，因為只要能做到「觀看」與「聆聽」，表演者就會在反覆的重拍鏡頭中，感覺到其中蘊含著「此刻」發生的，絕無僅有的事件。若真能走到這一步，代表「隨當下興致所生的」即興表演出現了。此刻的文本是表演者的助益，不會妨礙到即興表演的開展。

經過讀本的反覆練習，文本以透明無色的形式保存下來，並且成為表演者的助力。文本最大的功能就是（雖然理所當然如此）「決定好什麼話應該說，而且這個決定不存在表演者的意志」。既然不是即興的台詞，在說台詞時就不需要構思，而如果讀本的習慣已經在表演者的身上烙印了文本，她們恐怕連回想都不需要，說出台詞本身就是一種「反應」。文本跳離表演者時，已經帶有它自己的語意與厚度，此時的文本若附隨著來自表演者身體的既定意義，就會發生「表演者還是表演者，同時也是文本」的情況。

於是她們的存在，將與文本共同閃耀。

在拍攝的時候，我感覺拍攝現場越來越像在東北聽民間故事的場景。表演者都像民間故事的講述者（雖然是速成的），透過嚴格的反覆練習，將文本烙印在自己身上，而那是HATANO KOUBOU精鍊（如果可以這樣說的話）的文本。聽她們在表演場上的聲音，會感覺「表演者還是表演者，同時也是文本」。這種情況，近似於一流的講述者在說故事時會產生的現象，亦即「複聲」。若非有小野和子小姐的聆聽，便引導不出這樣的複聲。因此首先是表演者們彼此的「觀看」與「聆聽」引導出了複聲，她們彼此的肺腑之應，共同創作並累積出一場戲的厚度。而為表演者盡心打造環境的是在場的工作人員，這份努力多半就是這個厚度的基礎。以上，就是拍攝現場的情況。

好的，我寫是這樣寫，但是實際上真的發生過這樣的現象嗎？我沒有答案。一切都是等拍攝進入尾聲時，我才開始有所覺察。我們整個拍攝都在做滾動式修正，因此自然不能說這個現象是常態性的。慶幸還有電影的完成品留下，這部電影，是我們一路走來的影像證據。相信各位在觀賞完電影後，自有判斷。

8 方法論的缺陷

「即興表演工作坊 in Kobe」是在拍《歡樂時光》前舉辦的，在那個時候，我就已經秉持一個信念，認為「只要讓有魅力的人站在鏡頭前，就拍得出有魅力的電影」。因此我相信只要找到有魅力的人就沒有後顧之憂了，而這個信念到拍攝的尾聲都沒有搖擺過。

參加即興表演工作坊要通過審核，審核有審核的標準，其中一個是「臉」。我只能說，臉指的不是美醜，而是攝影機喜歡的臉。另一個標準是「聲」，若報名者發出的聲音，讓我們感覺是在真誠表現自己的身體，這個人就可以通過。說到最後，這些標準總歸來說或許就是「羞恥心」，也就是小野和子小姐口中的「省察自己的本能」，我們選擇了有這種「羞恥心」的人。入選者有百百種，我也無法一概而論。有些人坦蕩蕩的不會蓄意迎合，有些人則是看起來很羞怯，但是每個人都給我「不會輕易改變自己」的印象。

不迎合他人的人讓我很自在，她們都很適合「肺腑之應」。值得留意的只有，那個人的存在是否造成身邊的人過多壓迫。

迎合與羞恥心並不相同，雖然兩者都有壓抑自身表現的意思，內涵卻是天差地別。迎合指的是敏感地察覺到當下的「價值標準」，並且讓自己符合它。迎合者在問答之中常常說「可是不是大家都這樣嗎」，這句話展現的是沒有社會化問題的自己，卻與「真誠表現自己」相去甚遠。與社會同化的他與她無法感受羞恥心是什麼，迎合，大概是距離「肺腑之應」最遙遠的習慣。

知恥之人無論如何都不會隨口亂說話，因為她們有話想說，只是尚未說出來。沒有說出來可能是因為被社會壓抑，也可能單純是還沒有找到表達語言的形式。這些人來參加以「即興表演工作坊」為名的工作坊既稀奇又合理無比，因為我反而能在當事人的羞怯中，看到「無法被壓抑的自我」。不迎合之人或知恥之人都明白自己不會輕易被社會規範塑形，或者至少她們壓抑不住這樣的自己。既然如此，她們遲早會遇到與社會相剋的情況（或者早已經歷過）。真要說的話，即興表演工作坊的入選者，就是這一些看起來「生存不易」的人。站在鏡頭前的時候，這種特質會是無可取代的魅力。以下再次引用約翰．卡薩維蒂說過的話。

> 我有信心能讓任何人都做出優異的表演，因為表演不過就是表達自己與進行對話。自己的人生與個性鑄下的錯誤會成為電影的財產，因此不要讓自己變成純淨的狀態，不要成為不是自己的他人，然後遭遇任何情況都要保有自己。我認為表演就是這一要二不要，也認為這並沒有那麼困難。（《執導電影》〔*Directing the Film*〕）

即興表演工作坊是什麼？

工作坊的中期，我們進行了「訪問遊戲」，期待它成為牽起「聆聽」和「表演」的方法。訪問遊戲是四人一組（工作人員也加入，二男二女一組，共五組），首先是A男A女訪問彼此，題目是「三個形塑現在自己的偶然」。回答這個題目，必然會解釋自己的經歷與遭遇人生轉捩點的心境，此時B男B女就在旁邊觀察。過幾天改成B男演A男，B女演A女的形式，重新上演「三個偶然」的訪問。順帶一提，這個組合還會再對調，改由A演B，總之就是要同組人扮演彼此。

她們不需要完美重現前面那場訪談，只要即興對話即可，為了這個演出，組內的同性學員會先進行訪問蒐集資料，重新上演的訪問則會進行錄影（這是後來的「角色訪問」的原型）。扮演真實存在的人物似乎讓學員產生某種緊張感，在扮演對方的時候，她們都顧慮「不要貶損到對方」。

如前所述，大多學員都有「羞恥心」，甚至個性上就比較內向。內向當然可能只是外顯出來的姿態，不過在受訪答題時，多數人的表現都有點羞怯，較少人以自己為傲。而負責觀察的兩個人，反而從這些地方挖掘出他和她的魅力。

重新演過一次之後，被扮演的人也會看到這些訪問影像。能看到「扮演自己的他人」其實是滿稀奇的，恐怕每個人都能感覺到，自己的表演者會小心不要貶損到自己。舉例來說，我們會看到有人對於用「我這種人」之類的方式自我貶低有所猶豫，表演者正是從那「羞恥心」中挖掘出了魅力。現在想來，這就是小野小姐所說的嚴以律己吧，每個表演者都想要表現出在對方身上感受到的魅力，原本沒什麼自信描述的經歷，卻被詮釋得很自豪。扮演自己的人，毫無疑問展現出了一股魅力，雖然不知道那是自己的，還是對方的，總之她們看到了自己的脆弱迸出魅力的模樣。

工作人員籌劃「訪問遊戲」的初始動機，只是認為這是直接牽起「聆聽」和「表演」的方法，而各組別都出現的這種「尊重」態度，只能算是附加效果。透過尊重自己的他者，她們目睹了一個場景，目睹自己本來想隱藏的「脆弱」化為魅力。我想這是她們後來在鏡頭前表演時，得以「自我肯定」最重要的歷程之一。

對於有羞恥心的人而言，自我肯定並非易事，畢竟羞恥心算是一種自我否定。人們都以自己的脆弱和缺點為恥，懂得「省察自己」的人更是如此。對自己越嚴厲就越難以肯定自己，此時自己信賴的他者給予自己的肯定，將會是天大的助益。我們知道自己有缺點，也知道現在的自己與理想的自己相差多遠，然而在「當下」的關係中，「肯定我的人」的存在，有助於「讓我展現無法輕易改變的自己」。而且她們大概覺得，在真誠聆聽自己的人面前壓抑，反而會失去參與當下活動的價值。隨著工作坊的進行，彼此聆聽的關係大洗牌，也自然而然形成了多元的關係性。比起友誼，稱之為敬意更為貼切。而挖掘他人的魅力——包括脆弱，或者說脆弱即魅力——相當於自我覺察的過程，覺察在那個現場的自己有什麼魅力。

工作坊建構了這種彼此培力的關係，但這並非我們的初始目標，而是各個學員的魅力交互作用之下偶然產生的結果。我也直觀認為，攝影機確實拍下了她們每個人的魅力。

《歡樂時光》的拍攝期，我們每個月大概會租一次KIITO的空間，為表演者與工作人員放映拍攝素材。這是定期讓所有人檢核拍攝結果的機會，表演者看到自己的影像都留下了強烈的印象。如同小時候第一次聽到錄音機中自己的聲音時，感覺很奇妙，像是自己又不像自己。我們也憂心素材放映，會強化表演者的「羞恥心」，但是我們更相信，攝影機拍下了我們所感受到的表演者魅力。我不認為表演者看了素材後，就能直接走到自我肯定這一步，但是其他表演者的魅力被原汁原味拍下來了，這是任何人都看得出來的，因此，我們期待她們相信這件事有可能發生在自己身上。

本文在開頭的地方寫說《歡樂時光》（當時是《BRIDES》）的劇本雀屏中選的原因是「最有可能讓工作坊全體學員參與」，我想這首先應該是意謂著，所有工作坊學員都有參與的意願。其實有些人並沒有興趣在鏡頭前表演，但是她們內心一定都覺得「雖然沒興趣，但如果是跟這些人一起拍就有意願」。少了任何一個人都會重創整個團隊，更重要的是，本片表演者大多是素人，若能將工作坊衍生的敬意與關心的人際網絡直接帶進拍攝現場，顯然會是本片製作上強大的助力。我提過很多次：真切感覺別人在聆聽的時候，人們就會真誠表現自己。而我們的拍攝現場中就有現成的十七位聆聽者，每一位都是關心他人的聆聽高手。後來發生的事，就如我整篇專文所述。

最終而言，參加工作坊的經驗、自己與其他表演者的關係、工作人員、文本甚至是攝影機，這些或許都給了她們勇氣，她們站在鏡頭前的姿態，確實可圈可點。鏡頭後方的我總是讚歎不已，我好幾次覺得，她們的表演述說了我們的文本真正的意涵。若文本對她們的「肺腑」起了作用，並同樣向她們述說出自己真正的意涵為何，這將會是我無上的喜悅。

最後我想補充一點，我**絲毫不**認為本文的《歡樂時光》電影方法論，是電影製作的正確答案。這個方法的誕生，多半是源於我個人的某種缺陷。對於拍攝表演這件事，我一直感覺有什麼蹊蹺，如果可以，我不想輕縱它。有時候甚至覺得，只要能消除這種蹊蹺感，真不知眼前的路途會有多寬廣，偏偏我別無選擇。參與本片的每一個人，或許也都是將自己的脆弱和缺陷轉化為方法論的吧？我腦中浮現出的很多人應該都符合這個描述。《歡樂時光》的方法論是一種獨特的方法，是參與本片的表演者和工作人員，每一個人的方法集大成，因此無法複製。本片絕非我一個人的作品，但我之所以敢說電影《歡樂時光》有其「厚度」，是出於我的敬意，對於站在鏡頭前的表演者，以及站在鏡頭後的工作人員。寫下本文，為的是寫下我對她們的敬意與無限的感激。

但願她們的姿態，未來能讓更多的觀眾看見、聽見。

2

劇本與衍生文本

HATANO KOUBOU
（濱口竜介、野原位、高橋知由）

《歡樂時光》主要角色

槙野明里（37）…護理師，單身。（田中幸惠）
井場櫻子（37）…家庭主婦。（菊池葉月）
塚本芙美（37）…任職於藝術中心「PORTO」。（三原麻衣子）
日野（吉川）純（37）…主婦，離婚調解中。（川村莉拉）
井場良彥（37）…櫻子的先生，縣政府職員。（申芳夫）
塚本拓也（33）…芙美的先生，自由接案的編輯。（三浦博之）
日野公平（40）…純的先生。（謝花喜天）
鵜飼景（30）…藝術家。（柴田修兵）
鵜飼日向子（29）…鵜飼的妹妹。（出村弘美）
風間雄大（28）…鵜飼的朋友。（坂庄基）
玉田淑惠（28）…鵜飼的朋友。（久貝亞美）
河野智則（25）…芙美的下屬。（伊藤勇一郎）
栗田耕史（40）…明里任職醫院的醫師。（田邊泰信）
柚月香織（23）…明里的晚輩，護理師。（澀谷采郁）
井場美津（70）…櫻子的婆婆，良彥的母親。（福永祥子）
井場大紀（14）…櫻子與良彥的兒子，國中二年級。（川村知）
湯澤祐司（35）…與明里重逢的男子。（濱口竜介）
滝野葉子（28）…與明里等人在有馬相遇。（殿井步）
能勢梢（25）…與拓也合作的作家。（椎橋怜奈）
三澤由紀（15）…大紀的女友。（禱KILALA）

《歡樂時光》劇本

關於《歡樂時光》劇本（第七稿）

為求方便起見，我稱呼本書收錄的《歡樂時光》劇本為「第七稿」。第七稿不是拍完電影後整理的對白本，而是表演者最終「帶來拍攝現場的劇本」。我在前一篇〈《歡樂時光》的方法論〉中也提過，讀本時使用的是第七稿，進入讀本階段還會進行台詞的最終修改，因此若有機會將第七稿與電影對讀，或許可以從對照結果中，想像出我們的讀本是什麼樣的過程。

第15場「鵜飼景的工作坊」進行了兩次的拍攝，我們只和表演者決議了工作坊活動的流程，接著便以幾乎是拍紀錄片的方式進行第一次拍攝。但第一次沒拍到需要的素材，大約兩個月之後，我們以初次拍攝的素材為核心重新進行拍攝，讓這場戲更有虛構感。本書收錄的是「第二次」拍攝使用的劇本，這個版本包含根據紀錄片風素材整理的對白本，以及為了重新建構更有虛構感的場景而擴寫的內容。

第62、64和66場是「梢的朗讀會」，表演者椎橋怜奈朗讀了短篇小說《水蒸氣》（湯気），她是在扮演能勢梢的過程中實際創作這篇小說的。HATANO KOUBOU知道她為了揣摩角色而寫起小說（她過去沒有寫作經驗）後，便在改劇本時增補了「朗讀會」的場景。增補這場戲還有一個原因，就是我們感覺那是個適合所有主要演員再次齊聚一堂的場景。她雖然沒有朗讀到小說全文，但是大部分都已經出現在本片之中。劇本中並沒有收錄《水蒸氣》全文，因為我們期待《水蒸氣》這篇小說有問世的一天。

除此之外，本書還收錄了剪輯上沒有採用的幾個場景。電影成品採用的是「三幕劇」結構，不過我們在劇本階段並沒有考慮這些，因此劇本中也看不出三幕劇的切分點。

（濱口）

#1 摩耶纜車（日）

纜車駛上山，穿過樹林間，漸漸可以看到神戶的街道。

明里（37）、櫻子（37）、芙美（37）和純（37）在纜車座位上橫坐一排，她們各自在聊天。

#2 摩耶山・掬星台（日，陰天）

明里、櫻子、芙美和純四個人坐在長椅上，她們交換吃便當，同時欣賞神戶的風景，但是在霧氣中什麼都看不見。

櫻子　「什麼都看不到啊。」

芙美　「完全看不見神戶。」

純　「簡直跟我們的未來一樣。」

明里　「喂喂喂，妳講這是什麼話？」

純　「哈哈，沒這回事對吧？」

明里　「37歲的女人，未來是一片光明的。」

純　「是啊。」

櫻子　「不過還真的什麼都看不到。」

明里　「喂。」

芙美　「可是櫻子，這個飯糰很好吃。」

櫻子　「喔，真的嗎？」

芙美　「而且很可愛。」

櫻子笑。

明里　「嗯，純做的三明治……」

純　「炸肉排。」

明里　「超好吃。」

純　「真的嗎？好開心，這是有點高級的肉，我奢侈了一下。」

明里　「嗯，難怪那麼多汁。」

芙美　「真是抱歉啊。」

明里　「你們兩個不愧是主婦啊。」

櫻子　「啊，不過好開心喔，家裡不太會有這種正面回應的。」

純　「對啊，做給會說好吃的人吃，是最好不過了。」

明里　「好吃。」
芙美　「好吃。」
櫻子　「謝謝，明里的梅子汁也是。」
明里　「對吧？」
芙美　「飯後來吃水果。」
純　「嗯，謝謝。」
櫻子　「我開動了。」

芙美秀出保鮮盒。

明里　「不過這次的野餐好慘烈喔。」
純　「乾脆翻過山頭去有馬好了？」
明里　「啊，好像有公車。」
櫻子　「啊，溫泉啊，想去。」
芙美　「但是當天來回泡溫泉好像有點可惜吧？」
明里　「嗯。」
芙美　「難得去有馬就該放慢步調啊，對吧？」
明里　「對啊，下次約個時間一起去住？」
櫻子　「我們四個嗎？」
純　「啊～我們是第一次外宿耶。」
芙美　「對啊。」
明里　「很棒耶，有馬。」
純　「喔，來決定一下吧，就看明里和芙美的假了。」

四人都拿出行事曆。

明里　「芙美那邊是休星期一吧？」
芙美　「嗯，所以看明里的時間決定吧。」

明里翻看行事曆。

明里　「咦？是喔？如果是下下星期呢？會太趕嗎？」

純的表情一沉。

純　「啊，抱歉，那天我有事，沒辦法。」
明里　「嗯，那天不行就要八月初了。」
芙美　「應該可以。」

芙美看到行事曆中的一個東西。

櫻子　「我應該也可以。」
純　「抱歉。」
明里　「不會啊，隔一段時間正好。」

芙美　「妳們要不要參加這個？」
　　　芙美攤開夾在行事曆裡的傳單，其他三人看著傳單。
　　　傳單上大大的文字寫著「聆聽重心　鵜飼景身體開發工作坊」。
芙美　「就在週末。」
明里　「這是哪類的活動？活動身體的嗎？」
芙美　「嗯……我也不清楚。」
明里　「妳喔。」
芙美　「比較像是河野的第一個企畫，但是太晚宣傳，完全招不到人。」
純　　「感覺很好玩耶。」
　　　純翻看傳單，傳單背面寫著「重心是什麼」。
明里　「沒問題，我可以。」
櫻子　「星期天啊？到幾點？」
芙美　「表訂是17點，但應該會再久一點。」
櫻子　「是喔。」
純　　「很難開口嗎？」
櫻子　「不，沒問題，現在婆婆也在，請她準備個晚餐還可以。」
芙美　「櫻子的婆婆真好，好像很體貼。」
櫻子　「不知道，我們感覺還在磨合中。」
明里　「喔？是第一次同居嗎？」
櫻子　「嗯，她總是笑瞇瞇的，但不知道心裡怎麼想。」
明里　「哇，好恐怖。」
芙美　「妳不要勉強喔。」
櫻子　「沒關係。純，妳可以嗎？」
純　　「我基本上隨時都可以。」
芙美　「也是滿好的。」
櫻子　「公平先生感覺也很體貼呢。」
純　　「良彥不也是嗎？」
櫻子　「嗯……那算體貼嗎？」
芙美　「櫻子家裡還有大紀呢。」
櫻子　「拓也先生才叫體貼吧。」

芙美　「他算體貼嗎？是放任吧。」

純　「我家才是吧。」

明里　「好了！」

明里拍手。

明里　「妳們夠了喔。」

三人都笑了，明里在行事曆上畫一個圈。

明里　「好～那工作坊是下個週末，旅行是下下個月的星期一。」

櫻子、芙美、純　「好～」

四人都在行事曆上寫字。

#3　摩耶纜車（昏）

四個人搭了下山的纜車。

窗外可以看到神戶的街道，在霧氣當中越來越近。

片名浮現。

#4　神戶的街頭（晨）

神戶的街頭。

#5　醫院・診間（日）

明里在診間準備X光片。

醫師栗田（40）打開隔壁診間的門。

他將水壺中的水倒進紙杯中喝光，嘆了口氣。

明里　「栗田醫師，你累了嗎？」

栗田　「槙野，來一下。」

栗田用拇指指向隔壁。

明里　「嗯？」

×××

窗簾隔開的一個診間。

後輩護理師柚月香織（23）正準備在病患手臂下針。

病患手上綁著止血帶，手肘伸直。

香織焦急地尋找病患的血管。

香織鬆開止血帶重新綁了一次。

接著她拍打病患的手肘內側。

病患　「好痛。」

香織　「對不起。」

明里從走廊往內看，走進診間。

明里　「打擾了。」

香織　「槙野小姐。」

明里　「柚月，換我來吧。」

明里戴上橡膠手套。

香織　「我沒問題。」

明里　「沒關係。」

明里用手示意，香織往後退。明里抓住病患手臂。

明里　「馬上就好喔。」

明里重新綁止血帶，用手指搓病患的手臂。

香織在一旁看著，輕輕拍打手肘內側。

明里　「紗布。」

香織遞出紗布。

明里　「你有這類的過敏嗎？」

病患　「啊，沒有。」

明里用紗布擦拭手肘內側，香織拿著針筒等待。

明里看向香織，香織遞出針筒。

明里　「啊，可以請你握拳嗎？對，拇指握在裡面。」

病患　「很難找嗎？」

明里　「是啊，每個人都不一樣。」

轉眼間，明里在手指壓的地方毫不猶豫下針。

血液流了出來，明里身手俐落地抽出三管血。

明里　「好，辛苦了。壓住就好，不要搓揉喔。」

明里用脫脂棉壓住下針的地方，香織在一旁看著。

明里　「剩下的麻煩妳。」

香織　「好。」

她拔下針筒上的採血管（血液收集瓶）裝進盒子裡。

明里走向隔壁診間。

×　×　×

明里走進診間，栗田看向她那裡。

明里也拿水壺倒了杯水喝。

栗田　「喔，厲害，真快。」

明里　「栗田醫師，你欠我一次喔。」

栗田　「哈哈，下次請妳吃飯，妳要吃什麼？」

明里　「開玩笑的，真是抱歉。」

栗田　「抱歉什麼？」

明里　「我指導無方。」

栗田　「嗯～在妳的指導下柚月還願意留下來，她很了不起吧。」

明里　「喂，我們的前輩嚴格多了。」

栗田笑了笑，明里繼續準備X光片，並打開電腦。

香織從隔壁診間打開門。

香織　「栗田醫師，麻煩了。」

栗田　「好。」

栗田走進門，明里用手指叫香織過來，香織用後方的手關起門。

香織　「對不起。」

明里　「妳已經第二年了吧？會不會太扯了。」

香織　「是。」

明里　「不要慌，不要表現出妳的慌張，不要讓病患擔心。」

香織　「是。」

明里背對香織，開始整理病歷表。

香織低頭回診間。

#6　PORTO　會議室（日）

鵜飼看著工作坊的傳單。

鵜飼　「唉呀，謝謝你們費心設計這麼厲害的傳單。」

河野　「不會，過獎了。雖然晚了點，但還是想確認一下，工作坊辦在這個空間真的可以嗎？我們可以改成當天在這裡集合，然後帶學員去其他更大的地方。」

鵜飼　「嗯嗯，沒問題，我不會帶到太激烈的活動。」

河野　「我們需要準備什麼嗎？要投影鵜飼先生過去的活動紀錄嗎？」

鵜飼　「不用，沒關係。」

河野　「那……當天的流程基本上就交給你囉？」

鵜飼　「嗯，反正就是看當下心情。」

河野　「心情？」

鵜飼　「不是，我會看情況調整。」

河野　「好。」

鵜飼　「對了，目前多少人報名了？」

　　　河野看向芙美。

芙美　「目前七個人。」

　　　鵜飼笑了笑。

鵜飼　「那不需要更大的空間啊。是喔，七個人。」

河野　「不好意思，我們這種宣傳方式，可能讓人不太好懂這是什麼工作坊。」

鵜飼　「不，如果你們的宣傳很誠實，結果一定就是這樣。」

河野　「別這麼說。」

鵜飼　「是喔，害我有點抱歉了。」

芙美　「這幾天還是可能有人來報名，也會有人感興趣，而且傳單做得不錯。」

河野　「啊。」

　　　河野點頭致意。

芙美　「活動內容難懂所以有它的魅力在，但既然難懂，可能就需要讓懂的人看到。如果可以的話，希望鵜飼先生也邀請身邊的朋友。」

鵜飼　「是啊。」

芙美　「我們這邊會繼續努力，不好意思。」

鵜飼　「不會，謝謝你們。」

　　　芙美和鵜飼互相鞠躬，河野也跟著低下頭來。

#7　櫻子家（夜）

　　　櫻子、大紀（15）和美津（70）圍坐在餐桌前吃晚餐。

美津　「櫻子小姐，味噌湯很好喝。」

櫻子　「啊，太好了。」

大紀　「會不會有點淡？」

美津「阿大，這是你媽替我調整的，因為我昨天說偏鹹。」

櫻子「倒也不是，只是今天的調味剛好吧。」

大紀站起來。

大紀「我吃飽了。」

櫻子「還有可樂餅。」

大紀「不用了，再吃下去會變胖。」

櫻子「什麼意思？」

大紀「我吃飽了。」

大紀走下樓梯。

櫻子「媽，妳要喝茶嗎？」

美津「好，謝謝。」

櫻子站在廚房準備茶水。

美津「阿大好用功啊，我都要費好大一番功夫才能讓良彥回房間。」

櫻子「嗯～可是他成績也沒有上去。」

美津「是喔？」

櫻子「最近有手機，待在房間搞不好就是在跟朋友玩。」

美津「還是妳時不時去開門查勤？不行嗎？」

櫻子「這個年紀很排斥的，我想到自己的國中時期也覺得可以理解。」

美津「是啊，良彥上國中的時候，我有一次一開門就發現他在抽菸。」

櫻子「是喔，他現在不抽啊。」

美津「那個年紀就是這樣嘛。」

櫻子「當時怎麼處理的？」

美津「當然是賞巴掌啊。」

櫻子端茶過來。

櫻子「好厲害，我做不到，這種角色我可能會交給良彥先生。」

櫻子遞茶給美津。

美津「謝謝。畢竟我一個人要身兼父職母職。」

櫻子「是啊。」

美津「不過櫻子小姐很可靠啊，良彥和阿大都很放心喔。」

櫻子　「快別這麼說。」

兩個人喝起茶。

＃8　PORTO　辦公室～門口（夜）

芙美閱讀藝術快報線上刊載的鵜飼訪談，並看了看手錶。

河野正在講電話。

河野　「是啊，你們可以直接用我們寄去的新聞稿發布文章。啊，是……是……每次都麻煩你們了，不好意思……是……是。」

河野看向電話，放下電話筒。隔壁座位的木津看向河野。

木津　「河野啊。」

河野　「是。」

木津　「你剛剛在跟哪邊通電話？」

河野　「藝術快報。」

木津　「你在拜託什麼？」

河野　「啊，我們之後要辦鵜飼景先生的工作坊，我寄了新聞稿過去，但他們沒有登上去，所以我去拜託他們。」

木津　「負責人是八木？」

河野　「對。」

木津　「負責人是八木，而你寄的新聞稿又沒刊登，代表被他篩掉了，他是不可能忘記的。」

河野　「是。」

木津　「寄去的沒被刊出，代表八木認為沒必要刊。」

河野　「是。」

木津　「不必再追問了，這是我們和八木之間的默契。」

河野　「不好意思。」

木津　「還有，你的口氣。」

河野　「口氣？」

木津　「就算你不知道我們的默契，你也是有求於人吧？」

河野　「是。」

木津　「你覺得 PORTO 寄去的，他們理所當然就要刊出嗎？」

河野　「沒有。」

芙美看著河野和木津對話。

木津　「那你講話怎麼是那種語氣？」

河野　「啊，有問題嗎？」

木津　「感覺像是去販賣機買飲料一樣。」

河野　「啊啊。」

木津　「你沒有想像對方的臉吧。」

河野　「臉？」

木津　「處理事情的都是人。」

河野　「是。」

木津　「你最好注意一點，我說真的。」

木津拿出香菸站起來，離開辦公室。

芙美拿著個人物品站著，走到河野面前。

芙美　「河野啊。」

河野　「是。」

芙美　「木津講話很囉唆，但他說的都是真的，你要小心。」

河野　「是。」

芙美　「以後你若是要負責整個專案，在失敗前是不會有人給建議的，要慶幸有人提醒你。」

河野　「是。」

芙美　「我已經邀明里她們來工作坊了。」

河野　「真的嗎？難道是加上明里小姐她們才七個人嗎？」

芙美　「對。」

河野　「是喔，我還想指望她們啊。」

芙美笑。

芙美　「喂，鵜飼先生感覺不是很介意，但你不要有恃無恐喔。」

河野　「是。」

芙美　「那我走了。」

河野　「好。」

芙美轉過身去，河野站起來鞠躬。

河野　「辛苦了，謝謝妳。」

芙美　「辛苦了。」

芙美打開門離開。

×××

PORTO門口停著一台車。

拓也（33）坐在駕駛座上，讀著文庫本。

有人敲打窗戶，他看過去，看到芙美。

芙美繞去副駕駛座。

芙美　「抱歉來晚了。」

拓也　「不會。」

芙美繫上安全帶，拓也的車子開了出去。

#9　醫院　吸菸區（夜）

明里在抽菸，她熄了菸後邁開步伐。

×××

電車內，明里獨自回家，神情疲憊。

車廂內突然有一名男子向她攀談，嚇了她一跳。

#10　車內（夜）

拓也開車，芙美坐在副駕。

芙美　「真好吃。」

拓也　「嗯，很好吃。」

芙美　「如果能喝酒就太好了。」

拓也　「妳可以喝啊。」

芙美　「可是自己喝醉感覺很蠢耶。」

拓也笑了笑。

拓也　「不會吧，喝醉很可愛啊。」

芙美　「喔，是喔。」

芙美笑。

芙美　「明年去北野那邊怎麼樣？」

拓也　「要不要去長田的內臟燒烤店？」

芙美　「結婚紀念日吃內臟啊？」

拓也　「還可以喝馬格利酒。」

芙美　「我是滿喜歡喝的啦。回家喝的話，要不要買點東西回去？」

拓也　「抱歉，稿子過了今天午夜就會寄來了，我得看稿。」

芙美「是喔，那我也來趕補助申請書好了。」

拓也「是喔。」

拓也笑了笑。

拓也「我們好沒情調喔。」

芙美「也不錯吧，過了午夜就變回平常的我們。」

芙美笑。

#11 酒吧（夜）

酒吧，明里和湯澤並排坐在吧台。桌上放著喝到一半的酒與餐點。

湯澤「我平常都搭 JR 回家。」

明里「喔？那今天是？」

湯澤「有民眾落軌意外。」

明里「喔？」

湯澤「所以碰巧搭了山陽電鐵。」

明里「喔？那真的是很巧耶。」

湯澤「是喔，但是很難講。」

明里「什麼東西？」

湯澤「很難講是不是運氣好。」

明里笑了笑。

明里「是啊，畢竟是遇到護理師。」

湯澤笑著，拿起玻璃杯。

湯澤「我可以再喝一杯嗎？」

明里「好，請喝。」

湯澤「明里小姐，妳時間還可以嗎？」

明里「我是沒問題，但湯澤先生，你不用顧鈴香嗎？」

湯澤「啊啊。」

明里「她一個人在家吧？」

湯澤「今天是夜宿托兒所的活動。」

明里「真的嗎？」

湯澤「真的，這也是巧合。」

明里「那我就放心了。」

湯澤「妳一直很在意嗎？」

明里「對啊，就在擔心鈴香有沒有事。」

湯澤「我一開始就該講的，不好意思。」

明里「不會。」

湯澤「明里小姐人很好啊。（對店員說）不好意思。」

店員來到湯澤身邊，他加點了酒。

明里喝著酒瞄了他一眼。

湯澤「明里小姐，妳現在有交往的對象嗎？」

明里「咦？沒有。」

湯澤「是喔。」

明里「怎麼了？」

湯澤「沒有，我只是想說我可能真的很走運。謝謝。」

剛剛湯澤加點的酒送上桌。明里低下眼睛。

明里「我現在……」

湯澤「是。」

明里「沒有想要談戀愛。」

湯澤「是。」

明里「工作上可能也是現階段最充實了。」

湯澤「是。」

明里「很厲害的，我現在會動起來。」

湯澤「嗯。」

明里「在思考之前身體就動起來了。」

湯澤「嗯，很厲害。」

明里「就是啊，這也不算是什麼原因，我也不是沒在思考跟別人一起的生活。」

湯澤「嗯，嗯。」

明里「不過我現在沒有在找談戀愛的對象，可能沒這個心情。」

湯澤「很好。」

明里「好什麼？」

湯澤「我也不是在找談戀愛的對象。」

明里「意思是……」

湯澤「對。」

明里「你找的是鈴香的媽媽嗎？」

湯澤「直接來說是這樣沒錯，但也不是隨便誰都可以。」

明里喝了酒。

湯澤　「妳還願意跟我們見面嗎？」

明里看向湯澤。

湯澤　「鈴香很少這麼黏人的。」

明里　「她就很怕生嘛。」

湯澤　「我很相信鈴香看人的眼光。」

明里　「哈哈。」

湯澤　「很久沒看到她那麼開心的樣子了。」

湯澤看向明里。

明里　「我也很想念鈴香，不過總不能要她再生一場病。」

明里笑了笑。

湯澤　「我不是那個意思。」

明里看向湯澤。

她喝了一口酒。

#12　櫻子家（夜）

櫻子在沙發上打盹。

良彥　「我回來了。」

櫻子醒來，井場良彥（37）站在旁邊。

櫻子　「你回來了，吃了嗎？」

良彥　「吃了不多不少的。」

櫻子　「是喔。」

良彥　「有茶泡飯之類的嗎？」

櫻子　「嗯。」

櫻子走向廚房，用快煮壺煮水。她從冷凍庫拿出保鮮膜包的白飯，放進微波爐加熱。

櫻子　「媽說……」

良彥　「嗯？」

櫻子　「她說公家機關根本是血汗工廠。」

良彥　「噗。」

櫻子　「議會不是結束了嗎？她問說為什麼你這麼忙，我不知道怎麼回答。」

良彥　「妳不用那麼認真回應。」

櫻子　「不行吧。」

良彥　「工作就一個接一個的。」

櫻子「嗯，下個月啊。」
良彥「嗯。」
櫻子「我可以跟純她們去外宿泡溫泉嗎？」
良彥「外宿？」
櫻子「就聊開了。」
良彥「嗯，可以啊，什麼時候？」
櫻子「八月初吧，要配合同行者的時間，所以會是星期一。」
良彥「是喔。」
櫻子「我準備好早晚餐才會出門。」
良彥「大紀也放假了，這倒是沒關係，不過我媽在這裡的期間還是注意點。」
櫻子「嗯，我有想過要節制一點。」
良彥「她什麼都想自己來，妳不在的話，她大概會自己做起早餐了。」
櫻子「是啊，其實我有點緊張。」
良彥「我會跟我姊聊聊，但她們個性很像，應該會拖很久。」
櫻子「她也幫了很多忙，沒關係的。」

櫻子的電話響起。

櫻子「啊，純。」

櫻子站起來。

良彥「幫我問好，說我也想去溫泉。」
櫻子「噗，啊，喂？怎麼了？嗯。」

櫻子打開窗戶走進陽台。

微波爐叮了一聲，良彥看向陽台。

櫻子講電話時表情嚴肅。

#13 車站～天橋（日）

純搭著電車。

×××

驗票閘門，櫻子靠在牆邊等人。

純走出驗票閘門，注意到櫻子後停下腳步。

純「櫻子。」
櫻子「純。」
純「走吧。」

櫻子聽到純叫她便走了出去。

×××

兩人走天橋。

純「抱歉啊，嚇到妳了嗎？」

櫻子「嚇到了啊。」

純「抱歉抱歉。」

純笑了笑，兩人邁開步伐。

櫻子「妳是第一次那樣吧？」

純「對啊，每次哭的都是妳嘛。」

櫻子「什麼啦。」

兩人走上天橋。

櫻子「妳為什麼告訴我？」

純「我本來想自己扛下，結果卻扛不住了，抱歉。」

櫻子「不會，很高興妳告訴我，可是……」

純看向櫻子。

純「怎麼了？」

櫻子「我一定比妳更不會說謊。」

純「我知道，妳是指明里和芙美吧。」

櫻子「我沒信心保持平常心，今天也不知道該怎麼面對她們。」

純和櫻子在天橋的樓梯處走向不同邊。

純注意到了趕緊追上櫻子。

純「妳想說就全都告訴她們吧。」

櫻子「不要啦，我說不出口。」

純猛地把櫻子拉到自己身邊，櫻子臉上露出了一點笑容。

#14 PORTO 走廊（日）

純和櫻子一起到場，芙美已經在現場。

芙美「啊，早啊。」

純、櫻子「早。」

芙美鞠躬。

芙美「謝謝。」

工作坊場地已經能看到零星幾個學員的身影。

其中包括風間雄大（28）、鵜飼日向子（29）

和玉田淑惠（28）。

河野向學員說明。

河野「請在膠帶上寫自己的名字並貼在胸前。」

淑惠「腰邊可以嗎？」

河野「啊，可以。」

明里已經換上方便活動的服裝，正在進行伸展。

明里「喔，來了。」

純「什麼？妳超級有幹勁的耶。」

芙美「就是啊。」

明里躺在地上，抓著自己的腳踝躬起背部。

明里「既然要做，我向來都是卯足全力的。」

純「帥耶。」

純笑了笑，櫻子見狀也笑了。

#15 PORTO　看得見海的空間（日）

學員們都坐在椅子上。

鵜飼背對窗戶，坐在長桌前手肘靠在桌上，學員與他面對面。

鵜飼「我叫鵜飼景，請大家多多指教。」

鵜飼鞠躬，工作坊的學員也鞠躬。

鵜飼「真的很感謝大家星期天還特地來參加活動，我想在活動開始前簡單自我介紹一下。我原本就是神戶人，三年前東北大地震的時候前往東北當重建志工。原本只是跟朋友去的，後來有緣繼續，我就在那裡待了一段時間。」

學員們看著鵜飼。

鵜飼「那我為什麼現在會辦這種活動呢？示範給你們看最快，我就直接來了。」

鵜飼與芙美、河野交換眼神，鵜飼叫河野過來。

河野搬開桌子。

鵜飼將椅子的一支腳靠在地上，用指頭支撐住椅子，不斷搖晃它。

所有人的目光集中在他的指尖。

鵜飼的指頭離開椅子，椅子原地自立。

學員很驚訝，忍不住驚呼。

鵜飼　「我在東北閒暇之餘就會把漂流到沿海地區的瓦礫立起來，於是海邊排列出一堆立著的瓦礫，形成很不一樣的風景。雖然有受到一些當地人的斥責，不過我一開始就停不下來，立著立著引起了討論，很多地方都來找我合作。在那裡待了三年，除了避難所、藝術中心，甚至宗教團體都會邀請我，只是……」

鵜飼用指尖推椅子，椅子倒下發出聲音。

鵜飼　「這其實只是種把戲，任何人稍微練一下都學得會，我自己都玩膩了。既然現在的我能得到那麼多人幫助，我就想藉由這個機會，思考什麼是『重心』。然後……」

鵜飼指著白板上的活動名稱。

鵜飼　「今天的活動名稱是『聆聽重心』，聽起來很一頭霧水吧，不過我希望和大家一起摸索不同於平常的溝通方式。首先是暖身活動，大家要不要立立看自己的椅子？」

鵜飼對著學員微笑。

鵜飼　「那就來試試看吧。」

鵜飼做出手勢示意學員起立，學員站起來。

鵜飼把椅子搬起來，像剛剛那樣用指頭支撐椅子，學員跟著模仿。

鵜飼　「像這樣前後左右輕輕搖晃，尋找椅子的重心，在某一個點上，會感覺重量消失了，代表說重心與地面是呈現垂直的狀態。」

學員盯著鵜飼的指頭。

鵜飼　「重量從指尖消失，像羽衣一樣，這個時候……」

學員有樣學樣尋找重心。

鵜飼　「放開。」

鵜飼放開手，學員們也放開，只有鵜飼的椅子立著，其他椅子全都倒下。

鵜飼　「那我們正式進入工作坊活動囉。」

鵜飼笑了笑，向河野招手，並讓學員坐下。

鵜飼和河野背對背坐著。

鵜飼　「好，再來是這個，兩邊的背部要盡可能貼在一起，肩膀和腰部也是，想像你們變成一個物體，然後腳後跟找自己的屁股，感覺雙腳小趾用力。」

鵜飼和河野都把腳拉近身體。

鵜飼　「好，三、二、一。」

鵜飼和河野調整呼吸猛地站起來，現場發出聲音。

鵜飼　「好，那請各位與附近的人兩兩一組試試看。」

在附近的明里和櫻子一組，純和日向子對到眼睛，兩人一組。

熊田和龍見、OSU和風間、淑惠和伊藤一組。

兩兩蹲下，背靠背。

鵜飼　「重點在於不要自己站太多，要借對方的力，但是借太多又會失敗，所以要找出屬於你們兩個人的重心。」

明里和櫻子站了起來。

明里　「喔～」

成功站起來的各組紛紛發出聲音。

鵜飼　「試著增加人數喔。」

純、日向子和熊田一組。OSU、風間和龍見一組。

明里、櫻子、淑惠和伊藤一組。他們蹲下並嘗試站起來。

有組別站不起來，鵜飼邊走邊說明。

鵜飼　「這就是一種溝通，我們其實都不知道自己身體的大小。要是太顧慮別人，把自己的身體縮得太小就會很不順利，身體會輕易滑開。」

三人組和四人組接連站起來，芙美開始拍照。

鵜飼　「好了，接著換一下組員，繼續增加人數。」

明里、櫻子、純、OSU和龍見一組。

熊田、風間、日向子、淑惠和伊藤一組。

鵜飼　「你讓別人知道自己的身體有多大，要挺起胸膛表達自己的身體大小，不然就沒辦法溝通了。」

在幾次嘗試下，背對背的五人組成功站起來。鵜飼在一旁看著，芙美拍照。

鵜飼　「好，很好，那接下來稍微換個主題。」

鵜飼讓大家集中坐下，他指著白板。

鵜飼　「下一個活動是貼合正中線。大家應該不常聽到『正中線』，這是通過人體中心的線，是一個人的中心線。河野先生。」

鵜飼向河野招手，兩人面對面。

鵜飼　「好，有一條正中線貫穿我的中心，河野先生也是，讓這兩條線貼合在一起。」

明里、櫻子和純都一臉驚訝看著他們。

鵜飼　「你們想像自己被垂釣起來就會看到線了，對吧，看到了。」

鵜飼在河野的正中間以手刀的姿勢畫出一條線。

鵜飼　「接下來讓這條正中線與自己的貼合。」

鵜飼開始左右搖晃身體。

鵜飼　「做法就跟搖晃椅子找重心一樣，在搖晃自己的過程中，會發現有一個瞬間，對方的正中線與自己的對齊，是這裡吧？」

鵜飼停下動作。

河野　「啊，什麼？」

鵜飼　「有了？」

河野　「有了。」

鵜飼　「那請大家兩兩一組試試看。」

一頭霧水的明里與純面對面，櫻子與河野面對面。

風間和淑惠、熊田和伊藤、OSU和龍見一組。

日向子落單。

鵜飼與日向子一組。

各組開始戰戰兢兢，一邊溝通一邊尋找正中線。各個學員試探性地搖晃身體。

鵜飼　「如果感覺到正中線完全貼合了，你們可以嘗試繞圓圈轉動，自己動的時候，對方應該也會動起來。」

鵜飼和日向子開始轉動。

學員都開始動起來，芙美詫異地看著大家。

鵜飼看著學員，站在活動場地的走廊側。

鵜飼　「好，下一個步驟，這次也要增加人數。」

×××

龍見、熊田和伊藤繞圓圈。

鵜飼　「請各位像跳繩一樣，找時機加入。」

淑惠加入，日向子蹲在圈外看著。

鵜飼　「請圈內的其中一人自行找時機退出。」

伊藤退出。

鵜飼　「人數改變後你們的中心會在哪裡？現在在哪裡？」

×××

明里、櫻子和純在繞圈，三人都笑了。

明里　「要繞到什麼時候？」

鵜飼笑了笑，拍手。

鵜飼　「好，那就先到這裡，我們先來分享心得吧。」

鵜飼指示大家圍成一個圈坐下，學員們坐在地上。

×××

分享時間。

×××

鵜飼站起來。

鵜飼　「好，謝謝大家。那接下來我就要更深入今天的主題『聆聽重心』了。」

鵜飼指著白板上的活動名稱。

鵜飼　「在談到身體的重心時，我們常常是在說這裡。」

他按住自己肚臍下方的位置，學員們也按住。

鵜飼　「這裡就是所謂的丹田，特別是指下丹田的位置。對了，正中線由上往下分別是上丹田、中丹田和下丹田。那就回到今天的主題，大家來聽聽看我們的重心吧。」

鵜飼把耳朵貼在河野肚臍下方，河野笑了笑。

鵜飼「嗯……」

明里把耳朵湊到純的旁邊。

明里「是要我們做什麼啊？」

純「好像越來越極端了。」

鵜飼「它發出咕嚕咕嚕的聲音。」

河野「真的假的？是不是在消化剛剛吃的東西？」

鵜飼「是啊，這個位置是五臟六腑的所在，所以下一個活動是聆聽五臟六腑。」

學員們苦笑。

鵜飼「那就請各位兩兩一組。」

明里和純、櫻子和日向子、淑惠和伊藤、龍見和熊田、風間和河野一組。

學員們將耳朵貼近彼此肚臍下方的位置，交互聆聽，所有人看起來都意外開心。

純聽了明里的肚子後，與明里交換。

明里的耳朵貼在純的肚子上，芙美看著拿起了相機。

明里「好像有砰咚砰咚的聲音。」

純露出微笑。

×××

另一組的學員（SIN／OSU）和明里、純這一組在聊天。

明里的耳朵貼在純的肚子上，另一組是男生組。

他們在聊昨天吃的東西。

純「我昨晚是吃炸豬排，你們呢？」

SIN「昨天……吃了什麼啊？我是喝了很多啦。」

學員笑了笑。

純「前天呢？」

SIN「前天啊……」

明里的耳朵貼在純的肚子上。

×××

兩組人坐著分享心得，純按住自己的肚子。

純「我已經完全不會介意妳在這裡了。」

明里「真的嗎？」
純「嗯，反而會非常放心，感覺這裡有體溫。」
SIN「這好女性喔，好像是用肚子孕育安全感？」
鵜飼「類似假性懷孕的感覺吧。」
SIN「是這樣嗎？」

明里、純、櫻子和芙美看著他。

OSU「一開始因為不是自願的，有種被迫的感覺，所以比較像是用胸腔這邊在講話。」
鵜飼「嗯，是啊。」
OSU「等到回想起前天的事，才開始習慣講下去，感覺內臟被啟動了。」
鵜飼「啊，該怎麼說呢？如果不是真的有所感，內臟這種東西好像不會被啟動。」

明里和純看向鵜飼。

鵜飼「那我們再來進階版吧。」

鵜飼站起來，學員都看著他。

鵜飼「妳方便嗎？」

鵜飼走向明里。

鵜飼「兩個人的額頭貼在一起。」
明里「咦咦？」

鵜飼的額頭貼在明里額頭上，並抓住她的脖子。芙美有點擔心地看著。

鵜飼「你也抓住我的脖子，這樣有種調整彼此神經的感覺。妳是……明里小姐嗎？」
明里「對。」
鵜飼「請妳傳送一些訊息給我，透過強力的念力。」
明里「咦咦咦？」
鵜飼「應該是短一點的訊息比較好。」

鵜飼閉上眼睛，明里也閉上眼睛。純、芙美、櫻子和日向子等人看著他們。

鵜飼「感覺會漸漸同步。」

鵜飼張開眼睛，額頭離開。隔了一段時間。

鵜飼「是貓嗎？」
明里「咦⁉不是，但是好像很接近。」
鵜飼「啊啊……是什麼？」

明里　「大猩猩。」

鵜飼笑了笑，明里一臉驚訝。

明里　「啊，不過我以為會聽到完全無關的答案，『今天天氣真好』之類的。」

鵜飼　「嗯，畢竟我也不是超能力者。那就請大家試試看吧。」

鵜飼笑了笑。

×××

淑惠和日向子的額頭貼在一起，龍見和熊田一組，OSU和河野一組。

鵜飼對伊藤說。

鵜飼　「要試試看嗎？」

伊藤　「啊，好。」

芙美詫異地看著大家。

櫻子和風間都落單，兩人眼神對上。

風間　「呃，妳可以嗎？」

櫻子　「啊，好。」

風間和櫻子戰戰兢兢靠近額頭。

兩人的額頭一直貼在一起。

風間　「什麼都搞不懂。」

櫻子　「咦？」

兩人分開。

風間　「妳剛剛傳送了什麼嗎？」

櫻子　「啊啊，我還以為是風間先生要傳送耶。」

風間　「就是啊，我剛就在想是誰要傳送。」

櫻子　「難怪沒有接收到。」

兩人都笑了。

×　×　×

最後所有人背對背站起來。

所有人鼓掌。

×　×　×

工作坊全體學員分享心得，大家圍成一圈坐下。

學員　「貼額頭的環節，如果初次見面的人都能傳達那麼多訊息了，我很好奇與親近的人一起玩會怎麼樣。」

鵜飼　「是啊，請你們一定要試試看。」

芙美和河野微笑。

鵜飼　「謝謝分享，妳覺得呢？」

鵜飼指向櫻子。

櫻子　「該怎麼說呢？我在活動中完全沒有思考。玩起來感覺很舒服，只是以後大概也不會玩了。」

櫻子笑了笑。

櫻子　「不過這次讓我充了很多電，謝謝老師。」

風間看向櫻子。鵜飼微笑，看向純。

純　「平常沒有機會頻繁觸碰到別人的身體吧？」

鵜飼　「對啊。」

純　「所以我非常幸福，謝謝老師。」

鵜飼　「謝謝分享。」

鵜飼點頭，與純交換笑容。鵜飼面向明里。

鵜飼　「怎麼樣？」

明里　「嗯，我平常是做護理師。」

鵜飼　「喔？」

明里　「我發現我一直都輕忽了碰觸別人身體這件事，沒想到很多東西都會傳遞出去啊，這讓我很害怕。很慶幸今天有來。」

芙美微笑。

明里　「謝謝老師。」

鵜飼　「謝謝分享。」

鵜飼面向日向子，笑了笑。

鵜飼　「還可以嗎？」

日向子「老實說……」

鵜飼　「是。」

日向子「我搞不太懂。」

鵜飼　「嗯嗯。」

日向子「貼額頭、聆聽五臟六腑和正中線我都一知半解。」

學員們看著日向子。

日向子「我希望能解釋清楚一點。」

鵜飼　「解釋啊……不過即便我解釋了，歸根究柢還是無法消除妳剛剛的疑問。」

日向子「你若解釋清楚，不就會露出更多破綻了嗎？」

鵜飼笑了笑，河野擔心地看著現場。

鵜飼　「為什麼我要辦這個活動呢？」

淑惠和日向子看向鵜飼。

鵜飼　「背對背站立、聆聽五臟六腑、貼額頭……我不知道這些事有沒有意義。這個嘛，那我給一個交代好了。」

日向子的視線往下。

鵜飼　「我們平常不太有機會嘗試今天的溝通方式，而這些溝通雖然是人我之間的，實際上也是你透過他人在與自己溝通。」

淑惠看向鵜飼。鵜飼講話的時候伴隨著肢體動作。

鵜飼　「尋找彼此的重心，其實也是在尋找自己的重心。而找到重心，找到完美的平衡時，反而是重力消失的瞬間。」

鵜飼環顧四周。學員們看著他。純點點頭。

鵜飼「與其說是單純的溝通，我反而想用更實在的語言描述那個瞬間，或許是 connect、engage 或 marriage。」

鵜飼緊緊合上自己的雙手。

鵜飼「如果人我之間能建立這個關係，那或許會是很幸福的一段時光。但是由於感覺不到重力，所以有時候回過神來，才發現已經找不到重心，或者重心已崩解。」

鵜飼的雙手分開，再緩緩靠近。

鵜飼「到時候又得進行溝通、找回重心，不但要與他人溝通，也要與自己溝通，我想我們就是一直在重複這個過程吧。這是一個非日常的工作坊，大家覺得怎麼樣？應該有一些東西可以讓你們帶回日常生活中吧？」

鵜飼笑了笑，日向子的視線依然往下。純和鵜飼對到眼睛，純點點頭。

鵜飼看向河野，河野點點頭。

鵜飼「好，那今天就到這裡吧，謝謝各位的參與。」

學員們「謝謝老師。」

學員彼此道謝。

#16 PORTO 走廊（夜）

櫻子看著鏡子整理妝容。

× × ×

櫻子換完衣服從無障礙廁所出來。整體空間偏暗，販賣機的光線特別亮。櫻子走向販賣機。

風間也換好衣服走出廁所，櫻子聽到開門聲轉過頭來。

風間「啊。」

櫻子「啊，辛苦了。」

風間「辛苦了。」

風間拿出錢包走向販賣機。

櫻子「好奇怪的工作坊喔。」

風間「對啊。」

兩人走向販賣機。

櫻子　「不過滿好玩的。」
風間　「櫻子小姐。」

風間投錢到販賣機。

櫻子　「啊，是。」
風間　「妳待會有事嗎？」
櫻子　「咦？」
風間　「妳有空的話要不要去吃飯？」
櫻子　「對不起，我是跟朋友來的。」

風間按了販賣機的按鈕，飲料罐掉下來發出聲音。

櫻子　「對不起。」

兩人沉默，風間拿了飲料罐離開販賣機。

風間　「沒關係，我也是跟朋友來的。」
櫻子　「咦？」

櫻子笑了笑。

風間　「怎麼了？」
櫻子　「沒有，我想說那你剛剛是什麼意思。」
風間　「我在考慮要開溜。不是，我絕對不是想要

亂槍打鳥。」

櫻子　「沒關係，辛苦了。」

風間　「辛苦了。」

風間點頭致意後離開現場。

販賣機掉下了水，櫻子蹲下取水、站起來，把水放在後頸。她甩動著水瓶往走廊走去。

＃17　PORTO咖啡廳前　走廊

櫻子拿著水走來。

已經換好衣服的純、明里和芙美坐在沙發上，明里和芙美在嬉鬧。

櫻子　「妳們在做什麼？」

櫻子徒手在臉頰邊搧風。

明里　「我在聽芙美五臟六腑的聲音啊。」

芙美　「我才不要。」

櫻子　「妳玩上癮了啊。」

櫻子笑了笑。芙美站起來閃躲。

明里　「才沒有。」

純　「明里，妳那個時候心跳超級快的吧？」

明里　「那個時候？」

櫻子　「啊啊，貼額頭的時候吧？」

芙美　「啊啊。」

明里　「啊～當然會心跳很快啊，我很久沒和男生保持那麼近的距離了耶。」

純和櫻子都笑了。

芙美　「對了，我是來邀妳們去慶功宴的，會辦在那間咖啡廳。」

明里　「我們可以去嗎？」

芙美　「當然可以，其他學員也會在。」

明里　「嗯～可是……」

明里稍微看了看咖啡廳，並看向手錶。

純看著她。

純　「明里，妳是怕參加慶功宴吧？」

明里　「我怕什麼？」

純搖搖頭。芙美看向明里。

純　「那我們方便加入嗎？」

芙美「嗯，看妳們。」

明里「我沒差。」

純看向明里和櫻子，櫻子點頭。

芙美走向咖啡廳，純跟在她身後。

明里搔搔頭跟了上去。

櫻子有點不安地看著，慢了一步才跟上去。

#18 PORTO咖啡廳（夜）

鵜飼、河野、日向子、淑惠和風間已經坐在咖啡廳中的大桌前。

芙美、純、明里和櫻子拿著飲料進來。

芙美「辛苦了。」

河野「辛苦了。」

鵜飼「辛苦了。」

純「打擾了～」

風間和淑惠移動椅子騰出空間。

芙美等人入座，明里坐在鵜飼面前，純坐在鵜飼隔壁。

櫻子和風間四目相交，然後輕輕點頭致意。

芙美「那河野，麻煩你。」

河野「啊，好。各位學員，很感謝你們今天來參加第一場鵜飼景工作坊，鵜飼先生是神戶在地人，我們希望能和他開啟一個長期合作的關係，請多多指教。」

鵜飼「請多多指教。」

河野和鵜飼互相鞠躬。

河野「各位辛苦了，乾杯。」

所有人「乾杯。」

所有人乾杯。

純「這次活動是河野企畫的嗎？」

河野「是啊，鵜飼先生算是我第一個邀請的藝術家吧。」

純「河野，太好了，很慶幸能來參加。」

河野「喔喔，謝謝妳。」

鵜飼「謝謝。」

純「河野，為什麼你會想邀請鵜飼先生？」

河野　「我親眼看過鵜飼先生在沿海地區立起來的瓦礫。」

純　「喔？」

河野　「我去南三陸做志工的時候，在空無一物的沿海地區，看到漂流過來的瓦礫，以一種很不可思議的感覺倒立在那裡。」

日向子看向鵜飼。

河野　「感覺太詭異了，我納悶想說『這是什麼』，轉眼之間強風一吹，那些瓦礫一個個都倒下了。我來到災區第一天就遇到這件事，感覺非常可怕。」

明里　「嗯，印象肯定很深刻。」

河野　「這件事我一直記在心上，某一次看到鵜飼先生的報導，才發現原來就是這個。然後我看到他現在在辦身體工作坊之類的活動，想說我們這邊也可以來一場。不覺得有種命中注定的感覺嗎？所以就邀請他了。」

鵜飼笑了笑。

鵜飼　「謝謝。」

河野　「不敢當，我們才要說謝謝。」

兩人互相鞠躬。日向子、風間和淑惠看著他們。

純　「你們都是剛剛工作坊的學員吧？」

日向子　「對。」

純　「呃，妳是日向子小姐。」

日向子　「對。」

純指著淑惠。

純　「淑惠小姐。」

淑惠　「喔，好厲害。」

純的手伸向風間。

純　「呃……」

風間　「等一下，妳怎麼只記一半？」

純笑了笑，所有人也都笑了。

櫻子　「是風間先生啦。」

風間　「謝謝妳！櫻子小姐。」

純　「難得妳記得別人的名字啊。」

櫻子笑了笑。

櫻子　「我剛剛有跟他貼額頭啊。」

風間　「剛剛那麼近，我沒有口臭之類的嗎？」

櫻子笑了笑。

櫻子　「沒有啊。」

風間　「鵜飼哥，你如果先說有這種活動，我就會帶口氣芳香膠囊過來了。」

鵜飼笑了笑。

日向子　「啊啊，好噁喔。」

淑惠　「就算你再臭，別人也不可能直接說你很臭好嗎。」

淑惠拍了風間的背部。

風間　「妳幹嘛這樣講。」

淑惠　「你怎麼就是不懂呢？女人不會老實回答問題的啦。」

櫻子笑了笑。

日向子　「風間沒有從失敗中學習啊。」

風間　「等等等等，別說了啦。」

風間壓住胸口，所有人都笑著看風間。

明里　「你們本來就是朋友嗎？」

鵜飼　「是啊，可能算是老家的舊識吧？」

明里　「什麼啦，害我剛剛白緊張了。」

鵜飼　「緊張？」

明里　「日向子不是說她搞不太懂嗎？」

鵜飼　「啊啊。」

明里　「我想說竟然講這個？這可以講嗎？」

日向子　「可是你們不覺得剛剛的工作坊很可疑嗎？」

明里　「很可疑啊，我想說再繼續下去，一定會被強迫推銷高價的壺器。」

所有人都笑了。

明里　「他以前就走這個路線嗎？」

日向子　「嗯……」

日向子、淑惠和風間看向鵜飼。

風間　「嗯，說沒變確實是沒變。」

淑惠　「不，我覺得他更圓滑了。」

明里　「圓滑？更圓滑了嗎？所以以前比較尖銳嗎？」

淑惠　「如果是原本的他，接下來就要讓大家接吻了吧。」

所有人都笑了。

淑惠　「他會覺得『接吻比貼額頭更好理解』，先是背對背，再來是額頭貼額頭，最後一定是口對口了啊，循序漸進。」

明里　「我才不要勒。」

鵜飼笑了笑。

淑惠　「所以他有踩煞車了，我還感嘆他這次回來長大了呢。」

明里　「他原本是什麼樣的人？」

日向子　「他原本可能就想變成這樣吧。」

大家看向日向子。

日向子　「但是現在比較討厭。」

鵜飼笑了笑。

鵜飼　「喔，是喔。」

純　「不過日向子小姐參加工作坊的時候也很樂在其中吧。」

日向子　「很開心啊，這讓我有點不甘心。」

純笑了笑，日向子也笑了。明里看著日向子。

日向子　「就像純小姐說的，我們平常沒有機會一直碰觸別人，這真的是很特別的體驗。」

純看向明里。

純　「我也很幸福，因為明里願意聆聽我。」

明里　「純的肚子一直發出砰咚砰咚的聲音呢。」

純笑了笑。

純　「謝謝老師。」

鵜飼　「不會。」

純　「嗯，雖然很單純，但是沒有任何目的的碰觸真的很令人開心，感覺小時候就是這樣。」

鵜飼　「嗯，對啊。」

淑惠　「我懂，沒有任何目的，就一直摸啊摸啊摸啊的。」

鵜飼「嗯。」

淑惠「很多遊戲都是要摸來摸去的。」

風間「啊啊，『阿爾卑斯海拔一萬』之類的。」

淑惠「啊。」

淑惠看向風間。

風間「啊，海～拔～一～萬～」

淑惠「阿～爾～卑～斯～」

淑惠和風間開始玩起「阿爾卑斯海拔一萬」的手部互動遊戲，其他人看得一臉錯愕。

淑惠「站上小小的～山峰，咦？好厲害。」

風間「親～朋～好～友～來～繞～圈～圈～大家一起跳跳舞。身體還記得。」

淑惠、風間「啦～啦啦啦啦啦啦、啦～啦啦啦啦啦啦啦啦……」

遊戲速度越來越快。

淑惠、風間「啦～啦啦啦啦啦啦、啦啦啦啦啦、嘿！」

淑惠和風間雙手搭在一起，兩人露出笑容。

其他人拍手。

淑惠「好厲害喔，風間，為什麼你會？」

風間「我上面有個姊姊啊。」

淑惠拍了風間的背部。風間皺起臉來，所有人都笑了。

純看向櫻子。

純「櫻子啊，妳記得嗎？」

櫻子「咦？」

純抓住櫻子的手。

純「預備備了。」

櫻子「啊，怎麼玩來著？」

純和櫻子開始玩手部互動遊戲。

純「夏天的腳步近了～來到第八十八夜～」

櫻子「山間原野的草木～都越來越茂盛～」

遊戲速度越來越快。

純「在那裡的～不就是採茶人嗎～」

櫻子「綁上茜草束帶～戴著薹草斗笠～」

兩人唱完歌搭起手來，所有人再次鼓掌。

明里「這是什麼？我沒聽過。」

芙美「『阿爾卑斯海拔一萬』我倒是玩過。」

明里「妳們又不是那個世代的。」

純「我們是歷史社的。」

櫻子「對喔，都忘了。」

純「我們當過兒童手部互動遊戲的志工。」

櫻子「有耶。」

明里「也太認真。」

純「我們不是想玩社團。」

櫻子「只是希望備審資料好看。」

純和櫻子都笑了。

鵜飼「妳們都是學生時期就認識了嗎？」

純「我們是國中認識的。」

純和櫻子笑了笑。

日向子「好久。」

明里「其他人是過三十才認識的。」

淑惠「是喔。」

鵜飼「妳們是芙美小姐的朋友嗎？」

芙美「對，是我邀來的。」

鵜飼「啊，是她強迫妳們來的啊。」

鵜飼笑了笑。

芙美「是啊，有活動的話我常常會約她們來。」

河野「我確實常常見到她們。」

純和櫻子都笑了。鵜飼露出笑容。

鵜飼「啊，原來啊，抱歉讓你們費心了。」

明里「不過沒興趣的我也不會來。」

純看著明里微笑。

明里「我正好想認識自己的身體。」

鵜飼「但這個工作坊很可疑耶。」

明里「就像我剛剛說的，有些東西我可以應用在自己的工作上，很慶幸今天有來。」

鵜飼「謝謝。」

淑惠「對喔，妳是護理師。」

鵜飼「護理師是很辛苦的工作吧。」

明里「講這些真的是大可不必吧。」

鵜飼看著明里。

明里「不要小看我，我聽得出來別人講話是不是真心的，尤其在經過剛剛的活動之後。」

純「是啊，我們都用五臟六腑對話過了。」

明里「嗯，就是這樣。」

鵜飼笑了笑，然後低下頭來。

鵜飼「不好意思。」

明里「咦？不要這樣。」

鵜飼「我確實是憑印象在講的，我根本不了解護理師。」

明里「沒關係，別說了。」

鵜飼抬起頭。

鵜飼「那我可以問嗎？」

明里「問什麼？」

鵜飼「這工作實際上辛苦嗎？」

明里「這個講下去我自己都會嚇到。」

所有人看向明里。

鵜飼「嗯，實際上的情況是怎麼樣？」

明里「嗯……簡單解釋的話，現在不是少子高齡化嗎？大家都覺得與自己無關吧？但那些都是真的，真的在發生。」

鵜飼「怎麼說？」

明里「我講直接一點，就是病患已經不會死了。」

鵜飼「喔喔。」

明里「以前有一條底線，人走到這裡就會離開人世，現在卻變成開刀啦、用藥啦，過了底線後依然活得下去。到最後呢，除了既有疾病，還會併發失智症，這種病患一直在增加。」

鵜飼「啊……」

明里「結果呢，最常見的首先就是院內的遊蕩，只要我們一個不留神，人就會逃出醫院。就算沒有逃出去，以前簡單的用藥可以請病患自理，但現在無法規定他們飯後吃幾顆藥，用餐也無法自理，照護的難度與細緻度跟以前完全不一樣。」

鵜飼「嗯……」

明里　「然後人手不足也不是一兩天的問題了，但最近簡直忙到一個新境界，就算病患人數沒有增減，照護上卻需要更高的細緻度，搞得我們根本忙不過來，注意力也會下降，於是情況又變得更嚴峻。」

鵜飼　「嗯。」

明里　「假如逃院的人在院外遇到車禍或自殺，就是護理師『業務過失致死』，鬧上法庭一定敗訴的。」

淑惠　「這太不公平了吧。」

明里　「很不公平吧。」

淑惠　「好可怕。」

明里　「但是現在這種不公平是常態，為了付賠償金搞得前途一片黑暗的護理師要多少有多少，所以最近的護理師都有自己買保險。」

風間　「有這種保險喔？護理師的訴訟用保險之類的？」

明里看向風間。

明里　「有啊，沒想到這世道這麼斤斤計較，但就是有，我也有買，保費自己付。」

風間　「太慘了。」

明里　「有夠慘。」

櫻子、芙美和純看向明里。

明里　「有夠莫名其妙的，可是……」

鵜飼　「可是？」

明里　「最慘的是，這些小事累積起來，害得我無法做到讓自己滿意的照護。」

所有人看著明里。

明里　「我們要保護病患，也要保護自己，所以病患一動就響的感應器、生理監視器的管控還有把人綁起來，這些都會變成常態。但是倫理上沒問題嗎？這和理想的照護方式差太遠了吧。」

櫻子、芙美和純看著明里。

明里　「我們無法善待其他病患，照護也變成純粹的按表操課。然後有時候在學弟妹面前，還會合理化按表操課的自己，要他們不要太天真，最後就變得無法擺脫這樣的自己了。」

鵜飼看著明里。

明里「可是不對啊，大家原本都是對『白衣天使』有所嚮往才成為護理師的，雖然沒有人說出口，但大家都是這樣。結果呢？發現現在的自己離理想狀態那麼遠之後，接著就會陷入自我厭惡之中，這或許才是最慘的。」

所有人都靜靜等明里說下去，明里笑了笑。

明里「看吧，氣氛都僵了。」

鵜飼「明里小姐，妳都是怎麼調適的？」

明里看向鵜飼。

明里「怎麼調適？」

鵜飼「妳要怎麼走出來？」

明里「玩。」

所有人都笑了。

明里「反正就是玩，喝酒、聽演唱會、上健身房、買衣服、和朋友聊一整天。」

明里看著櫻子、芙美和純。純對著明里微笑。

明里「能逃避就逃避，盡情玩樂才能夠調適心情。所以我很認真投入今天的工作坊喔。」

芙美微笑。

鵜飼「謝謝。」

明里「不會，我才要說謝。」

鵜飼和明里互相鞠躬。

鵜飼「戀愛的部分呢？」

明里「戀愛？」

鵜飼「戀愛對工作有幫助嗎？」

純「鵜飼先生，你覺得明里怎麼樣？」

明里「妳突然亂問什麼啦。」

鵜飼「我覺得她很棒啊。」

明里「現在是在講什麼啦。」

明里笑了笑。

鵜飼　「明里小姐和純小姐是單身嗎？」
明里　「不，她有結喔。」

明里指著純。

明里　「芙美也有。」

明里指著芙美。

明里　「這個人的兒子甚至上國中了。」

明里指著櫻子，櫻子笑了笑。風間看著櫻子。

淑惠　「喔喔。」
明里　「為什麼你覺得我單身？」
鵜飼　「妳沒有戴婚戒啊，櫻子小姐和芙美小姐都有。」
明里　「你都在看哪裡啊？」

明里笑了。

鵜飼　「不是故意的，就是有看到而已嘛。」

純看向鵜飼，露出驚訝的表情。兩人眼神對上，她微笑。

純和櫻子四目相交，然後撇開了眼神。

鵜飼　「所以呢？明里小姐覺得戀愛如何？」
明里　「幹嘛一直套我話？」
淑惠　「不，他總算變回以前的樣子了。」

鵜飼笑了笑，

明里　「是喔，他是這種人啊？我也認為戀愛很重要，但是正確來說……我可以講嗎？」

明里詢問純。

純　「講吧講吧。」
明里　「我離過一次婚。」
風間　「咦咦？」

明里看向鵜飼、日向子、淑惠和風間。

明里　「離婚也不能代表什麼，但我現在不懂戀愛是什麼。」
風間　「我懂妳的感覺，明里小姐。」
明里　「什麼意思？」
風間　「我可以講嗎？」
淑惠　「聊到這裡沒有不講的道理了吧。」
風間　「我也離過婚。」

明里「真的假的？咦咦？你超級年輕的啊，幾歲？」

風間「28。」

明里「然後呢？」

風間「我26歲結婚，大概是一年吧，不過大部分時間都在打官司，所以實際上只有幾個月。」

明里「官司？不會吧。」

淑惠「明里小姐呢？」

明里「我們蓋蓋章就沒了。」

淑惠「好瀟灑。」

淑惠笑了笑。鵜飼看著明里。

櫻子看著純，兩人四目相交，純露出微笑。

明里「咦？風間，你們的原因是什麼？」

風間「對方出軌。」

明里「真的假的？」

明里站起來走到風間座位附近。

明里「風間，喝吧。」

明里坐到風間隔壁，搭著他的肩膀。

風間「好！」

兩人乾杯，所有人都笑了。

明里「你是怎麼發現的？」

風間「咦？妳呢？」

明里「是對方自己招了的啊，我問也沒問他就在那邊下跪了。」

風間「啊～」

明里「蠢死了，說是受到良心苛責呢。出軌算什麼東西，是男人就把它帶進墳墓啦。」

鵜飼「妳沒注意到嗎？」

明里放下玻璃杯。

明里「我是有感覺不對勁啦。」

鵜飼「那應該是對方發現妳的感覺了吧。」

明里「發現了也要憋住好嗎？風間呢？」

風間「我這邊講起來會講很久，沒關係嗎？」

鵜飼「沒關係。」

明里「講出來吧。」

風間「是氣味。」

明里「氣味？」

風間「她的氣味變了。」

淑惠「你是狗嗎？」

所有人都笑了。

風間「不是，我是真的很喜歡她的味道，聞到她的味道就會睡得很香。」

櫻子笑了笑。

風間「可是她某一天晚歸，要就寢的時候，我想說怎麼味道不太對。」

明里「是香菸之類的嗎？」

風間「不是，應該更接近她自己的味道，她那一天的味道就是不一樣。」

明里「是不是換了一款洗髮乳啊？」

風間「唉，我也這樣以為，所以就問她『妳換洗髮乳了嗎？味道跟平常不一樣吧』，結果她突然發飆。」

明里「這是不會說謊的類型啊。」

風間「我想說『這有什麼好發飆的』，但因為她那陣子一直晚歸，我自己也覺得奇怪，所以追問了下去。」

明里「問什麼？」

風間「我說『我不會生氣，妳就告訴我』。」

明里「好弱！」

風間「對啊，結果她哭起來了。她說她在婚前就有男人了。」

明里「哇塞。」

風間「但她說他們會分手，也說她一直很痛苦。我想說，那我也忘了這些吧，可是我後來好像沒辦法信任她了，她獨自出門，我就會懷疑她是在跟對方碰面。」

明里「是啊。」

風間「但我覺得這樣下去不是辦法，於是下定決心，決定相信她。我決定買個她喜歡的蛋糕回家，然後兩個人聊一聊，好好復合。」

明里「你真是好人。」

風間　「沒想到她跟那個男人就在那裡。」
明里　「咦？」
風間　「那是間類似咖啡廳的蛋糕店，他們坐在窗邊，那個男人握著她的手。」
明里　「然後呢？怎麼了？你進去了？」
風間　「我逃走了。」
明里　「為什麼啊！」
風間　「我心臟都快跳出來了啊，沒辦法。」
明里　「喂喂喂。」
風間　「然後我回家，她那天又晚歸，我就說『我看到了』。」
明里　「喔喔。」
風間　「她卻反問我是不是跟蹤她，我說是巧合她也不信，還怪我跟蹤她很下流、怪我完全不信任她。」
明里　「太弱了吧。」
風間　「她直接奪門而出，後來我就收到律師的聯絡。我們調解不出個結果，就打官司了。」
純　「你們是要爭什麼？你在調解上不想離婚嗎？」

風間看向純。

風間　「不是，我已經覺得離婚沒差了，但她要我分她財產。」
明里　「這人不得了啊。」
風間　「我猜是那個男人出的餿主意吧，我實在忍無可忍，於是也找上律師打官司。」
明里　「嗯。」
風間　「我好慘。」

風間看向遠方。

明里　「喂。」
純　「可是你不可能輸掉這場官司吧？」
風間　「照理說是這樣，不過我太外行了，完全沒保留證據。」
純　「啊啊。」
風間　「而她卯足全力想贏，所以一直潑髒水，說我家暴什麼的。」

純　「其實你沒有？」

日向子「風間不敢打女人的。」

　　純笑了笑。

風間「謝謝妳喔。雖然婚姻生活很短暫，但是我們從大學就認識了……我們曾經相愛過不是嗎？」

明里「你不要時不時置入自己浪漫的一面啦。」

風間「好啦，我就是這種個性。」

日向子「好了啦。」

風間「嗯。反正我們為了打贏官司而不斷醜化這段婚姻，說一開始就很討厭對方哪裡之類的。」

純　「嗯。」

明里「好慘啊。」

風間「最後我實在受不了就主動提出和解，財產被瓜分了一半。」

明里「輸好慘耶。」

風間「對啊。」

明里「不過風間，你是好人！喝吧！」

風間「謝謝稱讚！」

　　明里和風間手勾手喝酒，所有人都笑了。

　　風間放下玻璃杯。

風間「所以我要奉勸已婚的各位，千萬不要打官司。」

明里「發人深省啊。」

風間「你會漸漸看不到對方的臉，越看越像是另外一個人。」

　　純和櫻子眼神交會，純撇開視線。

　　鵜飼和純四目相交。

　　純開口。

純　「風間，我現在正好在打離婚訴訟，已經將近一年了。」

　　所有人看著純，啞口無言。

純　「你太太很走運，因為你好對付，不然通常不會這麼輕鬆的。」

風間「真的假的？」

明里和芙美詫異地看著純。

櫻子看著明里和芙美的反應。

明里　「給我等一下。」

純看向明里。

明里　「我沒聽說啊。」

純　「因為我沒說過。」

明里　「只有我沒聽說嗎？」

芙美搖頭。

純　「這是我第一次說出口。」

明里面向櫻子。

明里　「櫻子，妳知道？」

櫻子回答不出來。

純　「是我出軌。」

明里面向純。

純　「對方是河野和風間這個年紀的人，我要是講出來，明里會生氣吧。」

明里　「為什麼妳覺得我會？」

純　「妳這不是生氣了嗎？」

明里　「那是因為妳之前沒講，為什麼要在這裡講這麼重要的事？」

純　「明里，妳剛剛為什麼講了職場的事？」

明里　「咦咦？」

純　「我也沒聽過那些啊。」

明里　「因為剛剛有人問啊。」

純　「我也是啊，因為沒人問所以沒有講，因為想講所以講了，就是這樣而已。」

芙美和櫻子看向明里和純。

鵜飼　「訴訟的情況怎麼樣？」

所有人看向鵜飼。

純　「我不知道離不離得成，因為我先生並不想離。如果不能證明對方有過失，離婚就不會成立。」

鵜飼　「妳先生實際上有過失嗎？」

純看著鵜飼。

純　「我不會把一切都怪到他身上，可是……」

鵜飼　「可是？」

純　「可是講這種話贏不了官司。」

　　純笑了笑。

純　「所以我得潑髒水，我在做很殘忍的事。」

　　純看著風間露出笑容。

明里　「妳和第三者還在一起嗎？」

純　「對啊。」

明里　「這樣妳一直講公平先生怎樣太奇怪了吧？」

　　芙美和櫻子看著明里。

明里　「妳搞錯先後順序了吧？要是妳想幹嘛就幹嘛的話，婚姻算什麼？承諾有什麼意義？」

日向子　「我雖然沒結過婚……」

　　所有人的視線投向日向子。

日向子　「但是人有時候就是這樣，沒有人是照先後順序過活的。」

明里　「我知道啊，我只是在說這樣不行吧。」

日向子　「那妳想怎樣呢？發生的事不會改變了吧？」

明里　「我想怎樣？」

日向子　「妳希望她在這裡承認自己錯了嗎？」

明里　「跟妳無關吧？」

風間　「就是忍不住。」

　　風間對日向子說。所有人的視線投向風間。

風間　「其實對方出軌說不定是我的錯，我也很清楚出軌未必都是對方有問題，可是還是忍不住想說些什麼啊。」

　　風間對明里說。明里看向風間。

風間　「我不懂，如果不是任何人的錯，為什麼我會傷得這麼深？這種時候，妳不會想說些什麼嗎？」

　　明里的視線往下。

明里　「我要走了。」

芙美　「明里。」

明里　「講太多了。」

　　明里站起來，拿了隨身物品離開。

芙美　「抱歉，我去追她。鵜飼先生、河野，改天再聊。」

鵜飼　「辛苦了。」

芙美點頭致意，拿了隨身物品離開。

風間　「我講錯話了嗎？」

櫻子搖頭。風間搔搔頭。

純看向櫻子微笑。

純　「我現在不想說『是我有問題』或『我錯了』。」

所有人的視線投向純。

純　「我不認為有人能懂我，但是我無所謂。」

鵜飼　「我是完全不懂啦，但是沒關係吧？」

純看著鵜飼。

鵜飼　「真的。」

純笑了笑，所有人看著她。

#19　街頭（夜）

明里快步行走，芙美從後方快步追上。

明里注意到芙美，但是她沒有放慢速度，兩人並肩走了一段距離。

明里　「怎樣？」

芙美　「不知道，我可能也在生氣吧。」

兩人走在路上。

明里　「看櫻子的樣子應該是知道吧。」

芙美　「沒辦法。」

明里　「嗯。」

芙美　「交情不一樣。」

明里　「我們不過就這樣嗎？」

明里停下腳步。

明里　「抱歉，可以讓我靜一靜嗎？」

芙美回頭看向明里。

明里　「我不想多嘴，我覺得多說多錯。」

芙美靠近明里撫摸她的手臂，摸了很多次。

明里　「晚安。」

芙美　「晚安。」

芙美轉過頭離開。明里獨自站在街燈下。

#20　三之宮站月台（夜）

車站月台，純和櫻子坐在長椅上，兩人一片

沉默。

櫻子低著頭。純對櫻子說。

純　「不要那個表情。」

櫻子　「是我害妳要說出來的吧？」

純　「嗯？」

櫻子　「妳覺得我藏不住祕密吧？」

純　「才不是。」

櫻子看向純。

純　「就像我剛剛講的，我是因為想講才講的，才不是為了誰，也根本沒有替妳著想的意思。」

櫻子和純注視彼此。

純　「抱歉啊。」

櫻子　「什麼啊？真不懂妳。」

電車進站，純看著電車。

純　「妳要來看開庭嗎？」

櫻子　「開庭？」

純　「開庭搞不好是最好理解的。我要走了。」

電車車門打開。

純笑了笑，然後站起來。

電車發車。

電車離站後，純依然在月台上。

純往後倒下，櫻子接住了她。

#21　芙美家（夜）

芙美打開門進來。

客廳的燈還開著，芙美打開客廳的門。

芙美　「我回來了。」

拓也在客廳沙發上睡覺，筆記型電腦放在他的肚子上。

芙美放下隨身物品，從隔壁房拿來一條毛毯。她坐在睡著的拓也身邊，輕輕從他肚子上挪開電腦。

她正想蓋上毛毯的時候，突然把耳朵靠在拓也肚子上。

拓也的肚子上下起伏。

她換一隻耳朵聽，聽到拓也的呼吸聲。

芙美閉上眼睛。

＃22 櫻子家（晨）

櫻子在廚房準備早餐。

良彥在餐桌前吃土司、看報紙。

純看著櫻子的動作，喝了一口咖啡。

櫻子暫時停下手邊工作，往樓梯下方喊。

櫻子　「大紀，快起來了！」

純笑著看櫻子，櫻子注意到純的視線。

純　「妳真的在當媽啊。」

櫻子　「當然啊。」

良彥喝了口咖啡，放下報紙。

良彥　「純，我載妳去車站。」

純　「謝謝。」

良彥　「妳可以出發了嗎？」

純　「嗯。」

良彥和純拿起隨身物品與外套。

大紀走上樓梯。

櫻子　「早。」

大紀　「早。」

良彥　「早。」

純　「早。」

大紀看著純。

大紀　「純阿姨，妳怎麼會來？」

純　「我住了一晚。」

大紀　「難怪昨天晚上吵吵鬧鬧的。」

純　「抱歉啊，不過你長高了耶，現在幾公分？」

大紀　「咦？一六三或一六四。」

純　「我們是什麼時候一起去唱卡啦OK的啊？」

大紀　「不知道。」

櫻子　「不是兩三年前嗎？快吃飯吧。」

純　「大紀，掰囉。」

大紀點頭。

良彥、純和櫻子走下樓梯。

×　×　×

玄關前，良彥穿鞋子。

純已經在外面等了，良彥走出門外。

良彥　「我出門了。」

櫻子　「路上小心。」

純　「櫻子，真的很謝謝妳。」

櫻子　「不會，我再聯絡妳。」

純　「嗯，再見。」

櫻子　「再見。」

純和櫻子向彼此揮手。

櫻子走上樓梯。

×　×　×

櫻子從樓梯走上來。大紀還沒吃早餐。

大紀　「奶奶呢？」

櫻子　「她說要和俳句會的朋友去爬山，一早就出門了。」

櫻子走進廚房。

大紀　「她專程跑去京都嗎？」

櫻子　「好像說是奈良吧，你快吃飯。」

大紀摸摸額頭。

大紀　「我好像發燒了。」

櫻子　「真的嗎？」

櫻子用圍裙擦擦手，走向大紀。她摸了大紀的額頭和自己的。

櫻子抓住大紀的脖子，將額頭貼上去，大紀有點驚訝。

大紀　「體溫計呢？」

櫻子貼著額頭閉上眼睛。大紀扭動身體離開。

大紀　「很噁心耶。」

大紀站起來走下樓梯。櫻子往樓梯下方喊。

櫻子　「早餐呢？」

大紀　「要走了。」

櫻子　「你不是發燒嗎？」

大紀　「已經好了。」

大紀關上自己的房門。

櫻子回頭，只見空無一人的餐桌。

#23 芙美家（晨）

芙美在床上睜開眼睛，她聽到一個聲音，是拓也在磨咖啡豆。

×××

芙美起床，拓也正在喝咖啡。

芙美　「早。」

拓也　「早，咖啡煮好了。」

芙美　「謝了。」

拓也　「謝謝妳的毛毯。」

拓也抓著沙發上的毛毯說。

芙美　「啊，不會，你是工作到一半睡著嗎？」

拓也　「不是，我是在讀鵜飼先生的訪談。」

芙美　「藝術快報的嗎？」

芙美倒了一杯咖啡。

拓也　「嗯，很有趣耶。」

芙美　「是喔。」

拓也　「我喜歡他花了一堆篇幅，不斷重複『我不知道』這件事。」

芙美　「鵜飼先生嗎？」

拓也　「嗯。」

芙美　「是喔，太好了。」

芙美喝咖啡。

拓也　「下次會在你們那裡辦能勢小姐的朗讀會。」

芙美　「嗯。」

拓也　「可以找鵜飼先生當對談人嗎？」

芙美　「咦？」

拓也　「不好嗎？」

芙美　「他跟能勢小姐可能完全聊不起來喔。」

拓也　「這樣反而也不錯吧。」

芙美　「而且他沒什麼名氣。」

拓也　「這個是半斤八兩啊。」

拓也笑了笑。

拓也　「有問題嗎？」

拓也喝完咖啡，將玻璃杯放進流理台。

兩人分別站在廚房系統櫃的兩側面對面。

芙美　「這件事，你應該在拜託我們協辦朗讀會的時候就提出來。」

拓也　「嗯。」

芙美　「我不太想要公私不分。」

拓也　「是喔。」

芙美　「一直通過自己先生的企畫也不太妥當。」

拓也打開水龍頭沖洗杯子。

拓也　「我沒想到這是在拜託妳，我只是問問看。」

芙美　「是喔，或許是吧。」

拓也　「我不懂，婚前你們也採用過我的企畫，我又很喜歡 PORTO 的氣氛，所以我只是想借用場地而已。」

芙美　「嗯。」

拓也　「我要走了。」

芙美　「喔。」

拓也轉頭看向桌子，把電腦放進包包裡。

拓也　「能勢小姐的朗讀會就取消吧，我可以去問問看書店的空間，而且你們還沒開始宣傳吧？」

芙美　「取消也不太好。」

拓也抓住夾克走向玄關。

拓也　「那我再想想來賓要找誰。」

拓也綁鞋帶，芙美來到玄關。

芙美　「讓你不高興了嗎？」

拓也　「咦？」

拓也站起來，回頭。

拓也　「沒有啊，我反而很抱歉，妳講了我才發現。我出門了。」

芙美　「路上小心。」

拓也出門，玄關門關上。

芙美回到客廳，看到車鑰匙。

芙美抓起車鑰匙走向玄關。

玄關門打開，拓也站在那裡。

兩人在玄關撞見，芙美笑了笑。

芙美　「你找這個？」

她遞出車鑰匙，拓也笑著收下。

拓也　「對，謝啦。」

芙美「請鵜飼先生當來賓的事我會再問問看。」

拓也「不用啦。」

芙美「鵜飼先生的負責人是河野，我代為拒絕也很奇怪，我就問問看。」

拓也「嗯，那就麻煩妳了，謝囉。」

芙美「路上小心。」

拓也「我出門了。」

兩人互相揮手，門關上。

#24 車內（晨）

良彥開著車，純坐在副駕。

純「井場啊，你幸福嗎？」

良彥「太突然了吧。」

純「你有好太太和可愛的孩子。」

良彥「是啊，我看起來可能很幸福吧。」

純「實際上不是嗎？」

良彥「只看家裡或許是。」

純「所以是在外面很辛苦？」

良彥「算是吧。」

純「工作還順利嗎？」

良彥「沒什麼順不順利的，基本上球來就打回去而已。」

純「很辛苦嗎？」

良彥「沒有工作是不辛苦的吧？」

純「井場，我以前雖然沒說過……」

良彥「什麼？」

純「你變得超級帥，而且很可靠。」

良彥「什麼？」

純「可是你的笑容變少了。」

良彥「是嗎？」

良彥咧嘴露出笑容，純笑了笑，

純「看前面。」

良彥「抱歉。」

純「要珍惜櫻子喔。」

良彥「到底是怎樣？」

純「這樣的人很稀有的。」

良彥　「櫻子說了什麼嗎？」
純　「沒有。」
良彥　「那妳為什麼要說這些？」
純　「我看著你們就想說了啊，從以前到現在。」
良彥　「我很珍惜她啊，但我不是走每天說愛她或
　　　買花回家的那種路線。」
純　「嗯。」
良彥　「我在外面努力，櫻子守護家裡，比較是一
　　　起珍惜彼此的感覺。」
純　「真好。」
良彥　「這很普通吧？」
純　「才不會，你們會聊這些嗎？」
良彥　「不會逐一確認的。」
純　「你喜歡櫻子嗎？」
良彥　「我想拜託妳一件事。」
純　「什麼？儘管說。」
良彥　「希望妳以後不要太常約櫻子出去。」
　　純沉默不語。

良彥　「你們下次要外宿有馬吧？」
純　「嗯。」
良彥　「這種活動太多會很麻煩的。」
純　「你聽櫻子說我離婚的事了嗎？」
良彥　「嗯。」
純　「官司也是？」
良彥　「嗯。」
純　「那我就放心了。」
良彥　「放心什麼？」
純　「你們還會對話。」
良彥　「什麼意思？」
純　「你聽了會有點不安嗎？」
　　純笑了笑，良彥沒有笑容。
良彥　「我們和你們不一樣，我不是你先生，櫻子
　　　也不是妳。」
純　「是啊。」
良彥　「大紀今年是考生，這個年紀的小孩很注意
　　　母親在做什麼。」

純　「別擔心，我不會再約了。」

良彥　「不是說再也不要約，而是今年。」

純　「你放心，自然而然就會變成那樣了。」

良彥看向純。

車輛抵達站前圓環，純下車。

純　「謝啦。」

良彥　「再見。」

純　「嗯，掰掰。」

純揮揮手，朝車站的驗票閘門走去。

良彥駛出汽車。

25　王子動物園（日）

鈴香在動物園玩耍，明里和湯澤在一旁看著她。

26　港灣人工島　公園（日）

明里、湯澤和鈴香放風箏玩，鈴香放聲大笑。

27　明里家（夜）

明里回到家裡，她打開家裡的電燈。

她整個人趴倒在床上，手機鈴響。

明里沒有抬頭看，而是聽聲音抓起電話。

明里　「喂？啊啊，什麼？怎麼了？什麼？」

明里起身。

明里　「講話幹嘛吞吞吐吐的？喔喔，是喔。」

明里接著翻身仰躺。

明里　「恭喜，嗯？啊啊，當然要恭喜啊。婚禮？我不要，我才不去勒，她說可以邀我參加？你真的是很蠢耶。」

明里慢慢起身，移動到其他房間。

明里　「喂？喂？喂？」

明里換上居家服走出來，並將約會用的衣服掛在衣架上。

明里看了看手機。

明里　「蠢蛋。」

有電話打來，明里拿起電話。

明里「我不去啦。」

電話的另一頭沒有反應。

明里「啊啊，是櫻子啊，抱歉，我認錯人了。嗯？什麼開庭？喔喔，純的啊。」

明里嘆了口氣，坐在桌子旁邊的椅子上。

明里「我不知道，不知道我能不能去。抱歉，有插撥，嗯，妳再傳個簡訊給我，抱歉。」

明里按了按手機，將手機放到耳邊。她站起來在房間裡繞圈子。

明里「喔，你笨到我不直說你就聽不懂，所以我要說了。天底下有哪個新娘想看到前妻來婚禮的啊？至少我絕對不會邀請你來我的婚禮。」

明里掛掉手機，然後將手機丟出去。

× × ×

明里在陽台抽菸，火一直點不著。

#28 家事法院（日）

明里走在法院的走廊。

× × ×

明里走進法庭。

純站在應訊台前，眼睛筆直看向前方。

明里與已入座旁聽席的櫻子和芙美四目相交。

櫻子稍微露出一點微笑，明里坐到櫻子和芙美附近。

公平的律師（桝井）將證物CD交給書記官。

桝井「這是乙證2-1，請播放這個音檔。」

桝井請書記官播放檔案，音檔開始播放。

公平的聲音「妳有別人了嗎？」

純的聲音「別人是誰？」

公平的聲音「妳有男人了嗎？」

純的聲音「原來是問這個。你的直覺是對的，我移情別戀了。」

公平的聲音「是喔，是誰？」

純的聲音「你不認識，我今天也跟他見面了。」

公平的聲音「他和妳已經……」

純的聲音　「做過了，在一起超過一年了。」

桝井豎起手指。

桝井　「好，到這邊。」

書記官停下聲音。

桝井　「原告，妳在這裡明確承認自己有出軌，這與妳剛剛的陳述『沒有對婚姻不忠的事實』互相矛盾，對不對？」

純　「當時的我並不冷靜，我一心只想傷害先生，所以才撒了謊。」

桝井　「原來如此，妳是想傷害先生，為什麼？」

純　「什麼為什麼？」

桝井　「依據妳剛剛的陳述，妳不會受到被告任何身體上的暴力對待。」

純　「不是只有身體的暴力才叫暴力，我一直受到先生的精神暴力。」

桝井　「原來如此，所以被告日常中會對妳粗言粗語嗎？」

純　「不，我們幾乎沒有任何對話。」

桝井　「從什麼時候開始的？你們同居期間大概有八年吧。」

純　「是漸進式的，現在想來，他打從一開始就有這樣的傾向了。」

桝井　「我在問的是夫妻間有沒有對話，『有這樣的傾向』，代表基本上還是有對話的吧。」

純　「那些對話並沒有實質內涵，我無法理解他在講什麼，他也不理解我在講什麼。」

桝井　「但對話還是存在的，代表妳先生並不是沒有溝通的意願。」

純　「我感覺他並不關心我，沒有關心的對話，等於沒有在對話。」

桝井　「原來如此，他不關心妳，讓妳覺得很孤單嗎？」

純　「對。」

桝井　「妳是怎麼面對孤單的？」

純　「我有朋友，與朋友相處的時光支持著我。」

桝井　「妳的朋友是女性還是男性？」

純　「女性。」
桝井　「妳沒有任何男性友人嗎？」
純　「不是完全沒有。」
桝井　「所以有囉。」
純　「有。」
桝井　「妳會和男性友人單獨見面嗎？」
純　「會，但是次數不多。」
桝井　「妳和被告之間有性生活嗎？依據被告的陳述，你們的性生活在分居前不久都沒有問題。」
純　「並不是沒有問題。」
桝井　「什麼意思？據被告的陳述，妳還比較常向他求歡。」
純　「我從新婚時期就想要小孩了。」
桝井　「是。」
純　「因為我以為小孩可以解決我們的問題。但是我們一年也只有幾次性生活，甚至這少數的幾次也常常被拒絕，分居前的一年我

們幾乎完全沒性生活了。」

桝井　「妳剛剛說『一心只想傷害先生，所以才撒了謊』吧？」

純　「對。」

桝井　「那妳的陳述聽起來也是愛情的反面表現。」

純笑了笑。

桝井　「怎麼了？」

純　「好浪漫喔，律師先生果然也是男人啊。」

法官　「請不要做出與本案無關的回答。」

純沉默不語。桝井清咳一聲。

桝井　「被告陳述，他對妳的愛自始至終都沒有消失，也一直有意願與妳溝通，我認為只要妳願意，你們的感情是可以修復的。如果妳對被告還有愛，那麼妳該選擇的不是離婚，而是努力找回溝通之道吧？」

純的律師　「異議，這是誘導訊問。」

法官　「異議成立。」

桝井　「被告說妳從某個時期就開始拒絕溝通了。」

純　「那是當然的，但是這也不是我願意的。」

桝井　「為什麼？」

純沉默不語。

純　「我被我先生殺死了。」

桝井　「什麼意思？」

純　「我在某個時期確實愛過他，我把自己最重要的部分交給了他，我想當個好太太，也想要支持他。」

所有人看著純。

純　「而他踐踏了這一切，他這八年的每一天都在告訴我，這一切沒有價值，我感覺自己最重要的東西一直在被他殺害。」

桝井　「妳能舉出具體事證嗎？」

純　「簡單來說，就是他沒有做出任何具體的事，他就是這樣殺死我的。」

桝井很困惑。公平盯著純。

法官　「我明白妳的心情，但是如果無法提出具體事證，我們就無從判斷，會對妳更不利喔。」

純的律師抿著嘴巴，明里、櫻子和芙美盯著純。

#29 家事法院 外（日）

明里、櫻子和芙美站在門口外。

純從門口走出來，櫻子對純舉起手。

櫻子「純。」

純對律師講了句話，然後來到明里等人身邊。

純「謝謝妳們來。」

櫻子「還好嗎？」

純「唉，讓妳們看到比我想像中更慘的一面了。」

純露出笑容，其他三人都笑不出來。櫻子擁抱純。

明里和芙美看著她們。公平在建築物的門口處遠遠看著她們四個人。

明里和芙美注意到公平，他點頭致意後離去。

#30 塚本家（夜）

廚房中的拓也撈起鍋中的醬汁試味道，芙美打開門進來。

拓也「妳回來啦。」

芙美「我回來了，好耶。」

拓也「怎麼了？」

芙美「我回來路上聞到咖哩的味道，就祈禱是我們家的。」

拓也笑了笑。

×××

兩人分別站在廚房的內外側。

芙美換上居家服盛飯，拓也接過飯淋上醬汁。

芙美「那個啊。」

拓也「嗯？」

芙美「公平先生是什麼樣的人？」

拓也「公平先生？」

芙美「之前不是有介紹你們採訪他嗎？大概兩年前。」

芙美接過拓也的盤子放在桌上，她轉頭看向

拓也。

芙美　「純的先生。」

拓也　「啊啊，那個理研的人啊？日野先生。」

芙美　「對對對。」

拓也　「怎麼了？」

芙美　「沒什麼。」

拓也拿出抽屜的湯匙交給芙美。

拓也　「咦？就一個很像研究員的人，他講的話我大概八成都沒聽懂，但我猜他大概是超級大好人。」

芙美　「他是好人啊？」

拓也　「當時能勢小姐興致一來一直提問轟炸他，但是我記得他沒有露出嫌惡的表情，回答都很認真。」

芙美　「喔？那個時候也是能勢小姐的田調嗎？」

拓也　「對啊，那個時候她很迷惘，還說想寫科幻小說呢。」

芙美笑了笑。拓也拿出冰箱的茶，交給芙美。

芙美　「也太迷惘了吧。」

拓也　「唉呀，我當時也好年輕。啊，對了，我應該可以開車載妳們去有馬喔。」

拓也拿出餐具櫃的杯子。

芙美　「真的嗎？」

拓也　「能勢小姐想寫溫泉的題材，那個時期她正好在有馬做田調。」

芙美　「能勢小姐要寫溫泉？」

拓也坐到餐桌前。

拓也　「我開動了。」

芙美　「我開動了。」

拓也　「我也想去問候她一下，如果時間搭得上就能送妳們去，搞不好回程也可以。」

芙美　「嗯，謝謝，不過不用勉強喔。」

拓也　「嗯，我不會勉強。」

芙美　「謝了。」

拓也　「不好吃嗎？」

芙美　「呵呵，好吃。」

兩人吃著咖哩飯。

#31 神戶的街頭（晨）

神戶的街頭。

#32 櫻子家（晨）

良彥正在吃早餐，洗完盤子的櫻子端茶來到桌前。

櫻子　「昨天啊。」
良彥　「嗯？」
櫻子　「我去看了純的開庭。」
良彥　「開庭？離婚的？」
櫻子　「嗯。」
良彥　「怎麼樣？」
櫻子　「看得很難受。」
良彥　「是喔。」
櫻子　「這樣下去沒有勝算的。」
良彥　「是喔。」
櫻子　「你沒興趣？」
良彥　「不是。」
櫻子　「我能不能幫什麼忙啊。」
良彥　「妳想幫什麼忙？」
櫻子　「不知道。」
良彥　「這種問題不適合外人插手吧。」
櫻子　「說什麼外人？」
良彥　「又不知道是誰對誰錯。」
櫻子　「這跟對錯無關吧？是純啊。」

門打開，有人走樓梯上來。上來的是美津。

美津　「我回來了。」
櫻子　「妳回來了。」
美津　「早。」
良彥　「早，妳走去哪了？」
美津　「我走去車站再走回來，路上還遇到了阿大，我說『你好早啊』。」
櫻子　「他說要去籃球社的晨練。」

美津　「他三年級了吧？之前大賽不是結束了嗎？」

櫻子　「對啊，所以我覺得學弟妹一定不喜歡他。」

　　櫻子笑著站在廚房裡，美津入座。

美津　「關於這件事……啊啊，這個可以說嗎？」

良彥　「怎麼了？」

美津　「上個星期天，阿大帶了女孩子回來。」

良彥　「咦？」

美津　「他們說要進房間一起唸書。」

良彥　「妳知道嗎？」

櫻子　「不知道。」

美津　「那天你去高爾夫，櫻子去了什麼工作坊的。」

良彥　「喔。」

美津　「我去俳句會回來他們就在了，接下來可慌了，我假裝是個白目的老奶奶，一下送點心進去，一下敲門問要不要飲料、要不要吃晚餐，每三十分鐘就去關心一下。」

櫻子　「是喔。」

美津　「女同學傍晚就道謝回家了，她是滿可愛的啦，可是……」

良彥　「可是什麼？」

美津　「我今天早上路上又遇到她，在遇到阿大之後沒多久。他們是約好的吧？」

櫻子　「喔。」

美津　「你們有好好教阿大怎麼避孕嗎？」

良彥　「咦咦？」

美津　「我們這一輩就不用說了，現在年輕人也跟你們這一代不一樣了啊。」

　　櫻子和良彥對看彼此。

#33　病房（日）

　　明里抱起年長的男性病患遠山，將他抬到輪椅上。

　　栗田笑著在一旁看。

遠山　「痛痛痛，妳真的很粗魯耶。」

明里　「啊，不好意思。」

遠山　「柚月妹溫柔多了。」

明里　「對不起喔，柚月妹被借去門診那裡，借到這個週末。」
遠山　「而且她更柔軟。」
明里　「真的嗎？真是抱歉了。」
栗田　「遠山先生，你這是性騷擾囉。」
遠山　「最好是，你那張臉才是性騷擾。」
栗田　「真是非常抱歉。」
栗田笑了笑。香織經過走廊。
遠山　「喔～柚月妹～」
遠山揮手，香織也揮手。
明里　「你是在追星嗎？」
遠山被放上輪椅。
明里　「好，那要走了喔。」
明里推動輪椅，把病患推去走廊。

#34　餐廳

明里和香織對坐著一起吃飯。
明里　「遠山先生後來一直柚月妹、柚月妹的。」
香織　「他是在嗨什麼？」
明里　「快要開刀了，心很慌吧。」
香織　「是啊，遠山先生嘴上是那樣，但個性很膽小。」
明里　「喔？」
香織　「他跟家父是同個類型。」
明里　「妳明天又要回來病房大樓了嗎？」
香織　「對，請多多指教。」
明里　「妳再不成為戰力，我會很困擾喔。」
香織　「是。」
明里　「柚月啊。」
香織　「是。」
明里　「妳最好犯下一個滔天大錯。」
香織　「咦咦咦？」
明里　「妳不是一直在犯些不怎麼樣的錯誤嗎？」
香織笑了笑。
香織　「對。」
明里　「所以最好有一次漂亮的錯誤。」

香織「漂亮的錯誤？」

明里「這真的很難啦，但那個錯誤最好夠大，而且勉勉強強還可以挽救。」

香織「超級難的。」

明里「這件事可遇不可求，不過妳得先經歷過，才知道這份工作真正的恐怖之處。」

香織「真正的？」

明里「妳就是皮繃得不夠緊，所以才會一直犯一些不怎樣的錯。」

香織「對不起。明里小姐有過嗎？」

明里「這份工作沒有人不出包，出包是免不了的。」

香織「是。」

明里「我有一次真的覺得自己得辭職了。」

香織「是喔？」

明里「那時候是前輩替我收拾的，所以希望妳趁我還在的時候犯錯。」

香織鞠躬。

香織「謝謝妳。」

明里「什麼啦。」

香織「就覺得妳很可靠。」

明里「不要靠我啦，豬頭。」

香織「啊，不好意思。」

明里喝味噌湯。香織視線往下。

香織「好難想像喔。」

明里「想像什麼？」

香織「我不知道自己以後能不能像槙野小姐一樣，很有自信地進行指導。」

明里「妳說妳喔，我也無法想像。」

香織笑了出來。

香織「對吧，看不見未來的進路。」

明里「唉呀，都是要一步一步來的，人會從錯誤中成長，然後就會看見妳的進路了。」

香織「是。」

明里「像我現在啊，我反而容許自己出點包。」

香織「喔？」

明里「總不能一直繃緊神經啊，我會在風險低的時候放鬆、出包，然後發現『天哪，糟糕了』的時候又繃緊神經，一直在這個循環裡面。」

香織「好厲害的境界。」

明里「呵呵呵。」

明里喝茶。

#35 肉鋪（日）

純在肉鋪工作，她拿著長柄刷刷地板。

×××

純油炸可樂餅。

×××

純面帶微笑賣便當。

#36 純的公寓前（日）

純拎著購物袋爬上石階，來到公寓前面，從這裡可以看到大海。

便服裝的公平佇立在純的公寓前，他看到她的身影就有了反應。

純看向公平，公平也看向純。

純「我要叫律師了。」

公平「好啊，我想趁律師來之前聊一下。」

純打開公寓大門走進室內。

×××

純走上樓梯，公平對她說。

公平「我可以進去嗎？」

純沒有回答，公平走上樓梯。

×××

純在廚房，取出外面買回來的東西，公平走進屋裡。

公平「不錯的房子。」

公平「租金多少？」

純沒有回應。

純「三萬五。」

公平「不簡單耶。」

純拿出電話。公平看向窗外，從這裡可以看

到大海。

純撥打電話。

純　「喂？我是吉川，不好意思，我先生來到我家門口……對……對啊……他硬是闖進來，我現在是從廁所打過去的，可以請律師來一趟嗎？」

公平看向純。純也看向公平。

純　「好，麻煩了……報警？不用，沒那麼嚴重，沒關係。」

純掛掉電話，看向公平。

公平　「妳沒有勝算的。」

純沒有回應。

公平　「我連精神鑑定都做了，結果非常正常。」

純　「那根本不可信。」

公平　「妳放棄吧，根本不必等判決結果，妳只是在浪費時間和錢。」

純　「放棄之後呢？」

公平　「我希望妳回來。」

純打開冰箱，將買回來的蔬菜放進去。

純　「你要麥茶之類的嗎？」

公平　「妳之後如果要宣稱是我硬闖進來的，現在就不能端茶出來吧。」

純　「你可以開個窗嗎？」

公平開窗。純從冰箱中拿出麥茶。

純　「我不打算回去，不管判決結果怎樣，我都不會回到你身邊。」

公平　「這樣也無所謂，但我們是夫妻。」

純　「只是有名無實的夫妻吧，只要再分居個六、七年，不想離婚也得離。」

公平　「離了之後妳想做什麼？讓現在的情人養妳嗎？」

純　「肯定不會的。」

公平　「這樣下去妳到死前都是一個人。」

純　「就算是好了，那跟以前也沒有兩樣。」

純雙手拿著麥茶往公平走去，並在他面前停下來。

純　「我一直都是一個人。」

純將麥茶倒在公平頭上。

公平拿出手帕擦臉。

公平　「妳真的很拙劣。」

純　「什麼？」

公平　「我是不會發脾氣的，我不會辱罵妳也不會毆打妳。」

純　「真無聊。」

公平　「我該怎麼做才好？」

純　「你什麼都不用做。」

公平　「我想要改變。」

純　「不可能吧。」

純將兩個杯子放在窗邊。

純　「事到如今，我也不是想要你改變。」

純退後一步，雙手抱胸看著坐在窗邊的公平。

純　「現在就可以要你的命啊。」

公平從窗邊往下看。

公平　「二樓死得了嗎？」

純　「頸椎斷了就會死吧。」

公平　「妳想要我的命？」

純走向公平，雙手搭在他肩上把他往後推。

公平並沒有整個人往後倒。純跪了下來。

公平擁抱純，純扭動著甩開他。

純　「你滾。」

公平站起來，他喝了另一個杯子裡的麥茶。

公平走下樓梯，外面傳來海浪的聲音。

#37　街頭（日）

櫻子獨自站在路上，純走了過來。

櫻子和純相視微笑。

明里也走了過來，她對兩人揮手。

明里　「早～」

櫻子、純　「早。」

明里　「芙美和拓也先生呢？」

櫻子　「還沒到，我去買個喝的。」

櫻子離開現場。明里打了個呵欠。

純　「剛值完夜班？」

明里　「嗯。」

純　「辛苦了。」

明里　「感覺現在去泡溫泉，整個人都會融化。」

純笑著看明里，明里看向純。

明里　「妳在看什麼？我的臉色很慘嗎？」

純　「不是啦，妳最近很多桃花吧？」

明里笑了。

明里　「怎麼突然講這個啦。」

純　「就覺得妳很美。」

明里　「喔喔，是喔。」

對話告一段落。明里開口，視線沒有看向純。

明里　「之前很抱歉，我講得太過火了。」

純　「不會，那也算是我的講話方式害的。」

明里　「我不希望妳說謊。」

純看向明里。

明里　「我沒辦法接受謊言，要是妳騙我，我們就當不成朋友了。」

純　「我知道了，抱歉。」

明里　「我基本上什麼都信的，被別人騙等於是大地在搖晃，我會天旋地轉，站都站不穩了。」

明里表演起「站都站不穩」的樣子，純笑了笑，

明里和純相視而笑。櫻子回來，看到兩人在笑鬧。

櫻子　「什麼？妳們和好了喔？」

明里　「什麼啦，我們一直都很好啊，對吧？」

純　「對啊。」

櫻子笑了笑。車輛抵達站前圓環。

芙美拉下副駕的窗。

芙美　「早安，怎麼了？感覺很歡樂。」

拓也走出駕駛座。

拓也　「各位早安。」

明里、櫻子、純　「早安～」

拓也打開後車廂，把行李搬上車。

#38　車內（日）

拓也負責開車，芙美坐在副駕。

純和櫻子坐在後座，櫻子被夾在純和明里中間。

明里　「拓也先生，真的是麻煩你了。」

拓也　「不會，沒問題的，我剛好有工作，幸好時間搭得上。」

明里　「是田調之類的嗎？」

拓也　「跟我合作的作家，接下來想要寫溫泉相關的短篇系列，不是有草津、箱根、別府溫泉之類的嗎？」

明里　「是喔。」

拓也　「不過她也沒有錢到處跑，所以就先從有馬開始，現在已經在寫作了。」

明里　「所以是在閉關啊。」

櫻子　「這個作家叫什麼名字？」

拓也　「能勢梢，妳們知道嗎？」

櫻子　「不知道。」

拓也　「不知道啊，也是啦。」

明里　「好像是年輕人嗎？」

拓也　「今年25，她出道得早，有稍微引起一些討論。」

純　「是寫《白玉》（しらたま）的人嗎？」

拓也　「啊啊，對，妳知道她嗎？其實她還訪問過公平先生。」

純　「啊啊，《白玉》讓我大哭耶。」

拓也　「咦？這部很感人嗎？」

純　「大概是很符合我當時的心境吧，原來是拓也先生的書啊。」

拓也　「喔？真的喔？好開心喔。」

櫻子　「原來。」

拓也　「我們下次會在PORTO辦一場朗讀會。」

芙美　「對對對，鵜飼先生是來賓。」

明里　「真的嗎？那個人沒問題嗎？」

拓也　「大家都這樣說耶。雖然還有一段時間，但歡迎妳們來。」

明里　「好啊。是喔，是鵜飼啊，什麼時候？」

明里拿出行事曆，櫻子也拿出行事曆，純看到她們的動作也跟著拿了出來。

拓也　「我記得是十月的第一個星期六？」

芙美　「啊啊，好像是。」

明里　「我可以！」

櫻子　「好快。」

明里　「妳們可以嗎？」

櫻子　「是星期六吧？晚上嗎？」

拓也　「晚上。」

櫻子　「只要沒什麼大事就可以。」

純　「我也想去啊。」

櫻子　「怎麼了？」

純　「我超想去的，但是不太確定行程。」

明里　「妳安排行程的時候，以想去的為優先就好啦。」

純　「好果決。」

拓也　「等傳單設計好我再寄給妳們，到時候應該是朗讀她在有馬寫的未出版作品。」

明里　「你這次也會在有馬住一晚嗎？」

拓也　「對啊。」

明里　「和25歲的女作家住？」

拓也　「妳講得跟八卦雜誌一樣。」

拓也笑了笑。明里從後座搖晃芙美的肩膀。

明里　「喂喂喂，芙美，妳不擔心嗎？」

芙美　「妳很煩耶。」

拓也　「不是吧，不然我怎麼會帶妳們來啦。」

拓也笑了笑。純和櫻子笑著看他。

#39　日式旅館房間（日）

日式旅館房間。四人走進來，明里打開窗。

明里　「喔喔，很讚耶！」

純　「我們要去哪裡逛？」

四人坐在桌邊。

#40　溫泉街（日）

她們邊走邊吃商店買的東西。

她們逛了有馬的伴手禮店。

#41 街頭（日）

純邊走邊看地圖，其他人跟著純。

她們走在河岸。

明里　「啊。」

明里在河的對岸看到了什麼，其他人也看了過去。

拓也和能勢梢（25）在對岸並肩行走。

梢的帽子壓得很低，幾乎看不見她的臉。

明里　「嗨～」

拓也注意到了她們，他笑著揮揮手。

她們也揮手，對岸的拓也向梢解釋了幾句。

梢對她們點頭致意，她們也笑著點頭致意。

對岸的拓也和梢繼續走，與她們朝反方向前進。

她們也繼續往前走。

#42 鼓滝瀑布前（日）

瀑布的水流往下墜，附近有幾個觀光客，她們走向瀑布前方。

純　「好驚人的聲音。」

櫻子　「真的。」

芙美凝視著瀑布的水流，純看著她。

純　「拍張紀念照吧。」

芙美　「咦？」

純向旁邊的葉子（28）攀談。

純　「可以幫我們拍照嗎？」

葉子　「啊，好。」

純　「四個人一起。」

純要大家站在瀑布前。

純摟住櫻子和芙美的肩膀。

明里　「妳怎麼這麼嗨？」

純　「笑著拍照的人才是贏家，芙美也笑一個。」

芙美　「嗯。」

明里摟住芙美的肩膀。四個人勾肩搭背的。

純　「以後雖然也記不清楚了，但只要照片中有笑容，看到照片的時候還是會覺得當時超級快樂。」

明里　「什麼啦，實際上也是超級快樂啊。」

櫻子和芙美都笑了。

葉子　「好，要拍了。」

葉子按下快門。

葉子　「啊，再一張。」

葉子換了角度按了幾次快門。明里笑了笑。

明里　「是要拍幾張啦。」

葉子將相機還給純。

葉子　「不好意思，不過笑容很棒喔。」

純　「謝謝。」

明里、芙美、櫻子　「謝謝。」

她們檢查了合照，照片中是她們面帶笑容勾肩搭背的模樣。

#43　日式旅館房間（夜）

四人穿著浴衣，圍坐在麻將桌前打牌，有人出牌有人吃牌。

明里　「喔，有了。」

櫻子吃了明里出的牌。

櫻子　「好，我胡了。」

芙美　「什麼？又胡了？」

櫻子　「七對子，懸賞牌二。」

明里　「不會吧！」

純笑著看她們，芙美翻看規則書。

芙美　「既然是胡牌，明里之外的人都不用付錢吧？」

純　「沒錯沒錯。」

芙美　「好耶。」

明里　「櫻子，妳藏了一手啊。」

櫻子　「我奶奶很愛玩，小學的時候她就常常要我陪她。」

芙美　「是喔。」

櫻子　「她一開始是說『人生一旦學會這麼好玩的東西就毀了』，但是聽到這種話不就更想學了嗎？」

芙美　「好意外。」

純　「結果人生也沒有毀掉，真可惜。」

明里　「可惜了。」

櫻子笑了笑。

櫻子　「我長大之後幾乎沒在玩了，最近即使是男生也很少人會打。」

明里　「良彥先生不會嗎？」

櫻子　「他不打，我也沒說過我會。」

明里　「妳裝什麼乖啊？」

櫻子　「根本沒機會講啊。」

芙美　「我記得拓也會喔。」

櫻子　「真的嗎？他是撲克臉耶，感覺很強。」

純　「那要叫他來嗎？」

明里　「對啊，他可以跟芙美搭檔，讓他教妳。」

芙美　「不用，不要叫他。」

四人沉默。

明里「妳是不是有點緊繃啊？」
芙美「緊繃？我嗎？」
明里「因為看到他們那樣。」
芙美「那樣？不就是走在一起嗎？」
明里「嗯……」
芙美「怎麼了？」
明里「我今天想吐槽芙美。」
純「應該沒關係吧。」
芙美「別管我了。」
明里「芙美和拓也先生感覺很奇妙。」
芙美「奇妙？」
明里「你們會對話。」
芙美「嗯。」
明里「可是對話好像僅止於表層。我說的只是外人的觀感喔，我不清楚你們的事。」
芙美「表層？」
明里「我也不清楚，就是有這種感覺，你們之間好像有什麼隔閡，然後你們好像都不想去碰。」

芙美沉默不語。

明里「而他和那個能勢小姐？他們走在一起的時候就沒有這種感覺，他看起來非常放鬆。」
芙美「妳這樣說……」
明里「嗯。」
芙美「是希望我怎麼做？」
明里「也不是要妳做什麼。」
芙美「看起來很放鬆又怎麼樣？」
明里「妳生氣了嗎？」
芙美「有嗎？」
純「大家是在擔心你們。」
芙美「擔心？」
純「妳覺得我才值得擔心嗎？」

純和明里笑了笑。芙美搖頭。

純「我知道妳一直很擔心我，妳一直在思考最好的辦法，思考不會傷害到所有人的方法。」
芙美「很難說吧。」

純　「但是我們還是很擔心妳啊，妳真的開心嗎？想說的都說了嗎？」

芙美沉默不語。

芙美　「我一直很開心啊，跟大家在一起很開心，可是……」

純　「可是？」

芙美　「我不認為有必要知無不言，也不認為妳們會接納知無不言的我。」

明里　「什麼意思？」

芙美　「其實我啊，我超級任性的。」

明里、純　「早就知道了。」

四人都笑了。

芙美　「是喔。」

純　「妳裝得又不像。」

明里　「妳很固執耶。」

芙美　「枉費我一直隱忍喔。」

芙美笑了笑。

純　「對啊，芙美和櫻子都超級公主的。」

櫻子　「我也是？」

純　「對啊。」

明里　「我呢？」

純　「妳也很值得擔心，妳怕東怕西的嘛。」

明里　「我當然怕啊，一定會的。妳呢？妳什麼都不怕了嗎？」

純　「我怕的可多了。」

明里　「對吧。」

純　「我一直在原地踏步。」

明里　「嗯。」

純　「但是我已經不想放棄了。」

三人看向純。

純　「我覺得自己現在總算找到真實人生的吉光片羽了。」

明里　「真實……」

純　「我不知道別人會怎麼看我，但我決定想要什麼就直說，我不想再放棄了。」

芙美看向純。

明里「好貪心啊。」

純「對啊。」

櫻子「可是現在……」

純看向櫻子。

櫻子「有種很『妳』的感覺。」

純「什麼意思？」

純笑了笑。

櫻子「原來純就是這個風格啊，雖然早就知道了，卻感覺現在才發現。」

純「真的嗎？」

櫻子「嗯。」

純「那我們是初次見面囉。」

櫻子「嗯，二十五年來的初次見面。」

明里「好久啊。」

芙美「四分之一個世紀。」

純「妳叫什麼名字？」

櫻子「咦？啊，我叫井場櫻子。」

純「很棒的名字。」

櫻子「謝謝，妳叫什麼名字？」

純「我是純。」

櫻子「啊啊，很棒的名字。」

純「妳好。」

純對明里說。

明里「妳好，我叫明里。」

純「人如其名耶。」

明里「是嗎？」

純「只要有妳在就會變得很光明。妳好，我叫純。」

純對芙美說。

芙美「我是塚本芙美，妳好，要記得我喔。」

芙美伏地敬禮，頭一直沒有抬起來。

純「妳幹嘛，難得我想稱讚妳的名字耶。」

芙美「不要，我對於這種事超不好意思的。」

純「不用不好意思！」

明里「對啊，我們都已經是從頭到腳看光光的交情了。」

櫻子「妳是大叔嗎？」

純來到芙美身邊，硬是把耳朵貼在她肚子上。

純「今天終於聽到芙美五臟六腑的聲音了。」

芙美「不要啦，我不喜歡這個。」

純「好嘛。」

明里「好嘛。」

明里和櫻子都站起來跑到芙美身邊。

芙美「等一下啦，什麼意思？喂！」

三人疊在芙美身上。

四人都笑了。夜色越來越深。

#44 日式旅館前　停車場（日）

明里、櫻子和芙美上了拓也的車。

車中的三人揮手，純也揮手。

車輛駛出，純留在原地。

× × ×

純獨自走在有馬溫泉。

純去泡足湯。

#45 公車（日）

純坐在空蕩蕩的車內。

葉子「啊。」

純看向聲音來源，看到葉子。

兩人對彼此點頭致意。

純「妳是幫我們拍照的人。」

葉子「妳是四人組的？」

純「對，謝謝妳幫忙。」

葉子「不會不會，照片有拍好嗎？」

純「有啊，啊，妳看照片。」

純笑了笑，把手機拿給葉子看。

葉子小心翼翼坐到純的隔壁。

手機的鎖定畫面是四人勾肩搭背的照片。

葉子笑了笑。

葉子「啊啊，感覺好像樂團。」

純「對啊，我也這樣覺得。」

純笑了笑，公車發車。

純和葉子並排坐在公車後方的座位。

純　「妳不是當地人吧？」

葉子　「不是，我是從三重縣過來的。」

純　「喔？為什麼？」

葉子　「我喜歡瀑布，所以會去各地尋訪。」

純　「是喔。」

葉子　「其實我的名字也是滝野葉子。」

純　「哈哈。」

葉子　「我總覺得瀑布跟我很有緣。」

純　「妳要離開了嗎？」

葉子　「雖然比我預計得早，但我臨時得趕回老家一趟。」

純　「咦？所以是……」

葉子　「嗯。」

純　「我可以問嗎？」

葉子　「啊，好，都可以問。」

純　「是妳的家人身體出狀況了嗎？」

葉子　「嗯，差不多吧，我也不清楚。」

純　「妳不清楚？」

葉子　「好像是家父受傷了。」

純　「唉呀。」

葉子　「家父很愛騙人的。」

純　「喔喔喔。」

葉子　「我很猶豫耶，這些話可以告訴幾乎素未謀面的人嗎？」

純　「可以啊，有些話只能跟陌生人說嘛。」

葉子　「嗯，我家裡是在三重縣溫室栽種蜜柑的，昨天家父在整修塑膠溫室的時候，好像從梯子摔了下來。」

純　「嗯，所以設定上是沒事嗎？」

葉子　「設定？」

純　「因為妳說他愛騙人。」

葉子　「目前是說沒事，但是我也不清楚。」

純　「什麼意思？」

葉子　「家父很愛騙人，爺爺過世的時候我才6歲，他也騙我說爺爺去大阪工作了。」

純　「好奇怪的謊。」

葉子　「嗯，有夠奇怪的，我大概信了一年。」

純　「呵呵。」

葉子　「我真的都沒發現。」

純　「還是有辦葬禮什麼的吧？沒辦嗎？」

葉子　「他說那是派對。」

純　「不是要看棺材裡面，還要獻花嗎？」

葉子　「我累到睡著了。」

純　「原來啊，沒想到可以圓謊圓得這麼順利。」

純笑了笑。

葉子　「就是啊，然後爺爺過世後，家人不是也不會再提到他了嗎？」

純　「嗯嗯。」

葉子　「我一直以為他在大阪過得很好，就沒有很在意，結果某一天的晚餐時間……」

純　「嗯。」

葉子　「有人來訪我家，他好像是爺爺的朋友。」

純　「嗯。」

葉子　「我們請他進門，端茶招待他，然後他聊起了與爺爺的回憶。」

純　「一定會聊的啊。」

葉子　「然後我就想說這個人有點奇怪，竟然把我爺爺講成不在世的人。」

純　「嗯。」

葉子　「我甚至有點不爽，我想說爺爺還活著啊。」

純　「妳怎麼沒發現？」

葉子　「唉呀，人類的認知是不太容易改變的。」

純笑了笑。

葉子　「我聽到那個人說想要上香，就覺得這不說不行了，既然爸爸媽媽都不好意思說，那就讓我來吧。」

純　「嗯，然後呢？」

葉子　「然後家父帶他去佛壇前，我覺得很怪，稍微看了一下佛壇，才發現爺爺的照片直接就放在那裡。」

純　「還有放照片啊。」

葉子　「是啊，明目張膽放在那裡。」

純　「妳怎麼沒發現他過世了？」

葉子　「不是啊，該說是當局者迷嗎？」

純　「這麼迷的嗎？」

葉子　「就是啊。」

純　「說謊的人不應該，被騙的人也有問題啊。」

純和葉子都笑了。

純　「然後妳的騙子爸爸說他受傷了。」

葉子　「對啊，這種爸爸我一點都不相信。」

純　「對啊。」

葉子　「我猜他可能是身體其他地方有問題。」

純　「為什麼？」

葉子　「昨天的電話是家母打來的，她的聲音有點奇怪。」

純　「奇怪？」

葉子　「對，她應該是在哭。」

純　「啊啊。」

葉子　「她不但在哭，而且聲音有點啞，但她還是說家父是從梯子摔下來的，搞得我很驚慌。」

純　「原來是這樣。」

葉子　「所以才想說今天要回去。」

純　「是喔。」

葉子　「不好意思，講了個莫名其妙的故事。」

純　「不會，我覺得自己有聽懂。」

葉子　「真的嗎？謝謝妳。」

葉子輕輕一鞠躬。

純陷入沉默。

葉子　「對不起，這個故事又陰沉又奇怪。」

純　「不會，謝謝妳跟我分享。」

葉子　「但搞不好其實只是扭到而已。」

純　「到底是怎樣？」

葉子　「就是不知道嘛，所以我要回去確認。」

純　「回去肯定沒錯的。」

葉子　「對。」

純　「所以這到底是什麼樣的故事？」

葉子　「啊啊，真的很不好意思。」

兩人都笑了。

葉子　「啊，其他三位朋友呢？」

純　「只有我是下午才有事，所以我想在有馬多待一下。」

葉子　「妳們是學生時代的朋友嗎？」

純　「不是，是30歲以後認識的。」

葉子　「喔？」

純　「正確來說，只有一個人是國中就認識了。」

葉子　「好極端。」

純　「對啊。」

葉子　「那妳們是怎麼認識的？」

純　「是我撮合的。」

葉子　「啊啊，感覺妳就很喜歡撮合。」

純　「嗯，我喜歡幫大家牽線。」

葉子　「啊～」

純　「妳是不是覺得我的確很像是多管閒事的人？」

葉子　「沒有啦。」

葉子笑了笑。

純　「我是在不同地方認識其他三個人的，我就想說好想讓這麼棒的人聚在一起，不知道聚在一起會怎麼樣。」

葉子　「然後呢？」

純　「中大獎了。」

純笑了笑，葉子也笑了。

葉子　「這也是很棒的故事耶。」

純　「為什麼？」

葉子　「代表我過了30還能認識好朋友。」

純　「妳現在幾歲？」

葉子　「28。」

純　「可以的，一定會的。這種機會以後多得是。」

葉子　「多得是嗎？」

純　「多得是啊，因為好人真的很多，要不喜歡他們都難。」

葉子　「嗯。」

葉子笑了笑。

純　「在妳喜歡上很多人之後，就會有人也喜歡妳。」

葉子　「可是照妳剛剛所說的，會發生這個情況，是因為妳是好人吧。」

葉子指著純。

純　「咦？」

葉子　「妳是好人，光是現在聊天也知道。」

純　「謝謝，這是我的盲點。」

葉子笑了笑。

純　「妳也是好人喔。」

葉子　「謝謝妳。妳是做什麼工作的？」

純　「我沒有工作。」

葉子　「啊啊。」

純　「簡單來說，我以前是主婦。」

葉子　「以前？」

純　「正確來說，今天就會知道了。」

葉子　「今天？」

純　「我正在打離婚訴訟，判決今天會出來。」

公車慢了下來。

葉子　「是喔。」

純　「是啊。」

葉子看著純，純笑了笑，

葉子　「我要下車了。」

公車停下，葉子站起身來。

純　「謝謝妳幫我們拍照。」

葉子　「我也要謝謝妳。」

葉子鞠躬，純揮手。葉子走下公車。

公車出發，空蕩蕩的車內只有純一個人。

公車進入隧道，車內被黑暗包圍。

#46　行駛中的電車（日）

電車駛出隧道，窗外是一片大海。

大紀和由紀（15）並肩而坐，兩人依偎著睡覺。

大紀　「會有辦法的。」

電車繼續前進。

#47 街頭（日）

穿著無袖上衣的明里朝咖啡廳前進，她遇到紅燈而停下腳步。

#48 咖啡廳（日）

明里走進咖啡廳。

櫻子、芙美和公平已經沉默地坐在座位上。

明里入座，轉頭對店員說。

明里　「我要冰咖啡。」

店員　「好。」

明里　「是怎麼了？」

公平　「就像我在電話上所說的，我想請問各位知不知道純的情況。」

明里　「我還有一堆事想問你咧。」

公平　「槙野小姐真的都不知道嗎？」

明里　「不知道，純不見多久了？」

公平　「已經三星期了。」

明里　「為什麼你不早點說？」

公平　「這沒辦法逢人就說的吧，我一直在用我的門路到處找。」

櫻子　「她家人也都說不知道，還有啊……」

櫻子看向公平。

櫻子　「純應該是懷孕了，雖然沒聽她親口說。」

公平　「我知道，我問過本人了。」

明里嘆了口氣。

明里　「小王也一起消失了嗎？」

公平　「他一問三不知，應該說，他們已經分手很久了。」

櫻子　「怎麼會？」

明里　「或許是騙你的。」

公平　「我有請偵探，應該是真的。」

明里雙手抱胸看著公平。

芙美　「公平先生，找到純最簡單的方法，就是你同意離婚。」

公平　「我知道。」

芙美　「你若是擔心她、希望她回來，就應該這麼做。」

公平 「我辦不到。」

明里 「哪有什麼辦不到的？」

芙美 「為什麼？」

公平 「因為她違反規範了。」

明里 「嗄嗄？」

公平 「所謂的結婚，就是同意某些社會規範並且進入這個社會。」

明里嘆了口氣。

公平 「婚姻並非絕對的契約，想解約當然也可以解，但是終究得遵照這套規範進行。我從來沒有違反規範，要離婚就要照著規範走。」

明里 「規範規範的煩死了。」

公平 「說我很煩太奇怪了吧？我只是在回答妳們的問題。」

明里 「我非常理解為什麼純要離開你。」

公平 「是喔，請告訴我為什麼。」

明里 「你沒有溫度。」

公平 「溫度？」

明里 「跟你講話根本不像是在跟人類講話，誰受得了啊？」

公平 「那我該怎麼辦？」

明里 「沒怎麼辦啊，純也是這樣想的吧。」

公平 「那我想要聽純親口告訴我，這樣很奇怪嗎？我只是想跟她談談而已。」

櫻子和芙美都看向公平。

明里 「我還想問那個官司啊，你看到純受傷都沒感覺的嗎？」

公平 「想打官司的是她，我完全無法理解。」

明里 「祝你這輩子都無法理解。」

公平 「她打這種官司是沒有勝算的，只是在浪費時間與精力，還損害了我們彼此的社會信用。」

明里 「這些根本不重要。」

公平 「對，根本不重要。」

櫻子　「公平先生，你完全不知道純可能去哪裡嗎？」

公平　「完全不知道。」

櫻子　「我很擔心純的身體。」

公平　「是啊，我想準備好的環境讓她平安生產，也想見那個小孩。」

明里、芙美和櫻子看向公平。

櫻子　「但這不是自討苦吃嗎？」

公平　「那是我的小孩。」

明里　「你認清現實吧。」

公平　「日期對得上，是我的小孩。」

所有人陷入沉默。

明里　「不是你硬上吧？」

公平　「我不會硬上。」

芙美　「等一下，所以純是懷著公平先生的孩子失蹤的嗎？」

公平　「沒錯，在事情發展到現在之前，我們已經談過好幾次孩子的事了。她要是回來，我們或許終於能有轉機了，如果有孩子在，我們或許能在一起。」

明里、櫻子和芙美錯愕地看著公平。

公平　「有消息都可以聯絡我。」

公平留下名片，拿起結帳單離開。

明里放鬆姿勢。

明里　「她先生腦子有問題啊。」

櫻子　「那是真的嗎？」

芙美　「關於小孩的爸爸嗎？」

櫻子點頭。

明里　「是他的妄想吧。」

櫻子和芙美沉默不語。

明里　「要不然就單純是我們被她騙了。」

櫻子　「她騙我們？為什麼？」

明里　「可能是因為很丟臉吧，官司中還和先生做了。」

芙美　「明里。」

明里　「這只是假設。」

櫻子　「現在到底該怎麼辦呢？」

明里　「什麼怎麼辦？」

櫻子　「怎麼辦才好？」

明里　「沒怎麼辦啊，這種都是精心準備過的，一切照計畫進行。」

芙美看向櫻子和明里。

櫻子　「她會不會是遇到意外了？」

明里　「不可能，她的租屋處都清空了。」

櫻子嘆了一口氣。

櫻子　「為什麼她什麼都不說呢？」

明里　「妳不要一副只有自己是受害人的樣子好嗎？」

櫻子嚇了一跳。

明里　「芙美和我都想要接受了。」

明里看向櫻子。

明里　「妳什麼都沒聽說？」

櫻子點頭。

明里　「懷孕的事呢？」

櫻子　「她沒有說。」

明里　「妳為什麼不講？」

櫻子　「我不確定這種事能不能告訴別人。」

明里　「什麼別人？為什麼要這樣講？」

芙美　「明里，櫻子的立場和我們不一樣。」

明里　「哪有不一樣？我們是朋友啊，這跟交情深淺無關吧。」

芙美　「我也覺得無關，但就是不一樣。」

明里　「什麼意思？」

芙美　「我覺得這樣也無妨，只要這真的是純的選擇。」

明里　「妳不在乎她騙妳？」

芙美　「她有騙嗎？她什麼都沒說啊。明里，妳之前不是講過『多說多錯』嗎？我懂這種感覺，有時候當妳想誠實以對，就會什麼都說不出口。」

明里看向芙美。

芙美　「但我不認為大家都要這樣想，畢竟我不知道櫻子多傷心，不知道明里多傷心。」

櫻子看向芙美。

明里 「芙美，妳怎麼老是這樣？」

芙美 「老是哪樣？」

芙美看向明里。

明里 「我很傷心，我重視的朋友不願意把人生大事跟我分享，所以我很傷心。我知道這樣很幼稚，但我沒辦法。」

芙美 「嗯。」

明里 「妳不要什麼都用理智去壓抑，不然妳跟純的先生有什麼兩樣？」

芙美看向明里。明里沉默不語。

櫻子 「明里，妳為什麼要這樣？」

明里看向櫻子。

櫻子 「妳沒想過，是我們讓純說不出口的嗎？」

明里 「我們？」

櫻子 「她可能是覺得我們無法理解啊。」

明里 「那是她擅自揣測……」

櫻子 「擅自揣測的是誰啊。」

明里看著櫻子沒有回答。三個人陷入沉默。

櫻子 「我不會告訴明里什麼人生大事，就算告訴妳，妳也只會用自己的標準衡量別人。在這種人面前，誰講得出真心話啊。」

櫻子看向明里。

明里 「妳好意思說別人？不要遷怒我。」

櫻子站起身走了出去，明里和芙美被留在原地。

#49 醫院 護理站～走廊

明里正在檢查投藥用的胰島素。

明里 「柚月，請妳幫我雙重核對。」

香織 「啊，好。」

香織指著指示書進行核對。

明里 「橫田先生的餐前血糖是二四二。」

香織 「對。」

明里 「飯食七成、配菜九成，因此和上次一樣四單位。」

明里讓香織核對針筒的刻度。

香織　「對，四單位。」

明里　「遠山先生，餐前血糖是二九〇。」

香織　「對。」

明里　「飯食都吃光了，因此和上次一樣十單位。」

明里再次讓香織核對針筒的刻度。

香織　「對，十單位。」

香織細看飲食紀錄表，臉上有一絲訝異。

明里　「廣瀨先生。」

香織　「啊，是。」

明里　「餐前血糖是一八九。」

香織　「對。」

明里　「飯食四成、配菜兩成，比上次少兩單位，所以是兩單位。」

香織　「對，兩單位。」

明里再次讓香織核對針筒的刻度。

#50　醫院・走廊（日）

明里走出電梯。

她推著堆滿針筒與資料夾的推車往前走。

香織從緊急逃生梯走出來，她的呼吸很侷促。明里嚇了一跳。

香織　「槙野小姐。」

明里　「什麼？怎麼了？」

香織　「不好意思。」

香織拿起推車上的飲食紀錄表核對。

香織　「果然。」

明里　「怎樣？」

香織　「遠山先生今天的午餐剩下超過一半。」

香織給明里看表格。

香織　「要是不扣除兩單位就太多了。」

明里嘆了口氣。

明里　「謝謝，我看成前一天的了。」

香織　「我今天中午碰巧去了遠山先生的病房。」

明里猛地看向香織。

香織沉默不語，明里看著香織。

明里　「妳過來一下。」

明里打開緊急逃生梯的門，拉香織進去。

×××

緊急逃生梯只有她們兩人。

明里　「為什麼在雙重核對的時候妳不講？」

香織沒有回答。

明里　「妳有發現吧？」

香織　「對不起。」

明里　「我不是要妳道歉，是在問妳為什麼。」

香織　「我想說槙野小姐不可能搞錯，搞不好是我看錯了。」

明里嘆了口氣。

明里　「妳想讓我害死人嗎？」

香織　「對不起。」

明里　「不要道歉！」

香織看向明里。

明里　「太奇怪了吧。」

香織的視線往下。

明里　「我這麼讓人難以啟齒嗎？妳發現我出錯，不是就該直說我有錯嗎？」

香織　「對不起，啊，對不起。」

明里　「我得通報跡近錯失。」

香織　「這沒必要通報吧。」

明里　「妳豬頭啊，妳是認真的嗎？」

明里看著香織。

明里　「這個不通報要通報什麼？妳要認知到我們的工作是攸關人命的，我不是在唬妳。」

香織　「是。」

明里走下樓梯，然後回頭。

明里　「妳去幫我把推車推過來好嗎？」

香織　「咦？」

明里　「我全都要重新核對。」

香織　「其他的沒問題喔。」

明里　「我沒辦法相信妳。」

香織看著明里。

明里「雙重核對根本沒有發揮功能，如果妳只是想維持友好的職場氣氛就去別的地方吧，別找我麻煩。」

明里走下樓梯。

香織嘆了口氣，打開門回到走廊。

無人的空間，下方傳來「啊」的叫聲和砰咚砰咚的聲音。

香織打開門回到樓梯間，跑步下樓梯。

51 井場家（昏）

櫻子在客廳折衣服。

樓下傳來玄關門打開的聲音。

有人走上樓梯的腳步聲，上來的是大紀。

大紀「我回來了。」

大紀站在櫻子身邊。

櫻子「怎麼了？」

大紀「我跟妳說。」

櫻子「嗯。」

大紀「我想商量一件事。」

櫻子「怎麼了？」

大紀「就是……」

櫻子「嗯。」

大紀「我有一個交往對象。」

櫻子站起身來。

大紀「嗯，她懷孕了。」

櫻子「咦？」

大紀「我想要借錢。」

櫻子「等一下。」

櫻子舉起手制止他。

櫻子「我聽不太懂。」

大紀「我想要借錢打掉。」

櫻子反射性地打了大紀耳光。

52 PORTO（夜）

芙美和鵜飼坐在桌邊，沒有什麼對話。

鵜飼瞄了朗讀會的傳單一眼，看向芙美。

芙美看著窗外。

鵜飼　「這場朗讀會……」

芙美　「是。」

芙美看向鵜飼。

鵜飼　「推出企畫的是芙美小姐的先生吧。」

芙美　「對，請多多指教。」

鵜飼　「這位小說家很年輕呢。」

芙美　「是啊。」

鵜飼　「漂漂亮亮的。」

芙美　「是啊。」

鵜飼　「雖然我一本都沒讀過……」

芙美　「有需要的話可以借給你。」

鵜飼　「你們還是建議要讀一下嗎？」

芙美　「交給你決定就好，事前不讀，憑當天的感覺聊也可以。」

河野走了過來。

河野　「不好意思，這是合約條款。」

鵜飼　「啊，不好意思。」

鵜飼戴上眼鏡閱讀條款。

河野　「這是為期一年的駐館創作企畫，提供生活費與製作費，不過鵜飼先生老家就在神戶，生活費或許都可以挪為製作費。」

鵜飼　「駐館是要全年都待在神戶嗎？」

河野　「不用，我是認為只要成果發表在這裡舉辦就好，其他時間可以盡情自由活動。」

鵜飼　「原來如此。」

現場沉默。隔了一段時間。

河野　「有問題嗎？」

鵜飼　「沒有，現在才講這個真的很抱歉，只是一旦被冠上駐館藝術家的名號，好像等於我終於承認自己是藝術家了。」

河野　「啊啊。」

鵜飼　「我真的算藝術家嗎？不是把東西立起來而已嗎？」

芙美　「如果你覺得哪裡不對勁，請重視這個感覺。」

鵜飼看向芙美。

芙美　「我們是認為與你合作可能會碰撞出有趣的火花，不過這種合作都是互相的，你也可以選你的合作對象。」

鵜飼　「不是，我並不是因為 PORTO 的各位而覺得哪裡不對勁，我很感謝你們的邀請，一切都是我自己感受上的問題。」

芙美　「是啊，所以我們還可以等待，你願意合作了再告訴我們，我們也可以一起討論。」

鵜飼　「嗯嗯，謝謝。」

芙美　「不會，請多多指教。」

河野　「請多多指教。」

三人互相鞠躬。鵜飼抬頭看芙美。

芙美　「怎麼了？」

鵜飼　「沒有，就覺得妳辛苦了。」

芙美　「怎麼了？」

芙美看著鵜飼。鵜飼笑了笑。

#53　井場家（夜）

良彥和大紀坐在沙發上，兩人的座位呈現L字形。

櫻子和美津坐在稍遠一點的餐桌邊。

良彥　「你實在有夠笨。」

良彥的手指按壓眼睛。大紀沒有回應。

良彥　「你在班上沒有朋友的嗎？」

大紀　「有啊。」

良彥　「那你找他們出錢或出力不就好了嗎？」

大紀看著良彥，櫻子一臉詫異地看向良彥。

良彥　「我想說的是，這一切都蠢到令人生氣耶。」

大紀看著良彥。

良彥　「在我那個年代，就算發生這種事也是找好朋友出錢，男女都是。」

櫻子看著良彥。

良彥　「把做愛當兒戲，然後肚子搞大了就找爸媽出錢，這太莫名其妙了吧，少瞧不起人了。」

大紀　「那個女生……」

良彥　「嗯。」

大紀　「那個女生說不想被班上的人知道。」

良彥抓住大紀的頭髮，櫻子站起來拉住良彥的手臂。

良彥　「你要是喜歡她，一開始就該為她的身體著想吧，你不可能不知道做這些事會導致什麼後果，對吧？」

櫻子　「不要使用暴力。」

良彥放開大紀的頭髮。

大紀　「好痛……」

良彥　「什麼『那個女生』？講她的名字啦，名字，我們還得去賠罪，怎麼能花錢了事啊。」

大紀　「三澤由紀。」

櫻子　「姓三澤？」

良彥　「妳知道嗎？」

櫻子　「家長教師協會上碰過。」

良彥　「是喔，你去睡吧。」

大紀站起來走下樓梯。

良彥解開領帶。

櫻子　「怎麼辦？」

良彥　「當然就只能向對方展現誠意了。」

良彥看著櫻子，櫻子避開視線，嘆了口氣。

櫻子　「我明天打電話去，你什麼時候能去？」

良彥　「這兩個星期都沒辦法。」

櫻子　「週末也是？」

良彥　「明年的世界港灣都市會議在神戶舉辦，高層已經來視察了。」

櫻子　「可是下下星期去太晚了吧。」

良彥　「嗯，妳就去一趟吧。」

櫻子　「我自己？」

良彥　「我這十天要接待二十個人，從早到晚待命，一定會有突發性的任務冒出來啊，我去不了的。」

櫻子看著良彥。

良彥　「我沒講過嗎？」

櫻子　「我沒聽說，你只說你很忙，沒說是為什麼。」

良彥　「幫我從存摺領錢出來。」
櫻子　「多少？」
良彥　「五十萬，我明早前把信寫出來。」
櫻子　「但是寫信不比登門拜訪有誠意吧？」
良彥　「不然妳是能代替我賺錢嗎？」
櫻子看著良彥。
良彥　「不能吧？但是妳能代我處理家務事啊，拜託妳了。」
良彥雙手按住眼睛。
良彥　「可以給我杯茶嗎？」
美津站起來，握緊拳頭打了良彥的頭。
良彥嚇了一跳。
美津走下樓梯，良彥看了看四周。
他和櫻子四目相交。
櫻子站起來準備茶。良彥錯愕地看著她。

#54　由紀家　客廳（日）

美津猛地低下頭來。
美津　「真的非常對不起，我們沒有任何藉口。」
櫻子也跟著低下頭來。
由紀的祖父母雙手抱胸。
美津　「櫻子小姐。」
櫻子　「是。」
櫻子拿出包包的信封袋遞出去。
美津　「這點小意思不足以代表我們的歉意，但是請你們務必收下。」
由紀的祖父瞄了信封一眼。
祖父　「妳們可以保證他們不會再見面了嗎？」
櫻子　「你是指轉學之類的嗎？」
祖父　「不是，我是指校外時間。兩邊都是考生，這個時期特別關鍵。」
美津　「這件事我們一定會嚴厲告誡他，再次向兩位致歉。」
美津低下頭來，櫻子也低下頭。由紀的祖父母一臉無奈。

×　×　×

美津與櫻子來到門口時再次鞠躬。

她們猛然抬頭看二樓，發現由紀在看窗外。

由紀拉上窗簾。

#55 街道（日）

美津與櫻子並肩而行。

美津　「真是奇怪了，這明明是你情我願的事，怎麼我們要拚命道歉，對方卻一句對不起都沒有？」

櫻子　「是啊。」

美津　「要是我說『好大膽子，竟敢勾引我孫子』不知道會怎麼樣？」

美津笑了笑，櫻子露出有氣無力的笑容。

美津　「對不起啊。」

櫻子　「咦？」

美津　「那孩子的表達能力有時候不太好。」

櫻子　「大紀嗎？」

美津　「啊，不是，是良彥。」

櫻子　「啊啊。」

美津　「對啊，這部分似乎和阿大很像。」

櫻子　「嗯。」

美津　「櫻子，妳好像太正經了。」

櫻子　「有嗎？」

美津　「有些事怎麼想都沒結果的，不要什麼都怪罪自己。」

櫻子　「好。」

美津　「過度自責可能反而是種傲慢喔。」

櫻子　「傲慢？」

美津　「而且可能讓身邊的人很疲乏。」

櫻子　「嗯。」

美津　「適度放鬆是最好的了。」

櫻子　「我自認是滿放鬆的啊。」

美津　「良彥的姊姊打電話來了。」

櫻子　「是。」

美津　「她道歉了，我想說『看吧，我就知道』。」

美津笑了笑。

美津「所以我這個週末要回老家了。」

櫻子「真的嗎？」

美津「妳現在覺得清靜多了吧？」

美津笑了笑。

櫻子「快別這麼說。」

美津「良彥就拜託妳了。」

美津停下腳步彎腰鞠躬。

櫻子「請抬起頭來。」

美津笑著抬起頭，邁開步伐。

美津「兩情相悅的兩個人反而辛苦，我們那個時代就某種意義而言可輕鬆了，只要一直隱忍就好。」

櫻子「現在呢？」

美津「咦？」

櫻子「妳覺得我們怎麼樣？」

美津「婚姻這種東西啊，前進是地獄，退後也是地獄，既然都是地獄，不妨前進看看吧。」

櫻子看向美津。

美津「我這個老太婆是這樣想的。」

美津笑了笑。

美津「啊。」

美津看到遠方的什麼東西。

美津「這是我最後一次來這附近了，我散步一下再回家。」

美津「好。」

美津鑽進小巷子，櫻子繼續前進。

大紀在道路前方等著，兩人會合後一起走。

大紀「三澤。」

櫻子「嗯。」

大紀「她在嗎？」

美津「在，但是沒有出來，我離開的時候瞄到她在二樓。」

大紀「是喔。」

美津「她滿可愛的。」

大紀沒有回應。

櫻子「對不起我打了你。」

大紀沒有回應。

大紀　「不，我才要道歉。」

櫻子　「那不是道歉就能了事的。」

大紀　「嗯。」

櫻子　「你得扛一輩子。」

大紀　「嗯。」

櫻子　「你這輩子可能再也得不到幸福了。」

大紀看著櫻子。

櫻子　「我講得好絕啊。」

大紀搖頭。

櫻子　「你是不是覺得爸爸媽媽都是大人了？」

大紀看著櫻子。

櫻子　「其實可能也未必喔，就像大紀其實也不全然是小孩一樣。」

大紀　「嗯。」

櫻子　「所以不要以為什麼都可以靠我們。」

大紀　「爸爸和媽媽……」

櫻子　「嗯。」

大紀　「你們從國中就開始交往了吧？」

櫻子　「嗯。」

大紀　「是誰先告白的？」

櫻子　「不記得了。」

大紀　「怎麼可能？」

櫻子　「是純啦，她幫我們兩邊說好話。」

大紀　「純阿姨？」

櫻子　「她說『井場好像喜歡櫻子喔』，又說『櫻子好像喜歡井場喔』，兩邊都講，聽到這種話不就會把對方放在心上嗎？」

大紀　「喔？是個管家婆耶。」

櫻子　「對啊，現在的國中生會講『管家婆』嗎？」

大紀　「不知道，我是會啦。」

櫻子輕輕地笑了，兩人繼續走。

#56　栗田的車（夜）

栗田開著車。明里坐在副駕，手機鈴響，她調成靜音。

栗田「妳接沒關係啊。」

栗田把音樂轉小聲。明里瞄了栗田一眼，接起電話。

明里「喂？對不起……不會，我那樣寫可能讓你擔心了……對，我沒事，完全沒事。哈哈……我正在回家路上……沒關係，都這麼晚了，不不不……可是這下或許終於能和鈴香去玩了。」

栗田把音樂轉大聲。明里繼續講電話。

#57 明里家（夜）

明里拄著拐杖爬樓梯，栗田扶著她。

明里來到門前。

栗田沒有離開的意思。

明里「看來我得替你泡個茶了。」

栗田「如果妳堅持的話我就接受吧。」

明里「你可別想動什麼歪腦筋。」

栗田「才不會。」

明里「待太久會被開罰單喔。」

栗田笑了笑。

×××

明里走進家裡，花了一些時間脫鞋子。

栗田脫鞋走進家中。

栗田「乾脆我來泡茶吧，妳在旁邊休息就好。」

明里看向栗田。

栗田走進廚房，他在水壺中裝水並開火。

明里走進自己臥房坐在床上。

栗田看向冰箱上磁鐵吸著的傳單。

這是「能勢梢朗讀會」的傳單。

栗田「槙野，妳還會參加朗讀會喔？」

明里「你不要到處亂看。」

栗田「沒想到妳這麼少女。」

明里「吵死了，快滾啦。」

栗田來到客廳，與臥房裡的明里四目相交。

栗田走向明里。

明里用拐杖戳栗田。

明里　「不要過來。」

栗田　「太兇了吧。」

明里　「滾啦，我不是說過醫生我不行嗎？」

栗田　「我懂妳的心情，護士我也不行。」

明里　「那我們彼此都不行啊。」

栗田揮開拐杖抱住明里。

他把明里推倒在床上。

明里　「喂。」

栗田　「槙野。」

明里　「喂！」

明里拿拐杖狠狠打了栗田。

明里將心生退卻的栗田遠遠推開。

栗田跌坐在地。明里站起來，再次用拐杖戳栗田。

明里　「滾。」

明里高高在上看著栗田，栗田看向她。水壺煮沸了，發出滾水聲。

#58　渡輪的乘船處～渡輪（日）

大紀抱著背包坐在等待室的椅子上。

他看著手機畫面。

純　「大紀。」

大紀抬起頭。

大紀　「純阿姨。」

大紀嚇了一跳。

純　「你在做什麼？」

大紀　「咦？」

純　「你要搭渡輪嗎？」

大紀　「不是。」

純　「來送人？」

大紀　「嗯……」

純　「什麼啦？」

大紀　「妳懷孕了喔？」

大紀指著純突起的肚子。

純　「啊，嗯，要摸摸看嗎？」

大紀摸了純的肚子。

純　「在踢吧？」
大紀　「不知道。」
純　「要聽聽看嗎？」
大紀　「咦？什麼啦，很不好意思耶。」
純　「有什麼關係？難得的機會啊。」
大紀貼上耳朵。
大紀　「在動。」
汽笛聲響起。
純　「我該走了。」
大紀離開純，站了起來。
大紀　「我送妳。」
純　「真的嗎？好開心喔。」
兩人邁開步伐。

× × ×

兩人走到渡輪的乘船處。
純　「謝啦。」
大紀　「不會，我沒有白跑一趟。」
純　「對喔，你怎麼會來啊？」
大紀　「本來是想私奔。」
純　「喔？」
大紀　「但我好像被甩了。」
純　「是喔。」
大紀　「等到花都謝了。」
純　「你知道這麼老派的用語喔。」
大紀　「常有人這樣說我。不要告訴我媽喔。」
純　「當然囉。」
純上了渡輪。

× × ×

純與留在碼頭的大紀面對面。
兩人對看，對彼此微笑。渡輪開始航行，純揮揮手。
純　「保重喔。」
大紀　「純阿姨。」
大紀大喊，希望越走越遠的純能聽見。
大紀　「聽說我會出生是因為妳是管家婆。」
純笑了笑。

純　「對啊。」

大紀　「謝啦。」

純笑了笑。大紀揮揮手。

純　「掰掰！」

純對碼頭的大紀揮手，兩人都對彼此揮手。

然後漸漸看不見彼此了。

× × ×

純來到甲板，渡輪開到橋的下方時暗了下來。

開過橋後，又回到太陽底下。

#59 井場家（日）

趴在桌上的櫻子睜開眼睛。

她揉揉眼睛，將淚水拭去。

櫻子繫上圍裙，下去一樓。

× × ×

櫻子來到一樓，敲敲大紀的房間。

櫻子　「大紀，你晚餐有想吃什麼嗎？」

櫻子打開房門，裡面空無一人。

櫻子走上二樓。

×××

二樓，櫻子走了上來，家裡除了她沒有任何人。

她站在冰箱前。

冰箱上貼著「能勢梢朗讀會」的傳單。

#60 PORTO 朗讀會會場（日）

現場正在進行場地布置，拓也測試麥克風。

拓也　「啊～啊、啊。」

梢　「塚本先生。」

拓也轉頭，看向穿著連身裙的梢。

拓也　「喔喔，不錯啊。」

梢　「這是我的服裝。今天要用麥克風嗎？」

梢指著喇叭，拓也遮住麥克風。

拓也　「嗯嗯，因為今天還有對談的環節，朗讀的部分跟以前一樣直接唸就好。」

梢　「好。」

拓也　「我很懂啦，啊。」

拓也看到芙美過來。梢轉頭看過去，與芙美四目相交。芙美鞠躬。

芙美　「今天麻煩妳了。」

梢也鞠躬。

梢　「啊，今天謝謝你們，請多多指教。」

芙美　「請多多指教。」

拓也笑了笑。

拓也　「麻煩了。」

芙美面向梢。

芙美　「很期待妳的朗讀。」

梢　「謝謝妳。」

梢又鞠躬一次。

芙美微微一笑。拓也又開始檢查麥克風。

#61 電車（昏）

櫻子獨自搭電車。

#62 PORTO 會議室（夜）

觀眾席面向舞台排列，約有四十名觀眾入座。

鵜飼、芙美和河野在教室後方。

櫻子走進來到櫃檯報到，她與芙美眼神交會。

芙美一臉開心的樣子。

櫻子 「明里呢？」

芙美搖頭。櫻子點頭。

櫻子環顧四周發現鵜飼，向他一鞠躬。

櫻子就近入座。

舞台上只有座椅與麥克風架。

拓也站在前方擔任主持人。

拓也 「今天很感謝各位蒞臨能勢梢的新作朗讀會。」

公平走進來，拓也有點訝異，下意識地對他點頭致意。

櫻子和芙美看到公平都很意外。公平入座。

拓也 「我是能勢小姐的責任編輯，敝姓塚本，今天擔任主持人，請各位多多指教。這場朗讀會朗讀的作品是《水蒸氣》，這是預計明年出版的新作，《水蒸氣》是目前暫訂的篇名，作者將會朗讀這篇未發表過的原稿。朗讀結束後，有請藝術家鵜飼景先生進行對談。作品尚未發表過，我們都很期待聽到各位的分享回饋。那就請能勢梢小姐。」

全場鼓掌。梢走進會議室。

拓也退到後方。

梢站在麥克風架前。

梢 「今天很謝謝各位蒞臨現場，朗讀讓我很緊張，請大家多多指教。」

梢彎腰一鞠躬，語氣平穩地開始朗讀。

觀眾們專心聆聽。

梢 「水蒸氣。我的眼睛總是追著他跑，所以我早就料到了。」

梢的朗讀持續進行中。

芙美看向拓也。拓也正在專注聆聽梢的朗讀。

鵜飼看向芙美，並往她的視線方向看去，看

到了拓也的背影。芙美出來走廊。

芙美深呼吸。鵜飼走了出來。

×××

鵜飼　「芙美小姐。」

芙美看向鵜飼。

鵜飼　「我們兩個一起開溜吧。」

芙美　「你在說什麼？」

鵜飼　「這個提議很奇怪嗎？」

鵜飼看著芙美。

芙美　「回去吧。」

鵜飼　「我去個廁所。」

芙美回到會議室，鵜飼走下樓梯。

#63　PORTO　吸菸區（夜）

PORTO外的吸菸區，鵜飼拿出口袋的香菸。

路上車來車往，明里拄著拐杖走過來。

鵜飼注意到她。

鵜飼　「啊。」

明里　「是鵜飼啊，今天很帥喔。」

明里微笑。鵜飼指著明里的腳。

鵜飼　「妳怎麼了？」

明里　「出了點事。」

鵜飼　「妳這樣還能來啊。」

明里拿出香菸，鵜飼替她點火。

明里　「我想說或許有機會見到面。」

鵜飼　「見到誰？」

明里　「見到你。」

鵜飼　「喔喔，今天的明里小姐真可愛。」

明里笑。

明里　「亂講的啦。朗讀會呢？」

鵜飼　「正在進行喔。」

明里　「你不用聽嗎？」

鵜飼　「明里小姐。」

明里　「嗯？」

鵜飼　「我們兩個一起開溜吧。」

明里看向鵜飼，他吐出煙來。

#64 PORTO 朗讀會會場（夜）

稍的朗讀會持續進行中。

芙美在後方聽著。河野拍了拍芙美的肩膀。

河野「塚本小姐，妳看。」

河野給芙美看手機畫面。畫面中顯示的是簡訊內容。

「寄件人：鵜飼景。主旨：開溜。內文：今天朗讀會的作品非常精彩，但是我認為自己並不適合當對談嘉賓，剩下來的就交給你了。還有一點，很抱歉以簡訊告知，不過請容我婉拒駐館藝術家的合作提議，敬請見諒。」

芙美嘆了口氣。河野小聲說。

河野「電話也打不通。」

芙美「給拓也看。」

芙美出來走廊。

× × ×

芙美在走廊上，拓也和河野都走了出來。

拓也「電話打不通嗎？」

河野「對不起。」

拓也「怎麼辦？馬上就要結束了。」

芙美「只能如實轉告了吧。」

拓也「不行吧，這會讓能勢小姐顏面掃地。」

芙美「是啊，但是也沒辦法了。鵜飼先生肯定不會回來的。」

拓也「為什麼妳這麼事不關己？」

芙美「我早就說過可能會無法收拾了。」

芙美看向拓也，拓也嘆了口氣。

拓也「能不能換妳上？」

芙美「咦？」

拓也「對談嘉賓，能勢小姐的。妳是PORTO的策展企畫，妳上很合理。」

芙美看向拓也。

芙美「我不要。」

拓也「咦？」

芙美「我不想上去，我又沒認真聽，對能勢小姐也很失禮。」

拓也看向芙美。

拓也　「我知道了。」

拓也走進會議室。河野看向芙美。

芙美摀住自己的嘴巴。

河野　「妳還好嗎？」

芙美走進會議室，沒有回答。

×××

朗讀會會場，拓也若有所思。梢的朗讀持續進行中。

拓也彷彿想到了什麼，他開始移動。

拓也走到坐在最後一排的公平那裡向他攀談。

#65 計程車車內（夜）

明里和鵜飼一起搭乘計程車。

鵜飼看著訊息。

鵜飼　「好像有開，要去嗎？」

明里　「那就去吧。」

鵜飼　「今天的明里小姐容光煥發耶。」

明里　「你沒關係嗎？」

鵜飼　「沒關係。」

明里笑了笑。

明里　「什麼啦。」

鵜飼　「妳沒關係嗎？朗讀會。」

明里　「純不是沒來嗎？」

鵜飼　「對啊。」

明里　「沒關係，算了。」

明里把臉靠在車窗上。

#66 朗讀會會場（夜）

梢持續朗讀。

梢唸完最後一頁後，鞠躬敬禮。

梢　「謝謝大家。」

河野來到前方進行對談的準備。

芙美在會議室的最後方。

拓也小聲在梢耳邊講悄悄話，芙美看著他們。

拓也用麥克風對觀眾說。

拓也　「謝謝各位的參與，接下來是對談時間。非常抱歉要跟各位報告，接下來的活動有一點調整，藝術家鵜飼景先生由於身體不適已經離場了，因此今天的對談，我想邀請剛好在場當觀眾的生命物理學家，日野公平先生上台分享，麻煩了。」

櫻子嚇了一跳。公平從座位上站起來。

他來到會議室前方，坐在梢的對面。

河野將麥克風交給他們，兩人對彼此點頭致意。

公平　「辛苦了，好久不見。」

梢　「辛苦了，謝謝你。」

公平　「不好意思，該從哪裡開始聊呢？」

梢　「不會，我才不好意思。」

公平　「小說……」

梢　「是。」

公平　「非常精彩。」

梢　「謝謝。」

公平　「小說還沒有出版嗎？」

梢　「是啊，作品才剛寫完，熱騰騰的。」

公平　「熱騰騰。」

梢　「對，我想寫成溫泉相關的系列作品。」

公平　「喔。」

梢　「比方說熱海或別府溫泉，或者這一帶最近的是有馬。」

公平　「所以其他作品之後才要寫嗎？」

梢　「是啊。」

公平　「呃，我還沒自我介紹，剛剛主持人說我是生命物理學家，我研究的是受精卵的發育過程。」

梢　「是，我之前聽你說過。」

公平　「對。」

梢　「日野先生的工作內容什麼？」

公平　「嗯，簡單來說就是觀察受精卵的細胞分裂，以及各個細胞分化出功能的動態過程。」

梢　「是喔。」

公平　「現在我們這裡是手，這裡是腳吧？腹部還有內臟，我們都認為這是天經地義的，但其實並非如此。為什麼手不是長在腰上、頭不是長在肚子上？這些功能是什麼時候、如何決定好的？我研究的就是這些。」

梢　「是。」

公平　「歸根究柢來說，我們現階段的結論只有『DNA 的編碼就是如此』。我們只知道在演化的過程中，人類的四肢採取這樣的形態較有利，所以擁有這些 DNA 的我們倖存了下來。」

梢　「喔。」

公平　「不過我們研究的重點是釐清細胞分裂的過程中，細胞在什麼時候、在哪裡分化出不同功能。手什麼時候變成手、腳什麼時候變成腳？一開始明明就只是一顆受精卵。比方說，手部細胞可以替代為腳部細胞嗎？如果可以，又是哪個階段的細胞可以？」

梢　「喔。」

公平　「很難懂嗎？」

梢　「不會，不過說聽懂了也是騙人的。」

公平　「我在做的事滿難說明的，不過講得太淺顯就變成是我在騙人了。」

梢　「是。」

公平　「我用最簡單的方式解釋，我的工作就是靜靜觀察一件事是怎麼發生的。」

梢　「對喔，這樣說起來，我們的工作好像沒什麼差別。」

公平　「對，妳之前確實也是這樣說的。」

梢　「不好意思。」

公平　「不會，我同意妳。」

梢　「咦？」

公平　「我可以分享一下梢小姐的小說有多精彩嗎？」

梢　「啊，好。」

　　梢正襟危坐。

公平　「真的是非常精彩。」

梢　「謝謝你。」

公平　「從聲音進入小說或許是個好選擇，而且妳的聲音沒有多餘的表演，很好聽。」

梢　「唉呀，謝謝你。」

公平　「小說的主角是彌生小姐，我想妳們應該是同一輩的，故事採用她的第一人稱。」

梢　「對。」

公平　「這樣講來非常不好意思，但是聽著聽著，我的心境彷彿也變成了女性。」

梢　「喔？」

公平　「沒錯，真是不好意思。」

梢　「不會，我很高興。」

公平　「對我而言，女性是長年的謎題。」

梢　「是。」

公平　「而我彷彿一個不注意就變成女性了，當然也不是說謎題因此有了答案，不過我獲得了一個明確的體感，就是女性的身體對於女性自己而言也是一個謎題。」

梢　「是。」

公平　「不是隨便讀哪一本小說都會產生這樣的現象，一切都要歸功於能勢小姐摹寫的功力，更進一步來說，是眼力。」

梢　「喔喔。」

公平　「從開頭就有一連串的視覺摹寫，寫到了電車。」

梢　「對，有馬電鐵。」

公平　「那個段落象徵的是這整篇小說。大多時候，世間萬物都會從我們眼前飛逝，但是梢小姐的眼睛不會強行捕捉飛逝而去的萬物，妳是如實描寫萬物的飛逝而去。」

　　梢看向公平。

公平　「這一點真的很厲害，小說並沒有用慢動作，而是如實捕捉我們所在的時間和世界。這篇小說告訴我們，只要有心，就能捕捉到這麼細膩的結果。妳的小說就是這樣的作品。」

梢　「哇，講得真好。」

公平　「妳實際走訪了有馬嗎？」

梢　「對。」

公平　「我想也是，我白問了，而且妳的寫作有相當程度是基於妳的實際感受。」

梢　「對啊，電車和溫泉的描寫有相當程度是基於我的感受，人際關係倒是虛構的。」

公平　「這我有點不信。」

梢　「哈哈，怎麼說？」

公平　「這個部分和小說的另一個精彩之處有關，也就是作者的感官被高度精密地轉譯成了文本。從視覺到一切感官，這些成為了本篇小說特有的體驗。」

梢看向公平。

公平　「萬事萬物從彌生小姐的眼前飛逝，但不代表這些事物沒有影響到她。」

梢　「是。」

公平　「小說乍看之下很寧靜，但我感覺它既戲劇化又動感，因為彌生小姐的心中發生了非常巨大的變化。透過觀看，她肯定了自己長歪的膝蓋。」

梢　「是。」

公平　「而透過感官摹寫，她的身體感得以與讀者分享，以今天來說就是與聽眾分享。我們在聆聽這個文本的朗讀時，似乎獲得了她的身體，或者可以說是進入了那個身體感裡。」

梢　「好開心喔，謝謝你。」

公平　「舉個奇怪的例子，我獲得的身體感是『原來進入女湯是這種感覺啊』。」

梢　「咦？」

公平　「那是很強烈的身體感，而且我第一次有這種感覺。」

梢笑了笑。

梢　「不是第一次還得了。」

公平也笑了。

公平　「梢小姐透過自己的身體，朗讀一篇摹寫身體感的文本，這是種兩、三層次的奇妙體驗。在這個朗讀的空間之中，我們聽著聽著就模糊了梢小姐和彌生小姐的界線，獲得一段非常幸福的時光。」

梢　「喔喔。」

公平　「不好意思，我一直講個沒完，大家明明都是來聽能勢小姐分享的。」

梢　「不會不會，真的很謝謝你。」

公平　「我剛剛的分享哪裡有問題嗎？」

梢　「沒有，我非常感激，只是……」

公平　「是。」

梢　「你如果說我等於彌生小姐，那我還是得說真的不是，這個拿捏是很玄妙的。」

公平　「是。」

梢　「不好意思，我都習慣尊稱自己小說的角色先生小姐。」

公平　「是。」

梢　「我確實將很多感受託付給了彌生小姐。」

公平　「是。」

梢　「但我還得扮演茜小姐。」

公平　「是。」

梢　「雖然沒有落語家那麼誇張，不過小說中有很多截然不同的角色，每一個角色都必須有真實性。」

公平　「是。」

梢　「我要扮演茜小姐，還要當縞田先生甚至是緒方教授。」

公平　「對。」

梢　「但問題是如果他們都等於我就太無聊了。」

公平　「對。」

梢　「我很愛這個世界的。」

公平微笑。

梢　「雖然有很多爛事存在，這些爛事我也不是能夠完全參透，可是好的壞的我全都愛。」

公平　「是。」

梢　「因此我並不想貶低世界。」

公平　「是。」

梢　「首先，世界遠比我更為廣袤浩瀚，這是鐵錚錚的事實。但是寫作的人終究是我，既然如此，我該怎麼寫才能寫出世界，而不只是寫我自己，這是我首先要思考的。」

公平　「是。」

梢　「因此具體的方法就是縮小自己，盡量讓自己變得渺小無知，我此時的準則就是彌生小姐。」

公平　「是。」

梢　「基本上彌生小姐不知道的，我也不知道。即便那些都是不足以稱為事件的小事，但是無論什麼事對她而言都很突然，都值得驚訝。」

公平　「是。」

梢　「這個時候我好像只能一直跟著她的反應走，感覺有點像是在過隧道。」

公平　「是。」

梢　「我想寫的是，跟我有相同的身體，卻能抵達不同地方的人。」

公平　「我覺得妳有寫出來，而且我們彷彿也一起參與了這趟旅程。」

梢　「謝謝你。」

公平　「這個嘛，只是……」

梢　「只是？」

公平　「不，算了，這樣又變成都是我在講了。」

梢　「沒關係，你講吧。」

公平　「不了，我們就先開放觀眾提問可以嗎？」

拓也　「啊，好。」

公平　「有人要發問嗎？我想聽聽大家的想法。」

公平看向觀眾，現場進入觀眾的提問時間。

× × ×

梢回答提問。

公平　「還有時間嗎？啊，好，那就到這裡，謝謝妳。」

梢　「謝謝你。」

兩人對彼此和觀眾席鞠躬，所有人鼓掌。

拓也　「謝謝大家，請各位方便的話填寫手邊的問卷。」

公平和梢站了起來。

公平回到自己原本的座位。

幾個觀眾向梢攀談。

河野回收問卷。

公平和櫻子眼神對上，他點頭示意。

芙美走過來，鞠躬。

芙美　「謝謝你，太感謝了。」

公平　「不會，還可以嗎？」

芙美　「非常精彩。」

公平　「謝謝妳。」

公平也點頭致意。

公平　「我先告訴妳們，我稍微掌握到純的行蹤了。」

公平將包包掛在肩上，看著芙美和櫻子。

公平　「她的身體很健康，總之請妳們放心。」

櫻子　「所以是？（已經知道純的行蹤了嗎）」

拓也來到公平身邊。

拓也　「公平先生，謝謝你臨時出來救援。」

公平　「不客氣，這樣還可以嗎？」

拓也　「太感謝了，真的，結果連主持都讓你來了。」

公平　「有幫上忙就好。」

拓也　「今天純小姐呢？沒有來？」

芙美點頭。

拓也　「是喔，我還以為你們會一起來。」

公平　「咦？」

拓也　「沒有，因為純小姐很有興趣的樣子，我還以為她會來。」

公平　「是喔。」

對話沒有繼續下去。

拓也　「如果你時間方便的話，要不要參加待會的慶功宴？」
公平　「慶功宴？」
拓也　「剛剛對談上你好像有話沒說完，歡迎來參加。」
公平　「不了，那些只是閒聊。」
芙美　「歡迎你來啊，櫻子要來嗎？」
櫻子　「不會打擾到你們就好。」
公平　「好，我會去。謝謝。」
拓也　「麻煩了，那就待會見。」
公平　「我去外面等。」

公平鞠躬後走出去，拓也也鞠躬。

拓也　「那待會見。」

拓也離開現場，櫻子和芙美被留在原地。

芙美　「嗯。」

#67　夜店　NOON（夜）

明里和鵜飼走進夜店。

許多年輕人在喝酒抽菸。

鵜飼　「抱歉，稍微讓一下。」

年輕人們瞄了拄拐杖的明里一眼。

明里　「他們都一副見鬼了的表情。」
鵜飼　「一定的嘛。」
明里　「你常常來這裡嗎？」
鵜飼　「在神戶的時期常常來喔，妳呢？」
明里　「我上次來已經是十五年前了吧，我玩最兇的時期。」
鵜飼　「玩最兇的時期啊。」

鵜飼笑了笑，明里也笑了。

音樂變得越來越大聲，門的另一邊是舞池，許多年輕人在那裡跳舞。

兩人走到吧台。

明里　「有種浦島太郎的感覺。」
鵜飼　「今天的明里小姐……」
明里　「什麼？」
鵜飼　「其實沒什麼精神嗎？」

明里撇開視線。

明里　「你剛說我容光煥發。」

鵜飼　「我都是真心的喔。」

明里看向鵜飼。

明里　「沒精神又容光煥發是什麼意思？」

鵜飼　「妳的聲音就是這樣。」

明里　「哪樣？」

鵜飼　「光溜溜走路的聲音。」

明里笑了笑。

明里　「什麼鬼啦。」

鵜飼　「所以非常容光煥發。」

鵜飼笑了笑。

明里　「我也不知道，或許是因為遇到你。」

鵜飼幫明里設置好座位。

明里　「你對誰都是這樣的嗎？」

日向子走來吧台。

日向子「啊。」

鵜飼　「嗨。」

日向子「嗨個頭。」

明里驚訝地看向日向子。

日向子「妳好，歡迎光臨。」

明里　「妳好。」

日向子看向鵜飼。

日向子「今天不是有活動嗎？」

鵜飼　「我溜了。」

日向子「我就知道。」

鵜飼　「呵呵。」

日向子「沒什麼好笑的吧。」

鵜飼看向日向子。

日向子「不要做不適合你做的事。」

鵜飼　「喔。」

日向子「你會造成很多人的麻煩。」

鵜飼　「對啊。」

明里嘆了口氣。

#68　六甲啤酒餐廳（夜）

櫻子、芙美、拓也、公平和梢入座參加慶功宴，席間很安靜，眾人一片沉默，似乎都在觀察彼此的動靜。

芙美的手機發出收到簡訊的鈴聲。

芙美　「河野說他還要工作，不來了。」

拓也　「是喔。」

芙美　「他還說真的很抱歉。」

拓也　「他沒什麼好道歉的。」

芙美　「因為他是鵜飼先生的負責人。」

拓也　「不用在意啦，幫我跟他說一聲。」

芙美　「嗯。」

拓也　「反正最後是圓滿落幕了，多虧有你。」

公平　「不客氣。」

梢　「請問……」

芙美　「是。」

梢　「鵜飼先生為什麼會離開？」

芙美　「不知道，但是妳不必介意，他就是這種人。」

梢　「這種人？」

芙美　「我也無法解釋更多了，我覺得跟梢小姐的小說是無關的。」

梢　「有這種事嗎？」

芙美　「有。」

對話再次中斷。拓也喝了啤酒，環顧整桌的人。

拓也　「如果可以的話，請問櫻子小姐……」

櫻子　「是。」

拓也　「妳有什麼感想嗎？」

櫻子　「咦？」

拓也　「如果可以的話，請直接告訴能勢小姐。」

梢　「啊啊，歡迎妳直話直說。」

櫻子　「咦咦？」

櫻子陷入思考。

櫻子　「這個嘛，或許作家本來就是這樣的，但沒想到即便看到同樣的東西，感受也差這麼多。」

梢　「同樣的東西？」

櫻子　「我最近也去了有馬，是說我們有遇到吧？」

梢　「啊，對喔，有遇到。」

櫻子　「對啊，遠遠看就覺得妳很可愛。」

梢　「唉呀，我只是嬌小而已，在塚本先生旁邊看起來又更嬌小了。」

拓也笑了笑。櫻子也笑了。芙美看著他們。

櫻子　「對，我去有馬泡了金之湯，也爬了坡道。」

梢　「嗯。」

櫻子　「公平先生剛剛說，梢小姐的文字精彩的地方，在於不會強行捕捉飛逝而去的萬物。」

公平和櫻子眼神交會，她稍微撇開了視線。

櫻子　「以我而言，別說捕捉了，或許我打從一開始就沒看見。」

櫻子的視線往下。芙美看向櫻子。

櫻子　「我可能什麼都沒看見，什麼也沒感覺到。」

櫻子抬起頭。

櫻子　「對，我有點沮喪。不好意思，這好像不是對作品的感想。」

梢　「不會。」

櫻子　「不過我會這樣想，就是因為作品很精彩吧。感覺有人撿起了我沒撿到的東西，然後拍拍我的背交給我。啊，沒想到那些東西這麼棒。」

梢　「喔喔。」

櫻子　「所以我要謝謝妳。」

梢　「妳過獎了，謝謝妳，我很開心。」

兩人互相鞠躬。

梢　「如果可以的話，也請芙美小姐說說看。」

拓也　「嗯嗯，妳覺得呢？」

芙美　「咦？」

芙美無言以對。

梢　「不好意思，我直接叫妳的名字了。」

芙美　「啊啊，這沒什麼。可是對不起了，我一直進進出出的，沒有全程認真聽，真的很對不起。」

梢　「不會，這是妳的工作，完全沒問題。」

芙美　「對，可是……」

梢　「是。」

芙美　「我聽的時候一直覺得妳的聲音很好聽。」

梢　「哇啊，不會很小聲嗎？」

芙美　「這個嘛。」

芙美的視線往下。

芙美　「會覺得我得張大耳朵聽。」

梢　「喔喔。」

芙美　「我知道我乾等在這裡，妳也不會把聲音傳送過來。」

梢　「我該反省了。」

芙美　「不會，我覺得這樣很好，我只是覺得沒有聽全程很可惜，對不起。」

梢　「不會，妳太客氣了，謝謝妳。」

拓也　「好沒意思啊。」

梢　「什麼啊？」

梢笑了笑。

拓也　「這些都是好話，對能勢小姐沒有幫助的吧。」

拓也笑了笑。

拓也　「公平先生，你覺得呢？我記得剛剛的對談你有話講到一半。」

公平　「沒有，這部小說很精彩，這是我第一個感想。」

梢　「謝謝你，那第二是……」

公平笑了。

公平　「這個嘛。」

梢　「是什麼？」

公平　「我是個外行人，所以妳隨便聽聽就好。」

梢　「好。」

公平　「這部小說的主角，彌生小姐。」

梢　「是。」

公平　「她其實誰都不喜歡吧。」

櫻子、芙美和拓也都看向公平。

公平　「至少我的感覺是這樣，對她而言，縞田這個男人其實並不重要。」

梢　「哪裡讓你有這種感覺？」
公平　「如果真的喜歡上一個人……」
梢　「是。」
公平　「你無法靠著自己的意志去遮掩，你真的渴求對方的時候，就會突破過去的自己，冒出一個陌生的自己。」
櫻子看著公平。
公平　「所以我覺得主角彌生小姐，其實並不喜歡縞田這個男人。」
梢　「照你在對談時所說的內容……」
公平　「是。」
梢　「你的意思是，我可能根本沒有真心喜歡過誰嗎？」
芙美和拓也看向梢。
公平　「作者與角色是不同的，這個妳剛剛說過，我也明白這個道理。不過我感覺妳的小說是盡可能正確又誠實地，把自己的身體感轉譯為文章。」
梢看向公平。
公平　「既然如此，有時候作者認知的極限，勢必就是作品世界的極限。」
梢　「意思就是，我並不知道什麼叫真心喜歡一個人的感覺。」
公平　「對。」
梢　「也就是那個世界太狹小了嗎？」
公平　「就我所見是這樣沒錯，強行捕捉從眼前飛逝而去的萬物，明知不可為而力挽狂瀾……這篇小說中看不到這種近乎瘋狂的情感。」
梢看著公平，公平低頭鞠躬。
公平　「梢小姐的小說我聽得津津有味，這是真心的。」
梢　「是。」
公平　「不過我希望在裡面感受到一些殘酷。」
梢　「殘酷？」
公平　「就我所知，這個世界是更加殘酷的，彷彿一陣穿過林間的風，最重要的東西，某一天突然就被帶走了。」

梢　「嗯。」

公平　「我今天發現，我想讀的小說，就是這種刻畫世界有多殘酷的小說。」

梢看著公平。拓也開口。

拓也　「所謂的作家……」

公平　「是。」

拓也　「無論如何都不該為了回應讀者的要求而書寫。」

公平　「對。」

拓也　「無論這個作品有多不成熟，作者都必須透過自己的世界觀去建構它，否則就等於他沒有在扎根，沒有扎根的作者會停止成長。」

公平　「是。」

拓也　「我非常喜歡她的小說，雖然身為編輯不該講這些。」

公平　「不會。」

拓也　「不過我對她最大的信任，就是她會在『世界是殘酷的』之類的定義之前停下腳步，她會選擇如實寫下她眼中的世界，這就是她的根。她不知道的事或許還有很多……」

拓也看向梢，梢也看向拓也。

芙美看著他們。

拓也　「不過當公平先生所謂的殘酷世界出現在她面前時，她應該就會如實寫出來了。」

公平　「原來如此，我很期待。」

拓也　「對，我也很期待那一天。不好意思，剛剛打斷你了。」

公平　「不會，外行人亂講話而已。」

梢　「你謙虛了，謝謝你，不過我好震驚。」

公平　「對不起。」

梢　「不是，因為這個『喜歡』是我自己很有自信的『喜歡』。」

芙美看向梢。

梢　「你說它不是真的，那我該怎麼辦？」

公平笑了笑。

梢　「怎麼了？」

公平　「不知道，或許還在發展中啊。」

梢　「發展中？」

公平　「某一天就會突然發現『原來自己是這種人』。」

梢　「喔？」

櫻子看向公平，拓也看向梢，芙美看向拓也。

梢　「公平先生真心喜歡的是太太嗎？」

梢指著公平的婚戒。

公平看著自己的左手無名指回答。

公平　「對。」

梢　「好厲害。」

公平　「不，我們前幾天才打了離婚訴訟，沒什麼好讚嘆的。」

梢　「咦？」

梢看向公平。

梢　「現在呢？」

公平　「官司是我贏了，我們依然是夫妻。」

櫻子　「『喜歡』是這麼自私自利的嗎？」

所有人看向櫻子。

櫻子　「喜歡是這麼一廂情願的嗎？甚至絲毫不為對方著想。」

拓也和梢驚訝地看著櫻子。

櫻子　「公平先生，你都沒有站在純的立場想過嗎？」

公平　「我物理上無法成為她，所以我沒辦法站在她的立場，說自己做得到是很傲慢的想法。」

櫻子看著公平。

櫻子　「我不是在講這個。」

芙美看向櫻子。

櫻子　「你和梢小姐的對談很精彩，我聽得很感動。」

公平看向櫻子。

櫻子　「沒想到你也懂別人的心情啊，沒想到你能跟別人聊這些。」

梢看向櫻子。

櫻子　「所以我反而更氣了，為什麼你不願意多聽聽純的心聲？」

公平　「我現在正在努力了。我不懂她，我想認識她，所以我想直接跟她說話，這樣很奇怪嗎？」

櫻子　「我覺得已經太遲了。」

公平　「或許吧，只是說假如沒走到這個地步，我們也無法對話。」

櫻子看著公平。

公平　「我現在懂了，我需要純，沒有純的人生沒有意義。」

公平看著櫻子，嘆了口氣。

公平　「妳是不是覺得我腦子有問題？我也沒想到自己會說出這種話，都是離婚訴訟的錯。」

公平喝了口啤酒，所有人看著他。

公平　「這場官司是我們婚姻生活中最密切的溝

通，我感覺自己在法庭攻防中，第一次接觸到了純的靈魂、第一次邂逅了她這個人。她是極為熱情、知性又美麗的女性，我愛上她了。」

所有人陷入沉默。

櫻子「就算你愛上她好了，以後你有什麼打算？」

公平「我要去找她。」

櫻子「怎麼找？」

公平「我聽說偵探都在做什麼之後，發現他們沒有什麼特殊技術，這些事只要有毅力，任何人都做得到。既然如此，我就是最適合的人選。」

櫻子「你的工作怎麼辦？」

公平「我前幾天辭職了。」

櫻子「錢呢？」

公平「我有積蓄。」

櫻子「積蓄花完之後呢？」

公平「花完就去工作。」

所有人陷入沉默。

公平「我想請問你們一件事，這是我今天參加朗讀會的目的。」

公平從包包中拿出照片和朗讀會的傳單。

公平「我原本不知道這位男性的來歷，前幾天看到傳單上的照片才發現。」

公平指著照片。

公平「這個人應該知道純的行蹤。」

照片拍到的，是在咖啡廳座位上談笑的鵜飼和純。

所有人都大吃一驚。

#69 夜店 NOON（夜）

明里和鵜飼坐在吧台座位上。鵜飼在和日向子聊天。

日向子「風間他們呢？」

鵜飼「他們最後去古根漢看演唱會了。」

日向子「他們選對了。妳受傷了嗎？」

日向子看向立在旁邊的拐杖。

明里「嗯嗯，我從醫院樓梯摔下來。」

明里舉起腳給日向子看。

日向子「妳恍神了嗎？」

明里「嗯，對啊。」

日向子「妳要小心啊。」

明里「嗯嗯？」

日向子「身體不是妳自己的。」

明里「不不不，完全是我自己的啊。」

日向子「妳不是還有病患嗎？」

明里「啊啊。」

日向子「妳不是很多人的靠山嗎？」

明里「也不是說不能沒有我啦，病患喜歡年輕可愛的。」

日向子「我不是在說喜好程度。感覺妳工作上很認真負責啊。」

明里「只限工作啊？」

明里笑了笑，鵜飼也笑了。

日向子「抱歉了。要點什麼？」

明里「我看看，萊姆可樂。」

鵜飼「琴通寧。」

日向子「好。」

日向子消失在吧台後方。

明里「我在神戶的時期常常來。」

鵜飼「咦？」

明里「原來是日向子的店啊。」

鵜飼「也不是她的店，她是在這裡工作。」

明里「你是在耍我嗎？」

鵜飼「耍妳什麼？」

明里「要不是我的腳這樣，我早就走人了。」

鵜飼「那真是好險。」

明里抓住包包和立在旁邊的拐杖。

鵜飼也抓住包包和枴杖，兩人你看我我看你。

明里下了椅子，單腳一蹬一蹬地跳向通往出口的走廊。

鵜飼看著她移動。

× × ×

明里在走廊上移動，有人從背後推了她一把，讓她跌倒在地。

明里轉頭看見鵜飼。

明里　「你幹嘛？」

鵜飼　「妳想要什麼，就要挺身而戰。」

明里　「什麼鬼。」

鵜飼蹲了下來。

鵜飼　「就算徒勞也要挺身而戰，避戰下去只是枉然。」

明里　「你好意思訓我話？」

鵜飼伸出雙手，明里抓住他的手。

鵜飼扶明里起來。

他順勢拉著明里的手往前走。

明里在鵜飼的帶領下走向舞池。

音樂變得越來越大聲。

× × ×

明里被鵜飼拉進舞池。

鵜飼到了舞池中央就放開手離開舞池，明里去找牆壁靠。

鵜飼走過來把她拉回中間。

鵜飼又不見了。明里摔倒在地，有人對她伸出手。

這個人是陌生男子，她抓住他的手站起來，開始單腳跳舞。

音樂越來越嗨。

明里撞到了人再度跌倒，兩邊都有人對她伸出手。

這次是男性與女性，明里抓住他們的手。

此時鵜飼抱住明里的腳把她抬起來。

人群莫名開始集中，明里整個人被抬起。

許多人出手抬明里。

被夜店人群抬起來的明里，從一雙手傳到另一雙手上。鵜飼在舞池入口欣賞這個場景，他露出微笑，轉過身去。

× × ×

吸菸區，鵜飼叼著菸走了進來，打火機點不起火。

鵜飼「抱歉，可以借個火嗎？」

他向眼前的情侶借火。女生是由紀，男生20多歲。

鵜飼「謝啦。」

鵜飼點燃香菸吐出一口煙。

鵜飼「你們一定是未成年吧。」

由紀笑了笑，男子也笑了。

#70　六甲啤酒餐廳（夜）

六甲啤酒餐廳，櫻子和芙美看著照片，拓也和梢看著她們。

櫻子「這是什麼時候的照片？」

公平「在純搬出租屋處不久前，我以為鵜飼先生是她的新對象，結果似乎不是。」

芙美「為什麼你覺得他知道純在哪裡？」

公平「我調查了純的通聯紀錄。」

櫻子「這不是違法的嗎？」

公平「只要我還是純的先生就是合法的。她和貌似鵜飼先生的人物接觸後，就開始頻繁與東北的庇護所通電話。」

櫻子「庇護所是什麼？」

公平「那裡可以安置無法離婚的女性。」

櫻子看向公平。

公平「從鵜飼先生的經歷，以及他與純接觸的時期來看，可以推斷應該是他安排的。」

櫻子「純現在在東北嗎？」

公平「不一定，這是全國性的組織，關西也有分部，而且一旦進去之後，院方就不會透露消息了。」

櫻子「純是安全的嗎？」

公平「我覺得那裡的照顧反而是很完善的。」

芙美「公平先生，你聽了鵜飼先生的事有什麼打算？」

公平「我並沒有想採取什麼暴力手段，我只是想要跟她說話，也希望能和鵜飼先生聊聊。就算問不出詳情，或許也能得到什麼線索。」

芙美　「我們已經與鵜飼先生毫無瓜葛了，也不知道以後會不會聯絡。」

公平　「是喔。」

芙美　「不過要是能聯絡上，我再提提你的事。」

公平　「謝謝妳。」

芙美　「如果這是你今天的目的，那請你先離開吧。」

公平　「我知道了。」

拓也　「等一下。」

芙美　「怎麼了？」

拓也　「我知道你們有你們的問題，不過公平先生今晚是我們的來賓，我不希望是妳在作主。」

芙美　「好，那我走。」

公平　「沒關係，我要走了。」

芙美　「不用，我要走了，但是在走之前我想請問一下。」

公平　「是。」

芙美　「純並不愛你，你理解這件事嗎？」

公平　「我都要自己不要擅自揣測純的心思。」

芙美　「你以後肯定也不會得到她的愛。」

公平　「如果妳的想像是正確的，或許就是吧。」

芙美　「你是不會得到她的愛的，這樣你也無所謂嗎？」

拓也看向芙美，公平沉默不語。

芙美　「你說你要去找純，但是你沒有要使用暴力的意思吧？」

公平　「對。」

芙美　「既然如此，即便追上她，她也能逃跑，這只是你追我跑的循環不是嗎？」

公平　「大概吧。」

芙美　「只要你繼續追，純就會繼續跑，這對你們雙方不都是悲劇嗎？」

公平　「是嗎？」

芙美　「你不應該再追下去了，這是讓純回來的唯一方法。我不知道她會不會回到你身邊，但是請把她還給我們。」

大家都看著公平。

梢　「不好意思。」

大家看向梢。

梢　「我知道我是局外人，但是今天是我的朗讀會慶功宴。」

芙美　「對不起。」

梢　「不會，我不是這個意思，我可以說幾句話嗎？」

所有人沉默。

公平　「請說。」

梢看向公平。

梢　「事情的來龍去脈我不清楚，但是好像有種自說自話的感覺。」

芙美　「自說自話？」

櫻子看向梢。

梢　「我知道芙美小姐和櫻子小姐都是在為朋友說話。」

拓也看向梢。

梢　「可是我還是覺得為不在場的朋友代言很奇怪。」

芙美和櫻子看著梢。

梢　「公平先生的語言都是在為自己發聲，我不會覺得不對勁，但是妳們兩位好像……」

梢一時語塞。

拓也　「嗯。」

芙美和櫻子看向拓也。

梢　「妳們真的是在為純小姐說話嗎？」

芙美　「什麼意思？」

梢　「總覺得妳們幫她代言是為了自己，聽起來就像是在利用不在場的純小姐。」

芙美和櫻子沉默不語。

芙美　「什麼意思？」

芙美看向梢，梢迴避她的眼神。

梢　「我不知道，但就像公平先生所說的，他們不面對彼此，事情就沒有結束的一天。只要純小姐不用自己的語言與他正面交鋒，他大概永遠都不會死心吧？」

櫻子　「妳不應該插嘴講這些，妳根本什麼都不知道。」

梢　「對，沒錯，對不起。」

拓也　「算了，我們解散吧。」

芙美　「好。」

公平　「不用，我走就好。」

公平拿出錢包裡的鈔票放在桌上。

所有人都看向他。

公平　「能勢小姐對不起，好好的朗讀會，我卻這麼掃興。」

梢　「不會。」

公平　「芙美小姐。」

芙美　「是。」

公平　「櫻子小姐。」

櫻子　「是。」

公平　「我明白，因為我一直追，所以純一直跑。」

芙美　「對啊。」

公平　「我絕對找不到她，她絕對不會回來，這些我都明白。漫長的地獄即將開始了。」

大家都凝視著公平。

公平　「可是我不在乎，我已經知道要怎麼得到幸福了，這是唯一的方法，我別無選擇。先失陪了，再麻煩妳們聯絡鵜飼先生。」

公平拿著包包站起身，走出店外。

現場一片沉默。

拓也看了看手錶。

拓也　「能勢小姐，末班車危險了。」

梢看向拓也。

拓也　「我開車送妳吧，芙美和櫻子小姐也一起。」

芙美　「我不用。」

拓也看向芙美。

芙美　「我搭電車回家。」

拓也　「妳今天一直在生什麼氣？這種態度對能勢

小姐很沒禮貌吧？」

櫻子　「你真的不知道嗎？」

拓也看向櫻子。

櫻子　「你不知道她在氣什麼嗎？」

櫻子看向芙美。

櫻子　「你都沒有想過，芙美有什麼想說卻說不出口的話嗎？」

拓也嘆了口氣。

櫻子　「請你帶芙美回家，我搭電車就好。」

拓也　「這些話……」

櫻子　「是。」

拓也　「不是妳該說的。」

櫻子看向拓也。芙美看向拓也。

拓也　「她想說什麼就讓她自己說。要搭電車最好快點走，今晚的一切都是我的誤判，我不能丟下能勢小姐。」

芙美站起來。

櫻子也站起來。

拓也和梢被留在原地。

×　×　×

芙美拔腿奔跑，櫻子追了上去。

櫻子　「芙美！」

芙美沒有停下腳步，她過了斑馬線。

號誌轉為紅燈，櫻子被擋了下來。

#71　車站（夜）

芙美走上車站月台的樓梯，櫻子追了上去。

芙美走進電車，櫻子跟著她，從最靠近自己的車廂上車。

×　×　×

電車行駛中，櫻子在車廂內移動，走了過來。

芙美坐在座位上，櫻子坐到她的正對面。

#72　夜店　NOON（夜）

明里從舞池回到酒吧區。

明里坐到牆邊的座位，日向子走過來送上萊

姆可樂。

兩人眼神交錯，明里有點喘，她笑了一下。

日向子「我哥呢？」

明里「咦？」

日向子「我哥的可以放桌上嗎？」

明里「日向子，妳姓什麼？」

日向子「鵜飼啊。」

明里「哈哈。」

日向子「怎麼了？」

明里「放著吧。」

日向子「我哥去哪了？」

明里「不知道，他走了也不奇怪。」

日向子「確實有可能。」

明里「不然妳喝掉吧。」

日向子笑了笑，明里拍拍自己隔壁的空位。

日向子看向吧台，那裡空無一人。她坐下。

明里「他是什麼樣的人啊？」

日向子「他？」

明里「就妳哥啊，他到底想幹嘛？」

日向子「可能怕露出馬腳吧。」

明里「什麼馬腳？」

日向子「怕被發現自己是空殼子。」

明里「喔？所以妳本來就知道嗎？」

日向子「知道什麼？」

明里「他的內在。」

日向子「不知道，不過敲一敲會發出清脆的聲響。」

明里「喔。」

日向子「所以一定是空殼子。」

明里「你們兄妹好奇怪。」

日向子「有哪裡奇怪嗎？」

明里「全部，我也有哥哥，但跟你們完全不一樣。」

日向子「怎麼個不一樣法？」

明里「那個距離感啊，你們太親密了吧？」

日向子「對啊，我們常被誤認為情侶。」

明里「一定的嘛，哪有哥哥跑去妹妹職場的啊。」

日向子「我沒有把這裡當職場。」

明里「喔，是喔。」

日向子「妳不跟妳哥玩的嗎？」

明里「對啊，我哥對我毫無興趣，我對他也沒有，他感覺是碰巧跟我出生在同一個屋簷下的外人。」

日向子「我跟妳一樣，我覺得我們是非親非故的外人。」

明里「看不出來。」

日向子「是嗎？」

明里「他都這把年紀了，還黏著妹妹不放嗎？也可能相反。」

日向子「一定要放嗎？」

明里「啊？」

日向子「為什麼分開比黏著不放好？」

明里「你們自己好的話，我是覺得沒差啦。」

日向子「我是問為什麼。」

明里「不然會無法得到幸福吧。」

日向子「為什麼？」

明里「像你們這種把對方底細摸透透的兩個人，會讓別人無法介入啊，男女都不敢靠近。你們又不能廝守一輩子，趁早分吧。」

日向子「真的不能廝守一輩子嗎？」

明里「所以我說你們好就好啊，我對於你們的關係沒有任何興趣。」

日向子「跟我講話會很煩躁嗎？」

明里看向日向子，露出笑容。

明里「會。」

日向子「是嗎？」

日向子笑了笑。

日向子「明里小姐，妳喜歡我哥嗎？」

明里「喜歡？飼？我嗎？看起來像嗎？」

日向子「像。」

明里「我不會輕易喜歡上別人的。」

日向子「是喔？」

明里「不過我對他是有興趣的，這我承認。」

日向子「有興趣什麼時候會變成喜歡？」

明里 「要等認識更深吧。」
日向子「喜歡上他需要什麼條件？」
明里 「約會吧？」
日向子「妳要是覺得我是電燈泡，我先走沒關係。」
明里 「沒差了啦。」
日向子「跟他做愛會喜歡上他嗎？」

日向子看著明里。

明里 「那個順序好難啊。」
日向子「很難嗎？」
明里 「有太多事要先做愛才知道，但是做愛的門檻又太高。」
日向子「很高嗎？」
明里 「不高嗎？」
日向子「不高。」
明里 「我倒想問妳，所以妳是誰都可以嗎？」
日向子「我還是會挑的。」
明里 「怎麼挑？」
日向子「看臉。」
明里 「好單純。」
日向子「對啊，但我覺得看臉基本上沒有錯，因為你怎麼活就會長什麼樣子。」
明里 「嗯。」
日向子「如果能長得帥就再好不過了。」
明里 「妳喜歡過誰嗎？」
日向子「有啊。」
明里 「喜歡上之後呢？」
日向子「就會想要被喜歡。」
明里 「好單純。」
日向子「妳不是嗎？」
明里 「我應該也是很單純的啊。」

明里嘆了口氣。

明里 「我要男人。」
日向子「嗯。」
明里 「我說的『要』，是需要的意思。」
日向子「嗯。」
明里 「比方說跟妳聊天其實滿愉快的，發現妳是

怎麼樣的人我也很高興，但是我沒有被電
到的感覺。」

日向子笑了笑。

日向子「是啊。」

明里「講極端點，管他是什麼阿貓阿狗阿呆阿瓜，
要是沒有男人，我會忘記自己是女人。」

日向子「妳會忘記喔？」

明里「我有發現，有一段時間我真的忘了。」

日向子「怎麼想起來的？」

明里「我這星期跟兩個人做過。」

日向子看向明里，明里也看向日向子。

日向子「妳常常這樣嗎？」

明里「不太常，應該說根本沒有過。」

日向子「感覺好嗎？」

明里「跟好不好無關，這兩個人都很重視我，但
感覺還是不太對。」

日向子「怎麼個不對法？」

明里「對方會叫我的名字對吧？」

日向子「嗯。」

明里「該說是被叫的時候覺得怪怪的嗎？被叫的
是自己的名字，但感覺像在叫一個與我無
關的人。」

日向子「你們原本就認識吧？」

明里「算是吧。」

日向子「對方也喜歡妳。」

明里「對方是這樣說沒錯。」

日向子「是哪裡出了問題呢？」

明里「我或許該跟更陌生的人做做看，但是我沒
有勇氣。」

日向子「妳會怕嗎？」

明里「妳有經驗嗎？」

日向子「跟一個不知道叫什麼名字的人嗎？」

明里「感覺就有。」

日向子「有。」

明里「你們在哪裡碰到的？」

日向子「這種地方。」

明里「妳沒遇過危險嗎？」

日向子「這本來就有危險性。」

明里「妳每天都很無聊吧。」

日向子看向明里。

明里「是不是沒有活著的感覺？」

日向子「活著？」

明里「我當護理師啊。」

日向子「嗯。」

明里「每天的緊張感都非比尋常。」

日向子「嗯。」

明里「這個工作是這樣的，一旦上手了當然就會開始鬆懈，不過一旦鬆懈就會被撤換。」

日向子「嗯。」

明里「所以只要從事這份工作，就不可能有真正意義上的放鬆。」

日向子「對。」

明里「所以我並不是想在做愛的時候追求刺激感。」

日向子「嗯。」

明里「但是我渴求的也不是給我安全感的情人，已經不是這種層級的了，我真心希望能融化成一灘爛泥。」

日向子看著明里。

明里「我想要迷失自己，甚至希望自己消失在這個世界上，所以危險或許也無妨，但就是無法跟我不信任的人。」

日向子「信任？」

明里「假如對方不能讓我展現所有面向的自己，那就沒有意義了，但是那又有可能是我最不想示人的一面。」

日向子「嗯。」

明里「無路可走了啊。」

日向子親吻明里，明里嚇了一跳。

日向子站起來繼續親她，明里也接受了。

鵜飼「妳們在幹嘛？」

鵜飼站在旁邊，臉上帶著一絲笑意。

明里站起來，跌跌撞撞地衝去鵜飼身邊。
鵜飼接住明里，明里親吻他。
鵜飼嚇了一跳，明里離開雙唇緊緊抱住他。

明里　「我要你幫我，借我一臂之力，今晚就好。」
鵜飼看著明里。

明里　「不過或許我也能幫到你。」
鵜飼摟住明里的肩膀，拿起她的拐杖走向出口。他轉頭對日向子揮揮手，日向子也對他揮手。
鵜飼和明里摟著彼此的肩膀往前走。

#73　電車（夜）

電車在夜晚的城市前進，櫻子和芙美相對而坐。

櫻子　「我腦袋一片糨糊。」
芙美嘆了口氣。

櫻子　「好丟臉。」

芙美　「怎麼了？」

櫻子　「我討厭參加聰明人的聚會，嘴巴都跟不上。」
芙美看向櫻子。

櫻子　「我發現平常都是明里在為我們生氣呢。」
芙美笑了笑。

芙美　「對啊，沒錯。」
櫻子站起來，坐到芙美身邊。
兩人沉默無語，櫻子靠在芙美身上。

櫻子　「芙美。」

芙美　「嗯？」

櫻子　「芙美。」

芙美　「怎麼了？」

櫻子　「我叫叫看而已，好美的名字。」

芙美　「謝謝。」

櫻子　「我啊。」

芙美　「嗯。」

櫻子　「我討厭拓也先生。」

芙美　「嗯。」

櫻子　「剛剛太扯了。」

芙美　「抱歉。」

櫻子　「為什麼妳要道歉？」

　　櫻子的頭離開芙美的肩膀。

芙美　「謝謝妳替我生氣。」

櫻子　「不對，梢小姐或許說對了。」

　　芙美看向櫻子。

櫻子　「其實我是希望別人懂我。」

芙美　「良彥先生嗎？」

櫻子　「或許吧。」

芙美　「不然是誰？」

　　櫻子看向窗外。

櫻子　「我們啊。」

芙美　「嗯。」

櫻子　「已經很久沒有性生活了。」

　　芙美看著櫻子。

櫻子　「但是也不單純是這樣。」

芙美　「嗯。」

櫻子　「我希望有人懂我。」

芙美　「嗯。」

櫻子　「希望有人懂，卻不知道希望誰來懂我的什麼。」

芙美　「嗯。」

櫻子　「芙美，妳喜歡拓也先生嗎？」

　　芙美沒有回答。

櫻子　「喜歡得不得了吧。」

芙美　「不知道，一言難盡。」

櫻子　「嗯。」

芙美　「妳喜歡良彥先生嗎？」

櫻子　「我已經不知道了。」

芙美　「是喔。」

櫻子　「不過……」

芙美　「嗯。」

櫻子　「我愛他。」

　　芙美看著櫻子，她把頭靠在櫻子的肩膀上。

　　電車繼續前進。

#74 車站 月台（夜）

電車停下來，車門打開，芙美和櫻子下車。

風間「啊。」

風間和櫻子四目相交，風間上了電車。

櫻子「啊。」

櫻子點頭致意離開。

風間轉身背對淑惠，走向隔壁車廂。

他打開車廂間的通道門，走到芙美她們下車的那扇車門。

車廂內的風間，與月台上的櫻子對視，芙美一臉詫異看著他們。

風間「趕時間嗎？」

櫻子沒有回答。他們聽到電車即將發車的廣播。

此時櫻子猛地跳上車，一跳上車，車門馬上關閉。

櫻子回頭。

芙美與櫻子隔著車門對視。

電車發車，駛出車站月台。

芙美和淑惠被留在月台上。

淑惠茫然地目送電車離開。

芙美看了一會兒才走下樓梯。

#75 拓也的車（夜）

拓也在駕駛座，梢坐在副駕。

拓也　「今天很抱歉。」

梢看向拓也。

拓也　「抱歉。」

梢　「芙美小姐什麼都沒說嗎？」

拓也　「是啊。」

梢　「對話。」

拓也　「嗯。」

梢　「你們很少對話嗎？」

拓也　「我本來想說跟她聊天很開心，但我說不出口。」

梢　「有什麼說不出口的？」

拓也　「我們或許都沒在談要緊事。」

梢　「有時候就是因為不談要緊事所以開心啊，不是嗎？」

拓也　「好狠啊。」

梢笑了笑。

梢　「但是你喜歡她吧？」

拓也　「這是當然的啊。」

梢　「真的嗎？」

拓也　「是不是真的不重要啦。」

梢　「是嗎？」

拓也　「這些探究下去就沒完沒了了。」

梢　「喔？」

拓也　「當下這樣想就是真的。」

梢　「那……」

梢沒有說下去。

拓也　「什麼？」

梢　「我喜歡塚本先生。」

拓也瞄了梢一眼。

拓也　「真的？」

梢　「真的。」

拓也　「真的假的。」

梢　「非常喜歡。」

拓也　「真的假的。」

梢　「啊，紅燈。」

拓也　「啊。」

車子闖了紅燈。拓也笑了笑。

拓也　「我可以停車嗎？」

梢　「好。」

拓也　「我還不想死。」

梢笑了。拓也把車子停在路肩。號誌轉為綠燈，許多車輛從拓也的車子旁邊開過去。

＃76　街頭（夜～清晨）

芙美獨自走在街上。

×　×　×

芙美過了一條河，夜空漸漸開始泛白。

＃77　芙美的公寓（清晨）

芙美回家，雙人公寓中有微亮的光線，裡面空無一人。

芙美解開圍巾，開門的聲音從身後傳來。

拓也　「我回來了。」

芙美　「我回來了。」

拓也　「妳剛回家嗎？」

芙美　「嗯。」

芙美脫下大衣。

拓也　「是喔，妳去哪了？」

芙美　「我從蘆屋走回來。」

拓也　「走很遠耶。」

芙美　「真的很遠，你呢？」

拓也坐到沙發上，他將錢包與車鑰匙放在桌上。

拓也　「我剛剛都和能勢小姐在一起。」

芙美沉默不語。

拓也　「是喔。」

芙美　「我們去了家庭餐廳，天亮我就送她回家了。」

拓也　「然後呢？」

芙美　「就這樣，什麼都沒有。」

拓也　「什麼都沒有會一起待到早上？」

芙美　「她說她喜歡我。」

拓也　「這哪叫什麼都沒有。」

芙美　「我不能丟下她不管。」

芙美看向拓也。

拓也　「因為你也喜歡她吧？」

拓也看向芙美。

芙美　「我不喜歡你聊她的時候發出的聲音。」

拓也　「聲音？」

芙美　「聽起來很雀躍。」

拓也的視線往下。

拓也　「我沒有發現。」

芙美嘆了口氣。

拓也　「我或許有過要擁抱她的念頭，但是我沒有這樣做，我回來了。」

芙美　「原來是這個。」

拓也　「咦？」

芙美　「我在回家的路上想了很多種可能。」

拓也　「可能？」

芙美　「一切的可能，而這是其中一種。」

拓也的視線往下。

拓也　「還有嗎？」

芙美　「嗯。」

拓也　「還有什麼可能？」

芙美撇開視線。

拓也　「在妳回家的路上。」

芙美　「回家時看到你在家。」

拓也　「嗯。」

芙美　「你對我道歉。」

拓也　「喔喔。」

芙美「你說『抱歉，我沒發現自己至今為止對妳造成多大的傷害，我再也不會傷害妳了』。」

拓也看向芙美。

芙美「然後我這樣說。」

芙美看向拓也。

芙美「『太遲了』。」

拓也沉默不語。

芙美「我們分手吧。」

拓也看著芙美。

芙美「我們離婚吧。」

拓也「所以是……」

芙美「嗯。」

拓也「已經沒救了？沒有機會了嗎？」

芙美看著拓也。

拓也「我應該沒辦法和能勢小姐合作了。」

芙美「合作也無妨，你不要誤會了。」

拓也「什麼？」

芙美「我曾經喜歡過聊工作的你，所以我才那麼不好受。」

拓也「曾經。」

芙美「機會是有過的，要多少有多少，但是你全部錯過了。」

芙美看著拓也。

拓也「是喔。」

芙美「對。」

拓也「是喔。」

芙美「可以請你在我出去前先待在外面嗎？真是抱歉。」

拓也「嗯嗯。」

芙美「我沒辦法與你共處一室。」

拓也「我知道了。」

拓也走向玄關，玄關傳來他離開的聲音。

如今芙美獨自被留下，她按住胸口。

玄關傳來開門聲。芙美看向沙發。

× × ×

拓也站在玄關，芙美走了過來。

拓也　「我知道離婚是無可奈何的。」

芙美　「嗯。」

拓也　「妳是很棒的人。」

芙美看向拓也。

拓也　「我真的沒想到自己至今為止造成妳那麼大的傷害，對不起。」

芙美看著拓也。

拓也　「妳不該受到傷害的，我只是想說這句話。」

拓也看著芙美，芙美看著拓也。

芙美抓起拓也的手，將車鑰匙和錢包遞給他。

芙美　「再會了。」

拓也看著手中的鑰匙和錢包，打開玄關門走出去。

×××

芙美回到客廳，躺倒在地上。

芙美閉上眼睛。

×××

汽車鳴笛聲響起。芙美張開眼睛。

#78　街道（晨）

拓也的車子被撞毀。

#79　井場家（晨）

良彥獨自待在客廳，他穿著西裝，只脫下了西裝外套，一副隨時都能去上班的裝扮。他看向窗外，衣物在窗外搖曳，他打開窗收了幾件衣物。

開門聲響起，良彥回客廳盯著樓梯看。有人走上樓梯。

走上樓梯的是櫻子，她和良彥眼神交會。

櫻子看著良彥。

良彥迴避她的眼神。

良彥　「妳回來了。」

櫻子　「我回來了。」

櫻子放下隨身物品，拿走良彥手上的衣物掛在室內。

櫻子　「要下雨了嗎？」

良彥　「不知道，先收總不會有問題。」
櫻子　「大紀呢？」
良彥　「他不在，去晨練了吧？」
櫻子　「是喔。」
良彥　「妳去哪了？」
　　櫻子沒有回答。
良彥　「妳去做什麼了？」
櫻子　「我和一個男人過夜。」
良彥　「什麼？」
櫻子　「我們做愛了。」
良彥　「妳喜歡他嗎？」
櫻子　「不喜歡。」
良彥　「那不是更要不得嗎？」
櫻子　「但是我很感謝他。」
　　良彥看著櫻子。
櫻子　「非常感謝。」
　　良彥沉默不語，櫻子看著良彥。她脫下夾克，準備走過良彥的旁邊時，良彥抓住她的手臂。
櫻子　「好痛。」
　　良彥放開手。櫻子開始收衣物。
良彥　「妳想要怎麼做？」
櫻子　「你希望我怎麼做？」
　　良彥看著櫻子。
櫻子　「你要我滾，我隨時都可以滾出去。」
　　櫻子將一部分衣物收進室內。
櫻子　「但是我無意道歉。」
　　良彥嘆了口氣。
良彥　「妳出去要怎麼辦？去找那個男人嗎？」
櫻子　「我連他的聯絡方式都不知道。」
良彥　「莫名其妙。」
櫻子　「很莫名其妙吧。」
良彥　「為什麼妳要這樣講話？」
櫻子　「因為我就是這樣想的。」
良彥　「我不知道自己能不能原諒妳。」
櫻子　「可以。」

良彥　「我沒有自信。」

櫻子　「我想道歉。」

櫻子邊收衣服邊說。

良彥看著櫻子。

櫻子　「如果我道歉你就能解脫的話我也想，但是我做不到。」

良彥看著櫻子。

櫻子　「我沒辦法道歉，辦不到。」

櫻子看著良彥。

良彥　「是我的錯嗎？」

櫻子看著良彥。

良彥　「為什麼用這樣的眼神看我？」

櫻子　「什麼眼神？」

良彥　「這種眼神。」

櫻子　「我只是看著你而已。」

良彥看著櫻子，嘆了口氣。

良彥　「我怎麼可能叫妳滾出去。」

櫻子　「為什麼？」

良彥　「因為我很珍惜妳，珍惜你們，或許我用了錯的方法，但這是我唯一會的辦法，我別無選擇。」

櫻子　「我也是。」

良彥看著櫻子。

櫻子　「這是我唯一的辦法，我無意離開，無意道歉，也完全沒有想要得到原諒。」

良彥看著櫻子。

櫻子　「你很失望嗎？」

良彥拿起包包與外套。

良彥　「該走了。」

櫻子　「嗯。」

良彥走下樓梯。櫻子留在客廳。

× × ×

良彥走下樓梯。

良彥　「哇。」

良彥踩空階梯。

× × ×

有人摔下樓梯的聲音，客廳裡的櫻子下樓去。

良彥跌坐在樓梯的最下層，站不起來。櫻子扶他起來。

櫻子　「還好嗎？」

良彥站起來。

良彥　「嗯。」

他打開門走出去。

櫻子　「路上小心。」

良彥沒有回應。門關上。

櫻子走上樓梯。

×××

良彥走在路上，強風吹拂著。

他用手臂遮住眼睛，站在路上哭了出來。

×××

衣物在風中搖晃。櫻子去收衣服。

#80　明里的醫院　置物間（晨）

香織正在換穿護理師服，明里拄著拐杖進來。

香織大吃一驚。

明里　「嗨，早安。」

香織　「早安，槙野小姐。」

明里確認排班表。

香織　「怎麼了嗎？」

明里　「怎樣？」

香織看著明里。

明里　「我想要取消病假，反正留守護理站一樣有很多工作可以做。」

香織看著明里。

明里　「護理長是小夜班嗎？」

香織　「她說她中午來。」

明里　「是喔，那我小睡一下吧，她來了再告訴我。」

香織　「好。」

明里轉過身去。

香織　「槙野小姐。」

明里回頭。

香織「對不起。」
香織彎腰鞠躬。
明里「怎麼了？」
香織「我很不可靠。」
香織抬起頭。
香織「妳受傷了我卻無法叫妳好好休息，對不起。」
明里看向香織。
香織「而且我還鬆了口氣。」
明里「柚月，妳太習慣道歉了。」
香織「是。」
明里「沒有歉意就不要道歉。」
香織「對不起，啊。」
香織笑了笑，明里也笑了。
香織「但是我是真心的。」
明里「嗯。」
香織「不對，我真心在想的可能是別的。」
明里「什麼？」
香織「謝謝妳，很高興有妳在。」

明里看向香織，然後抱住她。
香織大吃一驚，她也抱住明里，並摸摸她的背部。
兩人維持這個姿勢一段時間後，明里鬆開手。
明里「抱歉抱歉。」
香織「不會。」
明里「但是妳真的很柔軟耶，好意外。」
香織「咦咦？」
明里轉過身準備走出去。
明里「今天有出什麼事嗎？」
香織「大概就是一起車禍的急診。」
明里「好。」
明里轉身走出去。

#81　明里的醫院　病房前

明里走出置物間。
她與走出手術室的醫療團隊擦身而過。
栗田是其中一人。

明里「啊。」
栗田「喔。」
明里「你值班？」
栗田「對，妳怎麼搞成這樣？」
明里笑了笑。
明里「辛苦了，還好嗎？」
栗田嘆了口氣。
栗田「已經盡力了，可是……」
明里「那不是應該的嗎？可是什麼？」
栗田「不好說。」
栗田嘆了口氣。
明里「抱歉抱歉。」
明里輕輕拍了拍栗田，栗田離開。
明里「辛苦了。」
明里目送栗田離開，然後拄著拐杖往前走。
×　×　×
芙美坐在病房前的沙發。
明里走了過來，
明里「芙美。」
芙美看向明里。
芙美看到她拄拐杖、打石膏的樣子嚇了一跳。

#82　醫院　屋頂天台（晨）

芙美扶著明里來到醫院的天台。
芙美「好美喔，是大海。」
明里「沒錯沒錯，這是我們醫院的賣點。」
明里點燃香菸。
芙美坐在長椅上，她開口。
芙美「鑰匙啊。」
明里「咦？」
芙美「車鑰匙是我給他的，他出門的時候忘了拿，是我放到他手上的。」
明里走到芙美身邊摟住她的肩膀並摸摸她。
芙美「謝謝，我沒事。」
明里「妳有事。」
明里坐到芙美隔壁，芙美搖頭。

芙美　「不是。」

明里看向芙美。

芙美　「事情沒有發展到這個局面的話，還有什麼可能？我越想就越不明白。」

明里看著芙美。

芙美　「所以我不會自責，也沒辦法自責。」

明里　「嗯。」

芙美　「真要說起來，其實我現在很高興。」

明里看著芙美。

芙美　「我發現我們還有機會，其實還有機會啊，我很奇怪嗎？」

明里搖頭。

芙美　「等拓也醒來。」

明里　「嗯。」

芙美　「我想對他說『你活該』。」

芙美笑了笑。

芙美　「我很可怕嗎？」

明里　「我是沒差，但不知道他怎麼想。」

明里笑了笑，芙美也笑了。

明里吸了一口菸。

芙美　「我可以下去嗎？」

明里　「嗯。」

芙美　「我希望他醒來的時候我在他身邊。」

芙美站起來，看著明里的腳。

芙美　「妳自己可以嗎？」

明里　「妳不必擔心別人。」

芙美點點頭走下樓。

明里　「芙美。」

芙美回頭。

明里　「我想跟櫻子和好，我想道歉。」

芙美點頭。

明里　「等純回來，我想跟妳們一起出去玩。」

芙美　「嗯。」

明里　「我們再來使喚拓也先生。」

芙美　「嗯。」

芙美點頭，轉過身走下樓。

明里吸了口菸吐出煙霧，她看向大海。
明里熄掉香菸後走下樓。
這裡有大海，有氣笛聲，海上有船。

（完）

《歡樂時光》衍生文本

關於《歡樂時光》的衍生文本

我在〈《歡樂時光》的方法論〉中提過，本書收錄的十篇衍生文本是以劇本形式呈現，內容包括各個角色過去的關係性，以及劇本時序中的「台下」時光。衍生文本大多為前者，是開拍前寫的，其他則是拍攝中寫的後者。

我們都再三提醒表演者，衍生文本只是「平行世界」，我們寫的是角色個性的一種可能性，而不是故事上的正確答案。或許是這個緣故，我現在重溫起來，確實感覺HATANO KOUBOU寫的衍生文本遠比劇本鬆散。而我們三個寫作者的個人特色也滿原汁原味的，沒有受到壓抑。

然而，在反反覆覆的修訂過程中，我們大幅修改了某些設定，有些設定與本書收錄的「第七稿」幾乎是無法相容的。到開拍前的第二稿劇本之前，主要事件幾乎都是發生在咖啡廳「Ninotchka」之中。四位女主角和「鵜飼景」朋友圈常常去泡這間咖啡廳；定稿中有一名在有馬瀑布前登場的「滝野葉子」，她是這間店的店員。最後由於找不到適合拍攝「Ninotchka」的場地（建構不出來），因此進行了大規模的修訂。

雖然劇本修訂後情境改變了，但是每個角色的個性偏好依然如舊。無論如何，我們依然告訴表演者衍生文本是平行世界，衍生文本中的角色個性可以拿來當作揣摩角色的依據。也因此，本書如實收錄當時寫的衍生文本，當作一份角色建構的資料紀錄。

（濱口）

衍生文本①

鵜飼／日向子／風間／淑惠／葉子

鵜飼團在咖啡廳「Ninotchka」集合，此時的風間打完了官司，離婚剛生效不久。

#1　咖啡廳「Ninotchka」（夜）

時間已過23點，風間走進店內。

葉子　「歡迎光臨。」

風間　「可以坐裡面的座位嗎？」

葉子　「請坐。」

風間　「謝謝。」

風間入座，取下圍巾。

葉子　「你好。」

風間　「妳好，待會還有兩三個人會來。」

葉子　「啊，好，外面很冷嗎？」

風間　「很冷啊，冷得要命。」

葉子　「這麼冷啊。」

風間　「對不起，好像也沒有。」

葉子　「喔。」

葉子將菜單交給風間。

葉子　「決定好再叫我。」

風間　「可以等到齊再點嗎？他們快到了。」

葉子　「好，沒問題。」

葉子離開這一桌。

店門口傳來門打開的聲音，淑惠走進來。風間舉起手。

風間　「這邊。」

淑惠走過來。

風間　「好久不見。」

淑惠　「你先到了喔。」

風間　「剛剛才到的，抱歉這麼臨時。」

淑惠　「不會，沒問題，日向子他們呢？」

風間　「我沒打給日向子。」

淑惠　「咦？為什麼？雖然沒什麼好奇怪的，但為什麼？」

風間　「我不敢。」

淑惠　「你總是想打安全牌，最後還是導致了最壞的結果。」

風間掩住耳朵。

風間　「別說了。」

淑惠　「抱歉抱歉，景哥呢？」

風間　「應該快來了。」

淑惠　「那日向子也會來啊。」

風間　「會嗎？」

淑惠　「會啊，你是笨蛋嗎？」

風間低下眼睛。

淑惠脫掉外套。葉子湊上前來。

葉子　「歡迎光臨。」

淑惠　「妳好。」

葉子遞出菜單。

葉子　「等你們到齊我再過來。」

淑惠　「好～」

葉子離開這一桌。

淑惠　「抱歉，你是不是沒有那個心情？」

風間　「真的很對不起，很抱歉這麼臨時。」

淑惠　「對啊，你三天前不是才說不想見任何人嗎？」

風間「唉，我沒想到會這麼寂寞。」

淑惠笑了笑。

淑惠「LINE 一直在洗版，大家都很擔心你，日向子也在問你好不好。」

風間「日向子嗎？」

淑惠「嗯。」

風間「好難得。但是我直到今天中午前都不想見到任何人，這是真的。」

淑惠「嗯。」

風間「我中午出門吃午餐，公司附近有間好吃的拉麵店，我一去就發現排隊排超長的。」

淑惠「這麼好吃喔。」

風間「好像說不久前有電視來採訪之類的。」

淑惠「是喔。」

風間「鹽味拉麵超好吃的喔。」

淑惠「我也想去吃吃看。」

風間「好啊，一起去吧。」

淑惠「啊，你一定是說說而已。」

風間「才不是，一定要去啦，下星期怎麼樣？」

淑惠笑了笑。

淑惠「抱歉抱歉，然後呢？」

風間「啊啊，然後啊，我也跟著排隊了嘛，排進隊伍裡。」

淑惠「嗯。」

風間「那因為排隊的基本上都是附近的上班族，所以幾乎都是男的，裡面只有一組女客人。」

淑惠「喔？」

風間「有幾個人跟孔雀一樣啊。」

淑惠「什麼意思？」

風間「就是只有她們綻放異彩耶，其他男子眼神空洞地排隊，只有她們光彩奪目，聊天聊得很歡樂。」

淑惠「喔。」

風間「有種活屍大軍中的美女感。」

淑惠「太危險了。」

風間「啊，對啊，嗯。」

淑惠「你的回應有點冷淡耶。」

風間「我就想要趕快講下去。」

淑惠「什麼啦。」

風間「本人不懂接話的藝術。」

淑惠「抱歉抱歉，然後呢？」

風間「然後啊……」

淑惠「太多『然後』了吧。」

風間「然後呢。」

風間一臉驕傲。淑惠笑了笑。

風間「她們讓我看得很羨慕，我心想『嗨嗨，我也想加入妳們聊天的節奏裡』。」

淑惠「你的心癢起來了啊。」

風間「沒錯，就是身體記憶之類的？不是有什麼俗語在講運動選手，說身體會自己動起來什麼的，做的比想的更快。」

淑惠「聊天也是運動？」

風間「感覺明石家秋刀魚說過吧，『搞笑是運動！是運動神經！』之類的。」

淑惠「你覺得你在閒聊界的地位多高？」

風間「咦？」

淑惠「是閒聊界的金牌嗎？」

風間「不，大概已經是縣預賽的水準了。」

淑惠笑了笑。

淑惠「好歹有縣預賽的水準啊。」

風間「先不管這些了，反正我內心雖然一點都不想說話，但是卻感覺癢得不得了！」

淑惠「嗯嗯。」

風間「所以我當場就打電話了，打給我想到的所有人，打給我想見的人。」

淑惠「日向子除外。」

風間「對啊。」

淑惠「為什麼？」

風間「她很可怕耶。」

淑惠「好可憐。」

風間「不是啊，她一定會罵人的，想也知道。」

淑惠「你用拖延戰術也不是辦法，你們總有一天會遇到，而且根本今天就會遇到了吧。」

風間「會嗎？」

淑惠「景哥叫她就會來吧。」

風間「嗯。」

淑惠「你也知道啊。」

風間「對啊。」

淑惠「想一套做一套喔。」

風間「我也不是那麼了解自己嘛，又不是我算好的。」

淑惠「我懂啦。」

兩人沉默不語。風間低下頭來。

風間「淑惠，久久沒有問候您了。」

淑惠「您好您好。」

兩人都深深一鞠躬，相視而笑。

淑惠「這是哪一齣？」

風間「帶著全新的心情重新開始之類的。」

淑惠「重新邂逅一次。」

風間「對，來世重逢之類的。」

淑惠「啊，因緣際會的重逢啊。」

風間「妳希望下一次在什麼情境下相遇？」

淑惠「呃，等一下，如果是上輩子的我可以想像。」

風間「是什麼？」

淑惠「我是去取重要佛典的和尚，你是馬。」

風間「喂。」

淑惠「我在路上就把你騎垮了，還幫你堆墳。」

風間「南無阿彌陀佛。」

淑惠「下輩子呢……」

風間「嗯。」

淑惠「等一下喔。」

風間「等兩下也可以。」

淑惠「好，那就下雨天。」

風間「喔喔，不錯耶。」

淑惠「我下班之後超級累的。」

風間「對。」

淑惠「但我忘了帶傘，所以小跑步去便利商店。」

風間「時間設定得很現代耶。」

淑惠「我要結帳買傘，在櫃台前排隊。」

風間「對。」

淑惠「輪到我結帳的時候，店員問我要不要拆開外袋，我說『好的麻煩了』。外面雨下得唏哩嘩啦。」

風間笑了笑。

淑惠「我想要拿口袋的錢包，但是又沒辦法順利拿出來，卡了一下，因為錢包比口袋大了一點。」

風間「設定太細了吧。」

淑惠「最後我終於拿出錢包買了傘。」

風間「嗯。」

淑惠「正當我匆匆忙忙要走人的時候，後面有人叫住我，我有點訝異。」

風間「欸欸欸，不會吧。」

淑惠「那個人就是風間。」

風間「天哪。」

淑惠「這個時候，他說『妳的腳受傷了』。」

風間「是王子來著。」

淑惠「我看了看我的腳，可能是剛剛在雨中奔跑的關係吧，我的腳背那邊在流血。」

風間「腳……背……」

淑惠「腳背受傷了！風間好像是在我奮力抽錢包出來的時候，不經意看到的。」

風間「那傢伙好猛啊。」

淑惠「然後他說了聲『給妳』，並把剛買的OK繃交給我，『給妳用』，害我小鹿亂撞。」

風間「不至於吧，我反而覺得有點驚悚。」

淑惠「咦？是嗎？人很好啊。」

店門口傳來開門聲，鵜飼和日向子走進來。淑惠舉起手。

淑惠「日向子！」

鵜飼和日向子走過來，風間變得僵硬。

日向子盯著風間看，她身邊的鵜飼笑了笑。

風間「怎樣啦？」

日向子「風間啊。」

風間「對不起。」

淑惠「果然生氣了。」

風間「不是啊，鵜飼哥救命。」

鵜飼「別丟包給我，總之先坐下吧。」

日向子坐在風間對面，鵜飼坐在風間旁邊。

日向子「人渣。」

風間「對啊。」

日向子「你到底在搞什麼？」

風間「不是啊，我也沒想到我會產生這種心情。」

日向子「是誰在離婚後傳簡訊說『我不行了，我暫時不想見任何人』的？」

風間「是我。」

鵜飼「嗯，是你，是你沒錯，我也有收到。」

日向子「不管誰收到這種簡訊都會擔心的啊。」

鵜飼「而且是判決的隔天呢，還出現了自殺一說。」

風間「對不起，但我太寂寞了。」

日向子拍桌子。

鵜飼「日向子。」

日向子「我們不管你了啦。」

淑惠「風間，你道歉。」

風間「真的很對不起。」

日向子「不管是傳那種簡訊，還是突然翻臉說自己很孤單，這兩件事都讓我很不爽。」

風間「一定的，我是人渣，我是廢物。」

日向子「我沒有要你講這些！」

淑惠「日向子。」

日向子「現在不唸他，他根本死性不改。」

風間「咦？我該怎麼改進？」

日向子「你自己想。」

日向子不斷拍桌子。

淑惠「日向子，不行啦。」

鵜飼「風間真的很擅長提油救火耶。」

風間「不好意思，但是我現在是真的想改變。」

鵜飼「為什麼？」

風間「因為我還是想得到幸福啊，我想變成更好的人，哪怕只好一點。」

鵜飼對日向子說。

鵜飼「他說他想得到幸福。」

日向子「那請淑惠代表我們。」

淑惠「咦？」

日向子「淑惠，妳把妳有多操心的事通通說出來，告訴這個長舌王八蛋。」

淑惠「喂。」

鵜飼「你太毒舌了。」

日向子「本來就是啊。」

鵜飼「嗯，也沒錯啦，這傢伙的自我宣告傷了大家的心。」

風間壓住胸口。

鵜飼「結果他卻食言而肥，確實是人渣。」

風間「鵜飼哥。」

鵜飼「離婚是他活該，他根本扛不起什麼結婚誓詞。」

風間「啊啊啊，等一下。」

鵜飼　「可是啊，日向子，這傢伙已經受到懲罰了。他連官司都打了，私生活全都要對簿公堂，而且還輸得慘兮兮。公司的人一定會好奇心作祟，在背地裡講一堆他的八卦和壞話，他已經墜入谷底了。」

風間　「啊，我要哭了。」

鵜飼　「所以風間只會更好不會更壞了，妳怎麼能在這種時候罵他是長舌豬公呢，日向子？」

淑惠　「加油添醋太多了吧。」

鵜飼　「從今以後才是風間的成長期，他會成長茁壯的。」

日向子　「這些我知道啦，不然還得了。」

風間　「啊，要命。」

風間用衣服袖子擦拭眼淚。

鵜飼　「不要哭啦，葉子在看耶。」

鵜飼往葉子那邊一看，兩人四目相交。鵜飼對她微笑，葉子點頭致意。

風間　「可是……」

日向子　「真是的。」

淑惠　「你很不好受吧。」

風間哭了起來，他們看著他。

風間　「啊～」

日向子拿面紙給風間。他擦了擦鼻子。

風間　「講真的我實在很不好受，打完官司後感覺好空虛。」

日向子默默地看著風間。

風間　「我本來就是個沒什麼內涵的人，現在好像連剩下的渣滓都被帶走了，我的內在沒有留下任何東西。」

鵜飼　「你這樣還好嗎？」

風間　「一點都不好，連情感都變得麻木，讓我很害怕。我不想在這種狀態見你們，也見不了。」

鵜飼　「對啊。」

風間　「但是今天看到你們的臉我鬆了口氣。」

日向子　「有夠任性。」

風間　「我發現我真的很喜歡你們。」

風間再度熱淚盈眶。

風間　「超喜歡的。」

淑惠　「風間。」

席間沉默了一段時間。鵜飼再次對上葉子的眼神，她點頭示意。

風間　「我說啊……」

日向子　「什麼？」

風間　「來點餐吧。」

日向子　「喂！」

鵜飼　「啊，原來是這樣。」

鵜飼再次看向葉子，對她說。

鵜飼　「我們是不是應該先點餐？」

葉子　「啊，沒關係，你們好了再點。」

鵜飼　「不好意思，謝啦。」

風間「那我要……」

鵜飼「你要點餐？」

風間「哭一哭就餓了。」

日向子「來了。」

淑惠「你有時候講話很像女生。」

風間「我嗎？」

鵜飼「啊……是因為成長環境吧。」

淑惠「你知道為什麼嗎？」

鵜飼「嗯，一點點。」

日向子「咦？我也不知道。」

鵜飼「風間家是祖上就很富有的有錢人家。」

淑惠「喔，好厲害。」

日向子「什麼？我沒聽說過耶。」

風間「等一下，鵜飼哥。」

鵜飼「嗯，讓我說完吧。他爺爺奶奶堅持想要一個孫女，他們是超級富有的鐵公雞，說是男生長大只會花錢，所以想要孫女。」

淑惠「好瘋。」

日向子「明明是女生比較花錢吧。」

鵜飼「嗯，跟汽車或酒相比還好吧。」

日向子「是嗎？」

鵜飼「風間出生之後，他爸媽實在不敢說這一胎是兒子，他們都很怕。」

日向子「這什麼灑狗血劇情。」

淑惠「對啊。」

風間看向鵜飼。鵜飼也看著風間微笑。

鵜飼「他爺爺奶奶很嚴厲又很威權，這時候爸媽該怎麼辦呢？妳們猜。」

日向子「怎麼辦？一直讓他穿女裝？」

鵜飼「嗯～滿接近的。」

淑惠「呃，讓他動手術。」

鵜飼「什麼手術？」

淑惠「切掉雞雞之類的。」

風間「喂喂喂。」

鵜飼也笑了。

鵜飼「我就喜歡淑惠的這種地方。」

淑惠「好耶。」

日向子「那答案是什麼？」

鵜飼「答案是在10歲之前把他當女兒養。」

日向子「什麼意思？」

鵜飼「這和扮女裝不太一樣，他們讓他從內在認知上徹底以為自己是女生，所以就會比較女性化吧。他當然有雞雞，不過小時候不太懂這些的嘛。他就像個小女生穿裙子、舉止端莊、玩家家酒，而且有些小男生不是到10歲左右都還可可愛愛的嗎？」

日向子「對。」

鵜飼「風間也是這個類型的。」

淑惠「感覺好驚人。」

日向子一臉詫異看向風間的

臉。

風間「鵜飼哥。」

鵜飼「我快講完了。可是好景不常。」

淑惠「很會製造懸念。」

鵜飼「10歲的風間喜歡上一個男生。」

日向子「超展開耶。」

鵜飼「那個男生是運動高手，尤其擅長躲避球。」

淑惠「啊，我懂。」

鵜飼「在那個年代，會運動等於是世界第一了。女版風間也沒有例外，他喜歡上那個男生了。」

淑惠「天哪。」

日向子「然後呢？怎麼了？」

鵜飼「他告白了，在學校後方的焚化爐旁。」

日向子「真的假的？」

風間「別再說了啦。」

淑惠「然後呢？」

鵜飼「風間對他說『我喜歡你』。」

淑惠「喔喔。」

鵜飼「風間畢竟是男的，等於是男生向男生告白，這件事當然立刻成為校園的八卦。男生們本來就知道風間有點陰柔，但是告白畢竟是大事件。」

風間「鵜飼哥，你夠了吧。」

鵜飼「喔喔，那就說到這裡？」

日向子「風間，你真的不容易。」

淑惠「我恍然大悟。」

風間「喂！」

鵜飼「現在還有一個女孩子住在風間心中。」

風間「等一下！鵜飼哥，你不要再玩我了，你講的是阿拓吧！」

日向子「什麼意思？」

日向子和淑惠都笑了。

風間「不對，阿拓的故事又有點不一樣，被你加油添醋了。」

鵜飼「啊，這不是風間的故事嗎？抱歉。」

風間「不是啦。」

日向子「什麼啦，我還恍然大悟了，把時間還給我。」

風間「妳講這什麼話啊，日向子。」

淑惠「唉唉，真無聊。」

風間「這兩個人是認真的嗎？」

鵜飼「場子好像冷掉了喔。」

風間「你們喔！」

笑聲四起。

風間「我很man的，我喜歡女生，也超級喜歡做愛的。」

淑惠「低級。」

日向子打了風間的頭。

日向子「太大聲了。」

風間「怎樣啦？妳剛剛不是還在拍桌子嗎？」

日向子「那是你的錯。」

風間「你們都太欺負人了吧。」

鵜飼「全都是開玩笑的啦。」

風間「真是的，莫名其妙。」

淑惠「對啊，我剛剛瞬間信了女版的風間耶。」

風間「妳喔……！」

日向子「又是這種奇妙的反應。」

風間「唉，早知道就不打給你們了。」

日向子再次揮拳打風間的頭。

風間「好痛！」

日向子「鐵拳制裁。」

風間雙手手腕貼在一起，將手掌往前推。

風間「波動拳。」

所有人沉默不語。

淑惠「門是不是沒關，超級冷的。」

風間「什麼啦，挖太多洞給我跳了吧。」

所有人都笑了。葉子在等待幫客人點餐的時機。

衍生文本②

櫻子／良彥／純／美津

這是櫻子、良彥和純的青春時代。她們在電影中認識最久，這一篇寫的是她們的過去。良彥的母親美津也有登場。

高中入學考放榜，良彥和純考上神戶高中。

櫻子沒考上神戶高中，她要就讀神戶海星女子學院高中。

（1992年5月）

＃1　神戶高中・廣播社（日）

中午的高中，植物在陽光照射下閃閃發光。

RC Succession 的〈Transistor Radio〉前奏響起。

× × ×

男女學生在教室吃便當。

喇叭流洩出音樂聲。

× × ×

純湊向廣播室的麥克風。

一旁的良彥趴在旋轉椅背上一圈一圈轉。

兩人都穿著夏裝，歌曲的前奏即將結束。

純「下一首帶來的是RC Succession的〈Transistor Radio〉。」

純調降麥克風音量，只剩下音樂聲。

良彥「吉見，妳老是在放老歌。」

純「你不愛嗎？」

良彥「沒有，我只是不懂而已。」

純「老師很愛喔，他們說今年來了個懂音樂的一年級。」

良彥「廣播社就是這樣才會被說是老師的跟班。」

純「才不是。這是搖滾樂，好音樂耶。」

良彥「聽了之後確實是。」

純　「你也來自己選歌啊。」

良彥　「我又不懂音樂，開放點歌不就好了。」

純　「最低限度開放就夠了吧，點播的歌都很無聊耶。」

良彥　「我不懂這些，妳決定吧。」

純　「真是辜負廣播社。」

良彥　「我只要能早點回家就好。」

良彥轉動旋轉椅，椅子一歪，他跌了下來。

純笑了笑。

〈Transistor Radio〉播放中。

#2　神戶海星女子學院高中・校門（日）

良彥騎著腳踏車在校門口附近繞圈。

×　×　×

女學生1從教室窗戶看向校門附近。

女學生1　「櫻子，妳男友已經來等妳了！」

櫻子準備收拾東西回家，她充耳不聞走出教室。

四周響起口哨聲。

×　×　×

櫻子牽著腳踏車走向良彥。

遠方傳來口哨聲。

良彥看向他們，女學生們從校舍樓梯的窗戶看向良彥和櫻子。

良彥　「那是在做什麼？」

櫻子　「走吧。」

櫻子牽著腳踏車走過良彥。

良彥向窗戶揮揮手，窗戶那裡傳出歡笑聲。

#3　速食店（昏）

兩人坐在窗邊的吧台。

良彥　「不要在校門等也行，但是要怎麼樣比較好？要約在哪裡？」

櫻子　「約在哪裡都會被看見。」

良彥大口吃漢堡。

良彥　「被看到有什麼好尷尬的嗎？」

櫻子　「很丟臉。」

良彥　「被別人看到我很丟臉嗎？」

櫻子　「不是啦，大家會講些五四三的。」

良彥　「當沒聽到就好了。」

櫻子一時語塞。

良彥　「蠢蛋才會說別人閒話吧，只要我們表現自然，就不會有人再講話了。」

櫻子　「你不練柔道了嗎？」

良彥　「什麼意思？」

櫻子　「你現在的道場只有你是高中生吧？」

良彥　「嗯。」

櫻子　「神高的柔道社不是很強嗎？你加入廣播社就好了嗎？」

良彥　「有什麼不好嗎？」

櫻子　「有什麼不好？」

良彥　「我從小就在這個道場練，

也可以參加個人賽，不是為了妳喔。」

櫻子「嗯。」

良彥「所以……不是妳想的那樣。」

櫻子看著良彥。

一群穿著海星女高制服的學生走進來。

櫻子的視線朝下。

良彥「走吧。」

兩人站起身走了出去。

#4 街頭（昏）

櫻子和良彥騎著腳踏車。來到了岔路。

櫻子「抱歉啊。」

良彥「抱歉什麼？」

櫻子「真希望我有考上神高。」

良彥「別這樣說。」

櫻子「我們要用 BB Call 嗎？」

良彥「我不知道我們家情況，我問問看。」

櫻子「嗯，我也是，不知道能不能真的買到。」

良彥「嗯，掰。」

櫻子「再見。」

櫻子準備離開。

良彥「抱歉，我們下次要怎麼碰面？」

櫻子「我會去看比賽，跟純去。」

良彥「好。」

兩人揮揮手，分道揚鑣。

#5 井場家（夜）

良彥打開玄關門走進來。

良彥「我回來了~」

美津「你回來啦。」

他們已經在吃晚餐了。

父親武志在喝酒，同時收看電視新聞。

姊姊裕子與姊夫邦夫也圍坐在餐桌。

美津「你不是要去道場了嗎？有時間吃飯嗎？」

良彥「沒有，回來再吃。」

良彥把一綑掛在牆上的柔道服背在肩上，走向玄關。

美津「加油~」

美津對玄關大喊。

良彥回頭。

良彥「媽，我可以買 BB Call 嗎？」

美津「看你成績。」

良彥沉默不語。

美津「只要你課業和柔道都有努力。」

良彥「好耶，我知道了！」

良彥衝出了玄關。

武志「BB Call 是什麼？」

裕子「要怎麼說？隨時可以呼叫人的東西。」

武志「什麼啊，他要當狗嗎？」

美津「怎樣都好，這代表他開始注意異性了。」

美津笑了笑。裕子和邦夫也笑了。武志又喝了一點酒。

（6月）

#6　體育館・比賽場地（日）

柔道比賽。

良彥吃了對手一記漂亮的過肩摔。

他被翻了一圈，從對手背上跌到榻榻米上。

對手站了起來。

良彥氣喘吁吁看著天花板。

穿便服的櫻子和純在觀眾席上觀賽。

#7　體育館・走廊

良彥在飲水區從頭上澆自己水。

×　×　×

走廊，櫻子和純在講話。

櫻子　「妳別走嘛。」

純　「我現在在這裡也沒用，井場還會很尷尬。」

櫻子　「我也很尷尬啊，我不知道該怎麼辦。」

純　「鼓勵他就好了啦。」

櫻子　「他一定不喜歡被鼓勵的。」

櫻子一臉苦惱，純陷入沉思。

#8　卡啦OK

純、櫻子和良彥在卡啦OK包廂裡。

純正在演唱中島美雪的〈時代〉。

純唱完歌，良彥搖晃鈴鼓。

櫻子拍手。

下一首歌的前奏開始播放，是RC Succession的〈雨後的夜空〉。

良彥激情開唱。

純　「喔喔。」

櫻子看著良彥。純一起跟著唱。

良彥激情演唱完畢，純和櫻子擊掌。良彥坐下。

櫻子　「沒聽過這首歌耶。」

良彥　「純有給我RC和清志郎的錄音帶。」

櫻子　「是喔。」

櫻子一臉詫異。

純　「嗯嗯，聽很熟的人才有辦法這樣唱。」

良彥　「我聽超多次的，那捲錄音帶太棒了。」

下一首歌開始，是櫻子點的REBECCA的〈Friends〉。

純和良彥發出歡呼聲。

櫻子開始演唱。

#9　街頭

三人騎著腳踏車，純在岔路跟其他人分頭。

純　「掰囉。」

櫻子　「掰掰。」

良彥　「謝啦！」

良彥和櫻子騎著車並肩離開。

× × ×

兩人來到了岔路，腳踏車減速，他們停下車。

良彥「我真的不能送妳回家嗎？」

櫻子「抱歉。」

良彥「暑假之後可以更常見面嗎？」

櫻子「應該吧。」

良彥「要不要去祭典？美利堅公園的。」

櫻子「好啊，約純一起。」

良彥沉默不語。櫻子看著良彥。

良彥「我只想跟妳去。」

櫻子「只有我們不太好吧。」

良彥「為什麼？」

櫻子對於良彥的語氣感到很驚訝。

良彥「我們不是在交往嗎？要瞞著父母我可以理解，可是學校的人根本無所謂吧。」

櫻子「不會無所謂。」

良彥沉默不語。

櫻子「我也覺得這樣很蠢，但光是和神高的人交往，就會被很多人說閒話，不知道會不會從哪裡傳進爸媽耳裡。」

良彥「什麼鬼啊，蠢死了。」

兩人沉默不語。

櫻子「他們說不能買 BB Call。」

良彥看著櫻子。

櫻子「抱歉。」

良彥「妳不想見我嗎？」

櫻子也看著良彥。

良彥「那我們到底要怎麼見面？不能打電話到妳家，不能去學校找妳，學校還唸不同間。」

櫻子的視線朝下。

良彥「抱歉，可是我隨時都想見妳，無論上課、參加廣播社的時候都在想妳。」

櫻子「這樣不好吧。」

良彥「我喜歡妳，越來越喜歡了，妳呢？」

櫻子「我不喜歡這種強迫告白。」

兩人沉默不語。

櫻子「在這種情境下，不管講什麼都不是自願的。」

良彥「什麼意思？」

櫻子「我之前講的沒有變啊，我們心意相通，你說喜歡我我很高興，真的。」

良彥沉默不語，櫻子嘆了一口氣。櫻子雙手按住自己的臉頰。

櫻子「該怎麼辦呢？」

櫻子看了看四周，接著立起腳踏車腳架。

櫻子離開自己的腳踏車，走向良彥親吻他。

良彥嚇了一跳，過了一會兒，當他想抱住櫻子的時候，她往後退。

櫻子「再見。」

良彥看著櫻子。

櫻子「再見。」

良彥「嗯。」

良彥還在錯愕之中，櫻子握住腳踏車握把跨上車。

櫻子「柔道比賽的時候也在想嗎？」

良彥「嗯？」

櫻子「想我。」

良彥「倒是沒那麼誇張。」

櫻子「是喔，太好了。」

良彥「不過我有看到妳在觀眾席。」

櫻子看著良彥。

良彥「那一瞬間就被丟出去了。」

櫻子嘆了一口氣。

櫻子「我不能去加油了。」

櫻子騎車出發。良彥嚇了一跳，櫻子轉過頭來。

櫻子「我會打給你！」

說完她踩腳踏板前進，良彥目送她離開。

（一年後　1993年7月）

#10　廣播室（日）

純正在播放〈禁忌的遊戲〉。

純「現在是放學時間，請各位關上教室門窗，沒事的同學盡快準備離校。」

歌曲播放完畢，純收拾廣播室離開。

她從廣播準備室看向操場，各個社團在操場上活動。

她看到穿柔道服練跑的一群人，其中一個是良彥。

男學生乃木走了進來。

乃木「不好意思。」

純「是。」

乃木「妳是廣播社的嗎？」

純「對。」

乃木「可以請妳在校內廣播放這捲帶子嗎？」

純「啊，好，要點歌嗎？」

乃木「不是，這是我的歌。」

純「啊啊……」

乃木「我寫了頌歌。」

純「咦？」

乃木「我希望全校聽到。」

純「我知道了，我聽了再考慮。」

乃木「咦？現在聽啊，妳趕時間嗎？」

純「沒有……」

乃木使用播放器播放自己帶來的錄音帶。

那首曲子如同Radiohead的〈CREEP〉的失敗版。

#11　神戶高中・腳踏車停車場（昏）

太陽已經幾乎西下了，純牽出自己的腳踏車。

良彥走了過來。

良彥「吉見。」

純「啊，井場，好像很久沒見了。」

良彥「對啊。」

純　「已經練完了嗎？柔道社有這麼早嗎？」

良彥　「明天要比賽，今天就提早下課了。」

純　「喔？有種蓄勢待發的感覺。」

良彥　「妳也是啊，廣播社有這麼晚嗎？」

純　「我被怪人抓到了。」

良彥　「怪人？」

純　「你之後就知道了。」

純露出笑容，良彥也笑著牽出自己的腳踏車。

良彥　「什麼啦。」

良彥和純肩並肩牽著腳踏車。

#12　街頭（昏）

兩人並肩騎腳踏車。

純　「比賽。」

良彥　「嗯。」

純　「不能約櫻子來嗎？」

良彥沉默不語。

純　「我知道你們現在是什麼狀態啦，可是……」

良彥　「可是？」

純　「就心裡很急。」

良彥　「妳是在多管閒事。」

純　「對啊。」

兩人走到岔路。

良彥　「掰啦。」

良彥舉起手，但是純依然跟著良彥騎下去。

良彥有點意外。他們並肩騎車，純對良彥說。

純　「櫻子完全不是討厭你喔，她只是不知道該怎麼辦。她成績退步，父母還說是談戀愛害的。」

良彥按下煞車，純嚇了一跳，她也按下煞車騎回來。

兩人並排著，面對相反的方向。

良彥　「櫻子說，她怕這樣下去我們都會完蛋。」

純　「嗯。」

良彥　「我隱約也知道，其實都是我的錯。」

純　「不是啦。」

良彥　「我就沒有自信，所以害櫻子不知如何是好。」

純的視線朝下。

良彥　「我不希望妳約櫻子來。」

純　「嗯。」

良彥　「我只要想到她在場就會分心，答應我不要約她來。」

純　「我知道了。」

良彥　「謝謝。」

純　「不會。」

良彥　「那掰囉。」

良彥揮揮手，駛出腳踏車。

純也往反方向騎出去。

#13　體育館・比賽場地（日）

柔道比賽，良彥正在對戰中。

良彥使出一記漂亮的「內腿」。

良彥做出勝利手勢，團隊發出歡呼聲。

觀眾席的美津和武志都很興奮。

#14 井場家（夜）

美津端了刺身船上桌。

武志、邦夫、裕子和良彥都坐在餐桌邊。

裕子「好誇張喔。」

邦夫「阿良，恭喜你！」

良彥「謝啦。」

美津「先在市大賽拿到冠軍了。」

裕子、邦夫和美津鼓掌。良彥有點不好意思。

武志把酒杯往前推。

良彥「咦咦？」

武志「沒關係。」

良彥「我未成年耶。」

武志「只有今天沒關係。」

良彥「咦咦？我要是因為急性酒精中毒送醫不就慘了。」

武志「只喝幾口不會啦。」

良彥「一滴、兩滴。」

武志「三滴。」

武志在良彥的杯子裡倒了極少量的酒。

武志「酒廠老闆的兒子怎麼講這種話？」

良彥「我已經沒差了，反正有邦夫哥在。」

席間陷入一片沉默。美津舉杯。

美津「來，我們乾杯。」

所有人高舉酒杯。

所有人「乾杯！」

良彥一口飲盡，整張臉皺了起來。

武志看著他。

武志「內腿。」

良彥「嗯？」

武志「動作很漂亮。」

良彥「對啊，不過我自己是不清楚啦。」

美津「真的迅雷不及掩耳，感覺嘉納治五郎大概就是這樣吧。」

裕子「喔？阿良，是嗎？」

良彥「太誇張了，這還只是市大賽耶。」

全家人都笑了。

（半年後　1994年1月）

#15 街頭（昏）

天空下著小雪，路面也結凍了。純騎著腳踏車。

穿著神戶高中制服的男學生在前方踩著腳踏車。

他騎到坡道前按煞車。

腳踏車停不下來，一直滑。

車上的男學生重心不穩跌下車來，頭撞到了緣石。

附近的男性路人嚇了一跳。

純也嚇了一跳。她按下煞車，

小心翼翼停車。男學生一動也不動。

男學生身邊的男性路人跑去按附近人家的門鈴。

男性「不好意思，可以幫忙叫救護車嗎？」

純丟下腳踏車走過來，走到一半跌坐在地。

她連滾帶爬過來，嚇了一跳。摔車的是乃木，WALKMAN的耳機被扯下來，耳機流洩出聲音。

他的耳孔中流出一條細細的血。

男性路人走過來。

男性「我剛剛請人叫救護車了，不要動他。」

純「好……」

男性「他是妳朋友？」

純「不是……」

純看著乃木，他吐氣，白色的霧氣撲到純的臉上。

純「乃木？」

乃木沒有回應純如同呢喃般的呼喊。耳機流洩出小小的聲音。

乃木已經沒有呼吸了，純看著他。

#16 酒廠（昏）

救護車開進酒廠。

武志被搬上擔架抬走。

美津跟著他上救護車。

酒廠的員工們在一旁看著這個情景。

天空下著小雪。

#17 殯儀館（日）

禮廳中央放著武志的遺照。

邦夫、裕子和良彥坐在家屬座位。

良彥穿著制服，其他人都一身喪服列席。

到場賓客一個個來燒香，良彥面無表情看著他們。

良彥變了一個表情，他眼睛盯著賓客。

良彥對身邊的裕子講悄悄話。

良彥「姊。」

裕子湊近耳朵。

良彥「抱歉，我去大便。」

裕子點點頭。良彥匆匆忙忙離開禮廳。

×××

禮廳外，路上杳無人煙。

良彥衝了出來。

良彥「櫻子。」

穿著制服、走在前面的櫻子停下腳步回頭。

良彥「櫻子。」

櫻子低下頭，然後抬頭看良彥。

良彥「妳頭髮長長了。」

櫻子摸摸自己的頭髮。

櫻子「純說兩邊喪禮撞天，她沒

辦法抽身，所以要我代她來。」

良彥　「謝謝。」

櫻子搖頭。

櫻子　「我該說些什麼？我不知道。」

良彥　「什麼都不用說。」

櫻子　「你可以跑出來嗎？」

良彥　「應該是不太好。」

櫻子　「那你快回去。」

櫻子伸手指向禮廳，往後退一步。

良彥　「櫻子，我……」

良彥一時語塞。

他反射性用手臂遮住雙眼。櫻子嚇了一跳。

良彥哭了起來，櫻子輕輕靠近他，手搭在他肩膀上。

良彥　「不是的。」

櫻子　「怎麼了？」

良彥　「我竟然覺得很高興。」

良彥硬是擠出聲音來。

良彥　「我都不知道老爸死了自己難不難過，但看到櫻子……」

良彥沒有說下去。櫻子緊緊抱住他的頭。

櫻子　「抱歉，我做了很卑鄙的事。」

良彥哽咽，櫻子用力抱住他。

他們維持這個姿勢一段時間。

良彥漸漸恢復冷靜，櫻子也鬆開手。

良彥　「我要走了。」

良彥雙手拉住她的雙手。櫻子也緊緊拉住他。

良彥　「今天應該有很多話是不該說的。」

櫻子　「嗯。」

良彥　「希望妳等我。」

櫻子　「嗯。」

良彥放開手，跑去禮廳。

櫻子看著他的背影。

（完）

衍生文本③

櫻子／純

這一篇是櫻子和純在回想過往時的對話，第一天使用劇本拍攝時（有對話的場景），我們提供了這篇衍生文本給她們練習。

○咖啡簡餐店（日）

純坐在店裡玻璃牆邊的吧台座。

櫻子拿著咖啡歐蕾的紙杯走進來。

事先替櫻子佔位子的純替她清空位子。

櫻子　「對不起。」

純　「不會啦。」

櫻子　「我忘記要做大紀的便當了。」

純　「大紀今天也要上課嗎？」

櫻子　「是補習班的模擬考。」

純　「好辛苦啊，他才小學五年級吧。」

櫻子　「對啊，我也沒有很贊成他

國中就要用考的。」

純　「良彥他……」

櫻子　「嗯。」

純　「他從以前就常常會想得很遠很遠呢。」

櫻子　「嗯……」

純　「怎麼了？」

櫻子　「妳這樣說，我反而就很多事說不出口了。」

純　「妳有想說什麼嗎？」

櫻子　「不知道，我也不知道自己是不是有話想說。」

純　「嗯。」

櫻子　「有時候就覺得奇怪，那件事什麼時候決定的？我們談過嗎？」

純　「妳希望他先詢問妳。」

櫻子看著純，又看向窗外。

櫻子　「就算問了，那麼久以後的事我也說不準。」

純　「呵呵。」

櫻子　「所以我也懂他為什麼不再問我了，懂歸懂……怎麼了？」

純　「沒有啊，太懂彼此也不錯嘛。」

櫻子　「什麼意思？」

純　「你們是好的平衡，良彥、櫻子和大紀。」

櫻子　「有嗎？」

純盯著櫻子的臉龐。

櫻子注意到純的視線。

櫻子　「不要用這樣的眼神看我。」

純　「什麼眼神？」

櫻子　「媽媽的眼神。」

純　「我只是覺得妳整個人好有媽媽樣。」

櫻子　「現在想想確實很神奇，妳也結婚了。」

純　「妳很有感嗎？」

櫻子　「妳說當媽媽嗎？」

純　「嗯。」

櫻子　「不太有，不過在打掃家裡的時候……」

純　「嗯。」

櫻子　「玻璃窗不是會出現自己的倒影嗎？」

純　「嗯。」

櫻子　「我有時候看到會倒抽一口氣。」

純　「喔？覺得自己老了？」

櫻子　「才不是。」

純　「哈哈。」

櫻子　「不是這個意思。」

純　「我們半斤八兩吧。」

櫻子　「玻璃上不是會有自己的倒影嗎？」

純　「嗯嗯。」

櫻子　「我心想『啊啊，我正在打掃家裡啊』。」

純　「什麼啦。」

櫻子　「妳不記得了嗎？」

純　「什麼？」

櫻子「妳國中的時候說過啊，來我家玩的時候。」

純「啊啊，我勸妳要整理乾淨，妳還記得啊。」

櫻子「妳不是這樣說的。」

純「我說了什麼？」

櫻子「妳說『櫻子的房間好像二手用品店』。」

純「對啊、對啊，很慘烈。」

櫻子「沒禮貌。」

純「抱歉抱歉。」

櫻子「然後我們開始討論二手用品店是什麼。」

純「還騎腳踏車去了。」

櫻子「那是我們第一次雙載耶。」

純「對啊，到了店裡妳還問說『我的房間長這樣？』」

櫻子「就髒兮兮的啊，毫無關聯的東西亂七八糟擺在一起。」

純「吉他旁邊是電鍋櫃呢。但是妳的表情很經典喔。」

櫻子「我好震驚，想說『這就是我房間啊』。」

純「妳接受這個說法了。」

櫻子「我有時候會想到這件事。」

純「妳記得真清楚啊，櫻子。」

櫻子「那是我的內心創傷，會出現閃回症狀。」

純和櫻子笑了笑。

純「走吧，電影要開始了。」

櫻子「嗯。」

兩人離開座位。

（完）

衍生文本④

芙美／河野

這一篇主寫芙美與下屬河野。在修訂劇本前，有一場河野再次對芙美傳情表意的戲，本篇是在「鋪陳」這場告白戲。

（正片劇情約一年前）

#1 設計事務所（夜）

公司裡的人寥寥可數。河野慌慌張張地收拾自己的辦公桌。

男性前輩對河野說。

前輩「河野～」

河野「是。」

前輩「我問你，你現在有空嗎？」

河野「啊，不好意思，今天不方便。」

前輩「沒空嗎？」

河野「我有事。」

前輩「是喔，那就算了。」

河野「對不起，先失陪了。」

河野拿著自己的包包和外套，小跑步離開。

#2 街頭（夜）

公司前的一條大馬路。河野邊走邊打電話。

河野「喂？塚本小姐，不好意思，

我剛出公司……好，我知道了……我要去搭地下鐵了，應該半小時可以到店裡，我盡快……好，謝謝……好……好，知道了。」

河野掛掉電話。

他快步走下地下鐵的樓梯。

#3 居酒屋前・街頭（夜）

河野從遠處走過來。

他看到芙美在店門口。

河野小跑步來到芙美身邊，低頭鞠躬。

#4 居酒屋・店內（夜）

店裡人聲鼎沸，河野和芙美面對面坐。

桌上還剩下少量吃剩的餐點。

兩人都有點醉意。

芙美　「河野啊。」

河野　「是。」

芙美　「你有沒有想過要辭職？」

河野　「這麼突然。」

芙美　「你在公司裡不是常被罵嗎？尤其是被我罵，你都不會有怨言嗎？」

河野　「嗯，不曉得耶。我跟一般人一樣啊，只是這樣講也不太對，反正我是有怨言沒錯。」

芙美　「我想也是。」

河野　「但我沒有想過要辭職。」

芙美　「為什麼？」

河野　「該說是大家都很善良嗎？或者說我覺得別人肯罵我是看得起我？」

芙美　「這種想法有點傳統吧？」

河野　「會嗎？我是真心的喔。別人肯罵我，代表我還有潛力，或者是認為我還有改進的空間。」

芙美　「這也沒錯。」

河野　「這基本上滿值得高興的啊。」

芙美　「喔？或許吧。」

河野與芙美眼神交會。

河野　「妳想問的不是這個嗎？」

芙美　「也不是這樣說。」

河野　「不好意思，總覺得我表達得不夠清楚。」

芙美打斷他。

芙美　「河野啊。」

河野　「是。」

芙美　「這次你真的很努力，我也很感謝你。」

河野　「謝謝稱讚，今天又讓妳請客了。」

芙美　「請客無所謂，畢竟我是前輩。」

河野　「好。」

芙美　「可是啊，總覺得你太乖乖牌了。」

河野　「乖乖牌嗎？」

芙美　「乖乖牌，抱歉，我找不好

更好的說詞，而且我已經醉了，可能會變得很盧。」

河野「不會。」

芙美「我當然不是在說乖乖牌不好。」

河野「嗯，我知道。」

芙美「但是你可以再衝一點吧？」

河野「喔。」

芙美「如果公司的前輩，當然也包括我，如果我們不能讓你服氣，你最好說出來。」

河野「好。」

芙美「你懂我的意思嗎？」

河野「應該懂。」

芙美「我猜你一定無法接受這次標題放的位置。」

河野「嗯。」

芙美「這是我的感覺。」

河野「嗯~服氣嗎？老實說我可能不是很清楚自己服不服氣。」

芙美「看你的表情就知道了，你都寫在臉上。」

河野「真的假的？」

芙美「真的。」

河野「不好意思。」

芙美「為什麼要道歉？」

河野「沒有啦。」

芙美「所以你不服氣就不服氣沒關係，我甚至覺得能夠不服氣是很難得的。」

河野「會嗎？」

芙美「對啊，不服氣代表心中感覺到有什麼蹊蹺。到這邊還可以嗎？」

河野「可以。」

芙美「工作上很難事事都服氣的，執著於服氣只會讓自己難做事。簡單來說，事事都講求服氣的話，根本無法前進。」

河野「對。」

芙美「可是攸關工作品質的，像是設計啦、字型啦、配色啦，如果你覺得不服氣，代表它們應該是不合格的。」

河野「喔。」

芙美「懂嗎？」

河野「不太懂。」

芙美「好，我解釋一下。我跟你說，你不服氣這件事……」

河野「嗯。」

芙美「至少代表了廣告的受眾可能看不懂。」

河野「啊，我好像懂。」

芙美「對吧？畢竟你也可能是廣告的受眾，也可能是客人。」

河野「啊啊，是說跟我一樣的一般客人可能看不懂嗎？」

芙美「對，沒錯。」

河野「是喔。」

芙美「這件事非常重要。」

河野「很重要嗎？」

芙美　「因為啊，比起一般人，我們不是長年一直在看廣告，也不斷在思考嗎？」

河野　「對。」

芙美　「這是優點也是缺點，我們解讀廣告的能力比一般人更高。」

河野　「啊，我懂，我進公司的時候也很意外，覺得大家都好厲害，我看廣告都不會想那麼多。」

芙美　「對吧，解讀能力對於廣告品質當然很重要，可是歸根究柢，重點還是看到廣告的人會不會有興趣、會不會想買商品，用一個比較怪的詞來形容，就是一定要有熱情啊。」

河野　「有熱情不容易啊。」

芙美　「真的要靠熱情啊，看到這個廣告時，彷彿能看到某種熱度，某些想傳達的訊息，只看教科書是做不出這種廣告的。」

河野　「喔～是喔？」

芙美　「就是啊，我們常常不小心就照教科書或前例去構思設計與文字排版不是嗎？比方說前田之類的。」

河野　「前田前輩啊，對喔，他常常說某個廣告是這樣排的所以要這樣。」

芙美　「前田的做法當然也可行，可是怎麼說呢？要是讓我來，我還是想做出最好的。」

河野　「好棒喔。」

芙美　「這種時候的最大武器，搞不好就是想傳達些什麼的心意，很神奇吧。」

河野　「我懂，用心的廣告還是會讓人忍不住想看。」

芙美　「喔，河野，你這不是聽懂了嗎？」

河野　「謝謝。」

芙美　「要是能做出那種廣告，廣告設計和字型不照教科書走或許也可行，因為這種廣告本來就很吸睛。」

河野　「原來如此。」

芙美　「我說啊。」

河野　「啊，不好意思。」

芙美　「我不喜歡『原來如此』。」

河野　「是，不好意思。」

芙美　「請你在面對笨客戶的時候再用這個詞。」

河野　「好。」

芙美笑了，河野也跟著露出笑容。

芙美　「我說歸說，但現實總是不順利啊。」

芙美指著河野的空玻璃杯。

芙美　「你要喝什麼？」

河野　「啊，那我要生啤。」

芙美「不好意思～」

芙美叫了店員。店員走過來。

芙美「一杯生啤，然後我要黑糖燒酒加冰。」

河野看著芙美點餐。

店員「好的。」

店員離開。

河野「塚本小姐。」

芙美「怎樣？」

河野「妳酒量真好。」

芙美「倒也還好。」

河野「還好嗎？」

芙美「我自己也搞不清楚。」

過了一段時間。

芙美一口喝光自己杯子裡剩下的酒。河野開口。

河野「塚本小姐。」

芙美「怎樣？」

河野「我喜歡妳。」

芙美「嗄？」

河野「非常喜歡。」

兩人陷入沉默。

芙美「河野。」

河野「是。」

芙美「我先跟你說聲謝謝。」

河野「啊，不會。」

芙美「我很高興。可是啊，河野。」

河野「是。」

芙美「你知道我已婚有先生了吧？」

河野「對，我知道。」

芙美「那你有什麼打算？」

河野「嗯？」

芙美「你跟我告白是想怎麼樣？」

河野「想怎麼樣嗎？嗯～」

芙美「從我先生手中橫刀奪愛、讓我們離婚之類的。」

河野「我好像沒有想那麼遠。」

芙美「這不行吧。」

河野「對不起，就覺得妳實在太棒了，忍不住。」

芙美「蠢蛋。」

河野「對不起。」

芙美「你幾歲？」

河野「今年25。」

芙美嘆了口氣。

芙美「那好像也不能怪你。河野啊。」

河野「是。」

芙美「有時候看到小我一輪的人，我都覺得是小朋友。」

河野「嗯。」

芙美「但你是個男人，是個成年男性，這是不變的。」

河野「對。」

芙美「就某層意義來說，男生對女生告白等於是在描繪未來的藍圖。」

河野皺起眉頭。

芙美「你聽不懂吧？」

河野「不是很懂。」

芙美「我想也是，告白的意思就是，希望彼此能夠成為情侶，或者未來可能有結婚的一天。」

河野「對啊。」

芙美「我們的社會情境就是這樣，以日本來想，男方的愛的告白依然是種為女方描繪出幸福未來的行為。」

河野沉默不語。

芙美「女方則是在猜想跟這個男的在一起或許能得到幸福，算是得到一種希望。」

河野「喔。」

芙美「我沒有覺得你的心意很膚淺，不過我認為愛的告白，就等於是在凝視女方的未來。」

河野「是。」

芙美「然後基本上，你在告白前沒有思考我們的未來，會讓我感覺沒什麼重量。」

河野「對不起。」

芙美「沒關係，你還年輕。你可以多失敗幾次，好好受傷。」

河野「感覺好深奧喔。」

芙美「哪裡？」

河野「我可能沒發現對女性告白的意義這麼重大，頂多覺得多告白幾次，也不至於惹對方不開心。」

芙美「男生可能是吧。」

河野「我應該是為了更了解對方而告白的。」

芙美「年輕時無所謂啊，不要重蹈覆轍就好。」

河野「長知識了。」

芙美「喂，我要收學費喔。」

河野「啊，對耶，不好意思。」

芙美笑了笑。河野臉上泛紅。

店員送酒來，芙美和河野接過酒。

芙美「好，忘記這些吧，來乾杯。」

河野「還要乾嗎？」

芙美「我說乾就乾，提起精神來。」

芙美和河野舉起酒杯。

芙美「河野，你往後的人生大概還有很多磨難，好好加油。」

河野「好，我會加油。」

芙美「乾杯！」

河野「乾杯！」

兩人將杯子碰在一起，並以自己的速度喝酒。

芙美「美味。」

芙美和河野都笑了。

衍生文本⑤

拓也／梢

拓也和梢在文學獎落選後，離開搭電車。原本的劇本中，有一段明里在車站目睹兩人獨處的場景。

#1 月台（夜）

月台上乘客三三兩兩，拓也和梢並肩而立。

梢的頭上戴著紅色針織帽。

兩人之間沒有對話。拓也開口。

拓也　「天氣……」

梢　「什麼？」

拓也　「暖和很多了。」

梢　「咦？有嗎？」

拓也　「咦？很冷嗎？」

梢　「可能不算冷吧，但是……」

拓也　「但是？」

梢　「塚本先生，你沒話可以聊嗎？」

拓也　「怎麼這樣講……」

拓也一時語塞。梢忍不住露出微笑。

梢　「不好意思。」

拓也　「所以妳是覺得我在顧慮妳。」

梢　「對啊。」

拓也　「真讓人不爽。」

梢　「不是，我很感謝你的關心沒錯，但你好像不太機靈。」

拓也笑了笑。

拓也　「能勢小姐。」

月台傳來廣播聲。兩人暫不作聲。

梢　「怎麼了？」

拓也　「以前公司的前輩也這樣講過我。」

梢　「真的嗎？」

拓也　「說我雖然貼心卻一點都不機靈，可見我都沒變啊。」

電車進站。

梢　「不好意思。」

拓也　「嗯？」

拓也笑了笑。電車靠站，兩人上車。

#2　行駛中的電車（夜）

電車在夜晚的街道上行駛。

×　×　×

車內乘客寥寥可數。拓也和梢在四人對座的座位區並肩而坐。

梢看著上方若有所思。

梢　「塚本先生，你覺得我哪裡不好？」

拓也　「不好？沒有不好吧。」

梢　「神田文學獎落選第三次了。」

拓也　「嗯。」

梢　「而且連續兩年。」

拓也　「能被提名三次也不簡單啊。」

梢　「你覺得《東北靈異無線電塔》怎麼樣？」

拓也　「嗯，我覺得很厲害。」

梢　「很厲害？喔？哪裡厲害？」

拓也　「大地震這個主題很大一部分是在叩問作家的個人立場。」

梢　「這閃不掉的。」

拓也　「嗯，作家不能假裝天下太平，既要真誠面對，又不能太正經八百，還要把作品寫成人人能讀的大眾文學，這件事本身就很有力量了。」

梢　「人人能讀有這麼重要嗎？」

拓也　「我講的只是價值標準。」

梢　「我想聽你的標準。」

拓也看向梢。

梢　「它比《白玉》好嗎？」

拓也　「沒辦法單純……」

梢　「算了，對不起。」

兩人陷入沉默。拓也嘆了口氣。

拓也　「當然是《白玉》比較好啊。」

梢看向拓也。

拓也　「這樣比來比去的蠢斃了，淵上美奈子根本藐視文學也藐視這個世界。」

拓也看向梢。

拓也　「不是說只要舉著撫慰人心的大旗想怎樣都可以耶，語言輕輕鬆鬆就可以歪曲世界，不要濫用語言是作家的基本倫理吧。別以為用什麼祝福祈禱之類的說詞就可以蒙混過去，那根本是以小說為名的家家酒。」

梢笑了，她拍拍拓也的手。

拓也　「要是評審不懂這些，我可不想與他們同流合汙，明年就拒絕提名吧。」

梢　「塚本先生，為什麼你剛剛不用這個氣勢替我說話啊？」

拓也　「名次公布之後才講這個太難堪了吧，落選的能勢梢的編輯，在宴會上痛批得獎人淵上小姐。」

梢　「不好意思，老實說，你剛剛讓我七竅都生煙了。」

拓也　「我嗎？」

梢笑了笑。

梢　「我想說我一定要離開你。」

拓也　「能勢小姐，做事要看場合的，我又不是瘋狗，我不會不顧三七二十一見人就咬啊。」

梢　「但是你可以更愛護自己的作品一點吧。」

拓也看向梢。

梢　「怎麼了？」

拓也　「真是抱歉。」

拓也深深一鞠躬。

拓也　「我應該要發脾氣的，我不該嘻皮笑臉。」

梢　「沒關係了。」

拓也抬起頭。

拓也　「妳可以相信自己的才華。」

梢　「不用你說我也相信。」

拓也　「也對喔。」

拓也笑了笑。

梢　「那才不是才華，我一直在努力，沒有一天休息。」

拓也　「對啊。」

梢　「我是相信自己的，你呢？」

拓也　「我相信妳的才華。」

梢　「不是。」

拓也　「咦？」

梢　「你真的相信自己嗎？」

拓也看向梢。

拓也　「我相信自己的眼光，沒有懷疑過。」

梢看向拓也。

梢　「以後也請你多多指教。」

梢也鞠躬。拓也也鞠躬。

拓也　「我也是。」

兩人抬起頭來，相視而笑。

電車行駛中。

梢拿下針織帽聞了一聞。

拓也　「怎麼了？」

梢　「啊，沒什麼，無聊的小事。」

拓也　「怎麼了？」

梢　「沒什麼，就我今天在發表會場一直很緊張。」

拓也　「嗯嗯。」

梢　「緊張到滿身大汗，還有手汗之類的。」

拓也　「嗯嗯。」

梢　「所以我想知道帽子是不是也很臭，就這樣。」

拓也　「咦？」

梢　「我在等結果的時候也一直戴著帽子，所以應該吸了很多汗，我猜大概很臭。」

拓也　「喔。」

梢　「不好意思。」

拓也　「不會，我已經習慣妳不按常理出牌了。」

梢　「不好意思。」

拓也　「不會，可以問一下嗎？」

梢　「什麼？」

拓也　「妳不戴其他類型的帽子嗎？」

梢　「針織帽是我唯一喜歡的帽子，其他帽子都不適合。」

拓也　「不至於吧。」

梢　「我的頭形不好，沒辦法戴有帽簷的那種。」

拓也　「會嗎？」

拓也看著梢的頭形。

梢　「我有很多頂針織帽。」

拓也　「同款的？」

梢　「這一頂是我很喜歡的。」

拓也　「妳很久以前就在戴了。」

梢　「對。」

拓也　「去年也是。」

梢　「對，神田文學獎的時候我都是戴這頂。」

拓也　「為什麼？」

梢　「你不覺得這個人腦筋有問題嗎？」

拓也　「幹嘛這樣說？不會啊。」

梢　「唉呀，怎麼辦？嗯，算了。」

拓也　「嗯。」

梢　「我今年不是第三次落選嗎？」

拓也　「嗯嗯。」

梢　「五年前第一次被提名也是戴這頂。」

拓也　「是喔？」

梢　「結果落選了。」

拓也　「喔？那次是我們第一次見面，妳這樣說起來好像真的有戴。」

梢　「沒錯，然後我覺得很對不起它。」

拓也　「喔？」

梢　「以後看到它我就會想到『啊，是落選時戴的』不是嗎？」

拓也　「嗯。」

梢　「但帽子是無辜的。」

拓也笑了笑。

梢　「因此我想戴它領獎，為了它我想得獎。」

拓也　「這樣很好啊。」

梢　「但可能很臭。」

梢把鼻子湊到針織帽上。

拓也　「可以借我嗎？」

拓也的鼻子靠近帽子。梢遞出帽子。

拓也　「嗯嗯……」

梢拍打拓也。

梢　「什麼意思！」

拓也　「不是啦，好像有種老東西的味道。」

梢　「真的假的？」

梢聞了一聞。

梢　「確實是讓人心神安定的味道。」

兩人都笑了。

梢　「你為什麼都對我用敬語講話？」

拓也　「咦？有嗎？我只是會叫妳小姐吧。」

梢　「可是你不是吼過我『能勢』？」

拓也　「那是因為……我那時候還不成熟，除了吼人不知道能怎麼辦。」

梢　「不，不管誰遇到失聯一星期的情況都會那樣的。」

拓也　「但有手段的人還是能處理得很俐落。」

梢　「可是我不想被俐落地處理掉。」

拓也　「嗯。」

梢　「否則你會失去你的優點喔。」

拓也　「什麼啦。」

梢笑了笑。

梢　「說起來，我們已經認識五年了啊。」

拓也　「對啊。」

梢　「你覺得我怎麼樣？」

拓也　「咦？」

梢　「我寫得比以前好嗎？」

拓也　「妳不要問我。」

梢　「為什麼？」

拓也　「我都告訴自己要盡量保持客觀，但誰知道是不是真的客觀。」

梢　「是嗎？」

拓也　「我一直覺得妳的作品是第一名的傑作。」

梢看向拓也。拓也看向梢。

梢　「我同意。」

拓也笑了笑。梢看向前方。

拓也　「什麼啦。」

梢　「所以反而好像怕怕的，儘管我自認一直在進步，別人卻不會這樣說。」

拓也　「嗯……」

梢　「我遇到你的時候，你不是說我的小說很像什麼洞窟嗎？」

拓也　「對，我確實有講。」

梢　「下一部的時候，你說像是豎穴式石室。」

拓也　「對。」

梢　「現在我自認是公寓或大廈這個等級的，至少進化成小套房了。」

拓也　「嗯……」

梢　「感覺終於是個可以正式迎賓待客的空間了。」

拓也　「嗯。」

梢　「不過神田文學獎好像不喜歡小套房，也不是不喜歡，而是認為客廳得更舒適一點，舒適到讓人想住下來。」

拓也　「不對。」

梢看向拓也。

拓也　「這樣講就全錯了，妳在洞窟裡就好。」

梢　「你的意思是……」

拓也　「我不是說以前的妳比較好。妳不用離開洞窟，只要不斷往前進就好，一直前進就會走到巨大的鐘乳石穴。」

梢不發一語。

拓也　「我們不必主動邀請別人來作客，只要給他們蠟燭就好，蠟燭我會給。只有願意親自走訪，在黑暗中前進到洞穴深處的人，才能看到最美的風景，妳的小說就是這種小說吧。」

梢　「原來如此。」

拓也　「這是我的想法。對我而言，妳一直是在往洞窟的深處前進，這樣很好。」

梢　「我繼續跟你合作下去，大概這輩子都不會紅。」

拓也一時語塞。電車速度變慢。

拓也　「可能吧，我不否認。」

梢站起身，然後低頭鞠躬。

梢　「今天真是對不起。」

拓也　「對不起什麼？」

梢　「我本來想拿獎讓你高興的。」

拓也無言以對。

梢　「晚安。」

電車停下來，車門打開。梢準備下車。

拓也　「明年的提名可以不用拒絕吧？」

梢下了車，朝電車行進方向走。車門關閉，電車以緩慢的速度出發。

電車與梢平行前進，拓也和梢四目相交。

梢揮揮手，拓也也揮揮手。

梢小跑步起來，跟著電車前進揮著手。

拓也笑了笑。梢也笑了。

電車駛過了梢。拓也獨自被留在車廂內。

×××

月台上的梢看著電車離去。

衍生文本⑥

芙美／拓也

這篇衍生文本寫的是芙美和拓也交往前到交往的時間，原始劇本的芙美從事的是「設計公司」的工作。

（2007年）

#1 有文社（日）

拓也（26）站在主管廣瀨（44）的桌前。

拓也　「我不要。」

廣瀨呆若木雞。

廣瀨　「塚本，這不是說不要就可以不要的工作耶。」

拓也　「那讓我辭職吧。」

廣瀨　「啊，這樣就辭職。」

拓也　「我已經說服自己很多次了，但這次真的不行。」

廣瀨　「這麼排斥嗎？你想做小說？」

拓也　「想歸想，但是沒辦法，我知道這不能勉強。我們公司不會分那麼多人手給文學部，而且我知道自己還在培訓期。」

廣瀨　「這樣的話……」

拓也　「但是憑什麼要我去遷就老闆的個人嗜好？」

廣瀨　「這樣說也沒錯，但我們就是員工啊。」

拓也　「你說他的動機是什麼？」

廣瀨　「老闆看了連續劇《華麗一族》，他說劇中的神戶市電長得四不像，真正的神戶市電才不是那樣。」

拓也　「太沒效益了吧？這個時代誰要買市電的歷史書啊？」

廣瀨　「塚本，你不要小看電車迷的購買力，看看雜誌《DeAGOSTINI》就知道了。」

拓也　「這個企畫的誕生根本毫無根據，全憑老闆的直覺，連市場調查都沒有。」

廣瀨　「那你去跟老闆講啊。」

拓也　「好。」

拓也離開座位站起來。

廣瀨　「等等、等等、等等。」

廣瀨追了上去。

廣瀨　「塚本，我同意不是每個人都非得勉強自己不可，但是隱忍也很重要，你現在辭職也做不了任何自己想做的事。」

拓也沉默不語，他放慢了腳步。

廣瀨　「從東京來看我們公司是很小沒錯，不過在關西，我們的業務涵蓋最廣。你離開這裡還能去哪裡？連這裡都混不下去的人，去東京能有什麼作為？難道要從打工仔開始做起嗎？」

廣瀨抓住拓也的肩膀。

廣瀨　「怎麼樣？老闆親自點名你負責，代表你深受青睞嘛，接下這個任務絕對不會有壞處的，懂了嗎？懂了吧。」

廣瀨拍拍拓也的肩膀後離去。

#2　拓也的公寓（夜）

拓也打開門。美希（26）在廚房裡。

拓也　「我回來了。」

美希　「你回來啦。」

拓也脫了鞋，一頭栽進沙發裡。

美希　「怎麼了？」

拓也趴著沒有回答。

美希走了過來，蹲在拓也身邊。

拓也　「累死了。」

美希　「是喔。」

美希摸摸拓也的頭髮。

美希　「啊，白頭髮。」

拓也　「好痛。」

美希拔了拓也的白髮。

拓也　「不要拔啦，會變多耶。」

拓也一把將美希的肩膀摟過來。

美希在拓也的耳邊說。

美希　「又被廣瀨修理了？」

拓也　「不是。」

拓也坐起來。

拓也　「我一直把他講得那麼壞嗎？」

美希搖頭。

美希　「沒有講得很壞，可是……」

拓也　「可是？」

美希　「講得有股苦悶感。」

拓也再次仰躺倒進沙發裡。

拓也　「好丟臉啊。」

美希　「辛苦了辛苦了。」

美希摸摸拓也的額頭。

拓也一把摟住美希，兩人都跌下沙發。

兩人在地上相擁。

（兩個月後）

#3　芙美的公司（日）

芙美的公司。拓也和芙美對坐一桌。

芙美的主管山本（38）在她旁邊，桌上放著打樣稿。

芙美　「你如果沒有心，為什麼還要忙這些？」

拓也看著芙美。

拓也　「我很意外妳會這樣說。」

芙美　「塚本先生，我可以直話直

說嗎？」

拓也　「好。」

芙美　「講真的，我感覺不到你對這本書的愛。」

拓也　「愛？」

芙美　「你可能會覺得我講話太天真，但這對我而言很重要。」

拓也　「不是吧。」

芙美　「什麼？」

拓也　「我不能接受妳用這種無法量化的指標責怪我。」

芙美　「量化？」

拓也　「西村小姐，追根究柢而言，妳也無從判斷我對這份工作是否有愛。如果是更具體地批評內容或發案方式，我還能理解。」

芙美　「你覺得我看不出來嗎？」

拓也　「具體而言妳指的是哪方面呢？」

芙美　「全部。」

拓也　「全部嗎？」

芙美的主管山本在她身邊雙手抱胸，聽兩人對話。

芙美　「我是經手設計的，所以自然也讀了整本書。即便不懂市電，讀起來還是很有趣，那些事都發生在我出生之前，我確實有很多收穫。」

拓也　「嗯。」

芙美　「書裡不但收錄很多資料，名人寫的市電回憶文也是本書一大精華。但老實說，我不懂為什麼現在要做這本書。」

拓也無言以對。

芙美　「以前肯定也出過市電的書，這本書和以前的有什麼不同？它有什麼新意？我完全看不出來。」

拓也　「嗯。」

芙美　「而且聽你說『封面就用有流行感的插圖好了』我也覺得莫名其妙。」

拓也　「不不不，我不是那樣講的吧？」

芙美　「在我耳裡就是這個意思，你是不是認為這本書雖然沒什麼新的內涵，但只要外觀有點流行感，應該還是會賣？」

拓也　「那是……妳的詮釋吧？是妳先問我目前的方向性，我才說『欸，放照片太老套了，好像可以改用插圖之類的』。」

芙美　「我並不是反對封面插圖，不過對於想買這本書的人而言，我想像不出什麼插圖能比實際的電車照更吸引人。」

拓也　「那單純是妳想像力的問題

吧？」

芙美「那你到底是想像了什麼？你想讓誰買這本書？你想讓誰來讀？」

山本「西村，妳有點逾越分際了。」

芙美看向山本。

山本「塚本先生，不好意思，請再多分享一點你的想法。」

山本對塚本鞠躬。

拓也「不會……」

芙美「山本先生，不好意思，請容我再說一句。」

山本看著芙美，皺起眉頭。

芙美「我很喜歡和塚本先生合作，雖然加上這次才第二次，但是上一次我的想法是『有一個很有熱忱的人進了有文社』。」

拓也看著芙美。

芙美「我講這些是因為兩次的落差未免太大了，感覺你沒有盡力，這樣不但書很可憐，買書的讀者也是。」

山本嘆了口氣。

芙美「書的內容想必已經不能改了，所以我會竭盡全力透過設計讓更多人產生興趣。但是，成品應該可以更好的。」

拓也「嗯。」

芙美「我相信你下次一定做得到，這些話我不是逢人就說的。希望我們還有合作機會，我們是承包方沒錯，但我想雙方是對等的。」

拓也「當然的。」

芙美「一切都是我的一廂情願，但身為虛長你幾歲的工作夥伴，我決定據實以告。」

山本「苦口婆心啊。」

芙美斜眼瞪山本。

拓也「謝謝妳。」

拓也鞠躬，久久沒有抬頭。

芙美和山本看著拓也。拓也抬起頭。

拓也「關於插畫的提案，等你們轉介插畫家之後就有點騎虎難下了，所以我們先從選照片開始吧，採用封面插畫也是需要參考照片的。」

芙美「好。」

拓也「重拍新的照片可能比較好，御崎公園還有保存原始車輛。」

芙美「書裡有寫呢。」

拓也「對，封面的提案請讓我再考慮一下，再麻煩你們了。」

芙美「麻煩你了。」

芙美鞠躬。山本也抱著胸鞠躬。

＃4 御崎公園（日）

拓也和芙美站在神戶市電的展示車輛前。

部分車體蓋上了藍色塑膠布。

拓也走向管理事務所詢問職員。

拓也　「不好意思，那塊藍色塑膠布是……」

職員　「啊，玻璃被打破了。」

拓也　「喔？」

職員　「大概是前天吧，新聞有播喔，你不知道嗎？」

拓也　「不知道。」

芙美在附近看著拓也。

拓也　「好像是玻璃破了。」

芙美　「還好有來場勘。」

拓也　「咦？」

芙美　「就說還不用請攝影師來吧？」

芙美笑了笑。

拓也　「對。」

拓也笑了笑。

＃5　遠濱公園（日）

芙美和拓也一起來到公園。

一群來遠足的小孩發出喧鬧聲。

芙美和拓也並肩眺望大海。

＃6　行駛中的電車（日）

車廂內。拓也和芙美搭乘電車。剛剛那群去遠足的小孩也在同輛電車上。

拓也　「不好意思，在妳繁忙的時候還讓妳白跑一趟。」

芙美搖頭。

芙美　「沒關係，能看到大海就夠了。」

拓也　「妳喜歡海嗎？」

芙美　「有人討厭的嗎？」

拓也　「我姊就很討厭。」

芙美　「為什麼？」

拓也　「她以前溺水過。」

芙美　「是喔。」

拓也　「我家離海很近，我們常跑去海水浴場。那時候我姊小六，我小四，她被很大的浪捲走了。」

芙美　「後來呢？」

拓也　「我游過去救她，家長都不在。我們是自己去的。」

芙美　「喔？小四的體型還很小吧？你姊姊小六的話很不好救耶。」

拓也　「我就是拚了命。」

芙美　「喔？你姊姊有很感謝你嗎？」

拓也　「我們都不會聊這件事了，我提這個也像是在邀功一樣。」

芙美　「你姊對你好嗎？」

拓也　「怎麼說呢？這個嘛……應該都滿支持我的。」

芙美　「她一定很感謝你，要是沒有你，她就不在人世了。」

拓也　「太誇張了。」

芙美　「有嗎？」

電車抵達月台。

帶隊老師帶領小孩們下車。

拓也　「西村小姐，妳有兄弟姊妹

嗎？」

芙美　「一個妹妹。」

拓也　「感情好嗎？」

芙美陷入沉思，接著露出笑容。

芙美　「很極端。」

拓也　「咦？」

芙美　「好的時候非常好，壞的時候也是。」

拓也　「啊。」

拓也發現座位上留下了一個麵包超人的隨身包。

所有小孩都下了車，其中一人扭過頭回到車上。拓也和芙美注意到他。

小孩拿起留在座位上的麵包超人隨身包。

小孩準備下車的時候車門就關上，他下不了車。

電車駛出，帶隊的老師渾然不覺。

小孩的臉皺成一團，開始掉眼淚。

拓也靠近他。

小孩嚎啕大哭。他一哭，拓也立刻把他抱起來。

拓也　「好乖好乖，沒事了。」

小孩放聲大哭。芙美走過來。

拓也搖晃小孩，試圖安撫他。

拓也　「沒事沒事，我們下一站回去，大家都會等你喔。」

拓也摸摸小孩的頭。小孩把額頭靠在拓也肩上哭。

芙美　「有沒有什麼遠足通知單？上面一定有寫緊急聯絡人。」

拓也　「嗯嗯。」

小孩在驚慌狀態中哭個不停。

拓也摸摸小孩的背部。

拓也　「你有通知單嗎？通知單，遠足的。」

小孩繼續哭。拓也看向他的隨身包，看到一本露出頭來的手冊。

拓也　「在裡面。」

芙美　「抱歉我拿一下喔。」

芙美的手探進隨身包。小孩繼續哭，緊緊抱住隨身包。芙美笑了笑。

鼻水從拓也的肩膀牽絲牽到小孩的鼻子上。

芙美拿出自己包包裡的面紙，幫小孩擦掉鼻水。

芙美　「可以嗎？」

拓也　「麻煩妳了。」

芙美擦去拓也肩膀的鼻水。兩人都笑了。

芙美　「來，擤一下。」

芙美把面紙覆在小孩的鼻子上。

拓也　「沒事沒事，我想想……你的幸福是～什麼～♪[5]」

拓也開始唱歌。芙美笑了笑，接著唱下去。

芙美　「你喜歡做～些什麼～♪」

兩人小聲唱歌安撫小孩。

小孩漸漸不哭了。

兩人　「什麼都不知道～就此結束～

我才不要～這樣！」

拓也輕輕從小孩手中抽出隨身包。

芙美輕輕接過隨身包拿出通知手冊。

其他乘客微笑看著他們。

拓也　「不要忘記你、的、夢～不要流下你、的、淚～」

芙美　「上面有老師的手機。」

拓也　「所以～你要飛起來～飛到天涯海角～」

拓也和芙美笑了笑。小孩雖然一臉不安，但是他來回看著兩人的臉。

兩人　「沒有錯～不要害怕～為了親朋好友～愛與勇氣～是你最好的夥伴～」

小孩又哭起來了。

拓也　「啊～沒事沒事，你的朋友都在等你喔。」

拓也摸摸孩子的背部。

芙美　「歌詞都還記得耶。」

拓也　「這是一首超棒的歌啊。」

芙美微笑看著他們。電車進入隧道。

×××

兩年後的早上。

行駛中的電車穿越隧道。

拓也和芙美在一輛客滿的電車上。兩人在人潮之中保持若即若離的距離。

芙美閱讀文庫本，拓也戴著耳機聽音樂。

電車抵達車站。拓也被人潮推擠著往外走。

拓也輕輕揮手，芙美也回應了他。拓也走下樓梯。

大量乘客湧上車，把芙美擠得不成人形。

車門關閉，電車駛出。

（完）

衍生文本⑦

風間／淑惠

這篇衍生文本寫的是風間和淑惠，是劇本進行中的「台下」時光。寫給拍攝前後空檔超過四個月的兩位表演者。

#1　三宮站前（日）

淑惠正在等人，她環顧四周。

風間從站內邊拔耳機，邊小跑步趕來。

風間　「抱歉抱歉。」

淑惠　「不會。」

風間　「唉，抱歉，真的是……」

淑惠　「怎樣？」

5　譯註：《麵包超人》主題曲。

風間「妳生氣了？」
淑惠「為什麼我要生氣？」
風間「咦？因為我遲到。」
淑惠「少來，你也早到了啊。」
風間「不是啊，我不是讓妳等了嗎？」
淑惠「咦？」
風間「妳每次都很早到。」
淑惠「該怎麼說……」
風間「什麼？」
淑惠「嗯，我確實很高興。」
風間「喔。」
淑惠「你很體貼，你怕我等太久，這一點我很高興。」
風間「是喔？」
淑惠「可是不太對吧？」
風間「咦？」
淑惠「那只是你的習慣，你只是慣性道歉而已啊。」
兩人的對話戛然而止。

＃2 夜店（夜）

吧台，鵜飼和淑惠並肩而坐。
日向子在吧台內調酒。
淑惠「唉，我又搞砸了。」
鵜飼「不是啊，妳到底是在煩惱什麼？」
淑惠「就是有鵜飼哥在的時候，我都很放飛自己吐槽風間嘛。」
鵜飼「嗯，很放飛自我。」
淑惠「而且基本上都會得到笑聲，所以我有時候就會想：『唉呀，我和風間好像是不錯的搭檔』。」
鵜飼「嗯嗯。」
淑惠「但是我們獨處的時候。」
鵜飼「嗯。」
淑惠「怎麼說呢？吐槽好像沒有發揮表演上的功能？就變成單純在挑他毛病而已。」
鵜飼「嗯嗯。」
淑惠「風間又不會反駁，結果好像對話結束，無話可說了。」
鵜飼「一搭一唱不起來。」
淑惠「我就會想『咦？這樣就受傷了？我平常不是吐槽吐更兇嗎』。」
鵜飼「嗯，有沒有第三人在場的確天差地別嘛。」
淑惠「但是我想跟他單獨見面。」
鵜飼「喔喔。」
日向子露出微笑。
鵜飼「妳這麼想見就去見啊。」
淑惠「有啊。」
鵜飼「既然都見了，妳還想要怎樣？」
淑惠「我想要快快樂樂的。」
鵜飼「要怎樣才快快樂樂得起來？」
淑惠「我想要他的笑容。」
鵜飼「要怎樣他才會有笑容？」
淑惠「該怎麼辦呢？」
鵜飼「從以前的經驗來看……」

淑惠「咦？」

鵜飼「風間都在什麼情況露出笑容？」

淑惠「嗯。」

淑惠陷入沉思。

淑惠「他好像很少笑，我們獨處的時候，他應該都是一直『嗯嗯嗯』認真聽我說，時不時露出溫柔的笑容。」

鵜飼「妳整個被煞到耶。」

淑惠「我是啊！」

鵜飼「推倒處理吧。」

淑惠「跳太快了吧。」

鵜飼「他不是只要生米煮成熟飯就會想負責的類型嗎？」

日向子點頭。

淑惠「我要是做得到就不用那麼辛苦了。」

鵜飼「好無聊的女人。」

淑惠「太沒口德了吧。」

淑惠對日向子說。日向子笑了笑。

鵜飼「咦？妳到底在保護什麼？」

淑惠「保護？」

鵜飼「妳不是一直很喜歡風間嗎？」

淑惠沉默不語。風間走了過來。

風間「萊姆可樂。」

鵜飼「喔喔，正講到你。」

風間「什麼？對了，我有看到傳單喔。」

鵜飼「傳單？」

風間「你要當什麼嘉賓吧，朗讀會的。」

鵜飼「啊啊，對啊。」

風間「好像越搞越大了。」

鵜飼「並沒有。」

風間「當嘉賓要講什麼？」

鵜飼「該講什麼呢？」

風間「你幹嘛突然用假關西腔？」

日向子「怕別人覺得他變了吧。」

鵜飼沒有回應。

風間「我完全沒聽過那個作家，她很有名嗎？」

鵜飼「我也完全不認識。」

風間「咦？」

鵜飼「一本都沒讀過。」

風間「可以這樣的嗎？」

鵜飼「反正他們說可以啊。」

風間「反正個頭啦，你不讀一下嗎？」

鵜飼「不知道。」

風間「是喔？我要去嗎？妳要去嗎？」

風間轉頭問日向子。

日向子「不要，我已經排班了。」

風間「啊啊，淑惠，妳要去嗎？」

淑惠「啊，可以啊。」

鵜飼「不要來。」

淑惠「什麼？」

鵜飼「你們不要來。」

日向子「讓他們去啊，讓他們看看現在的你也不錯。」

鵜飼沉默不語，他拿了一張傳單給淑惠。

鵜飼「給妳。」

淑惠「這是什麼？」

鵜飼「同檔節目。」

這是在歷史建築古根漢洋房（旧グッゲンハイム邸）舉辦演唱會的傳單。

淑惠「啊，Beirut。」

風間「他們要來啊。」

鵜飼「你喜歡 Beirut 吧？」

風間「喜歡啊。」

淑惠「啊，那就去吧。」

鵜飼笑了笑。

鵜飼「好現實。」

淑惠「咦？與其去聽你正經八百的對談，不如去聽音樂吧？」

鵜飼「妳喔。」

淑惠「明明就是你推薦的！」

鵜飼「對啊，我自己都想去。」

風間「不行啦。」

鵜飼「就是這樣，風間，淑惠拜託你了。」

淑惠「拜託你了！」

淑惠拍了風間的背部。

風間「痛痛痛。」

風間笑了笑。

＃3　塩屋站（昏）

風間在驗票閘門等人。淑惠走下來。

風間拔掉耳機。淑惠揮揮手。

淑惠「久等了。」

風間「嗯。」

淑惠「要不要去看海？」

風間「咦？」

風間看了看手錶。

＃4　海岸（昏）

風間和淑惠並肩看海。

風間「要開始了喔。」

淑惠「夕陽很美吧？」

風間「嗯……」

大海被夕陽染紅。

＃5　坡道（夜）

風間和淑惠在上坡道奔跑。

淑惠「快快快。」

風間氣喘吁吁跟著她。

＃6　古根漢洋房（夜）

演唱會即將開始，風間和淑惠進入館內。

人數眾多的樂團（Beirut）開始演奏（曲目〈A Candle's Fire〉）。

現場不是站位，許多觀眾都坐在排好的椅子上。

風間和淑惠站在後方欣賞表演。

×××

演唱會進行中。

風間悄悄離場，淑惠斜眼看著他。

淑惠再次看向舞台。

× × ×

演唱會進行中，但是風間一去不返。淑惠左顧右盼。

表演到一半，淑惠也離場。

× × ×

淑惠到走廊上找人，走廊空無一人。

× × ×

淑惠來到古根漢洋房的中庭，這裡可以聽到演唱會的聲音。

風間坐在長椅上喝水。

淑惠坐到他旁邊，風間嘆了口氣。

淑惠　「抱歉。」

風間　「咦？」

淑惠　「你在生氣嗎？」

風間　「氣什麼？」

淑惠　「氣我任性。」

風間　「任性？」

淑惠　「我又遲到，又說想看夕陽。」

風間　「妳不是想看海嗎？」

淑惠　「好了，別管細節。」

風間　「而且夕陽是落在山邊。」

淑惠　「好了！」

風間　「抱歉。」

淑惠　「啊啊……」

風間　「怎麼了？」

淑惠　「讓你講出來了。」

風間　「咦？」

淑惠　「不讓你道歉明明是我的理念。」

風間　「理念？」

淑惠　「好了，抱歉，我讓你很累嗎？」

風間　「沒有。」

淑惠　「沒關係。」

風間　「抱歉。」

淑惠　「為什麼要道歉？」

風間　「就好像沒辦法留在那裡。」

淑惠　「不舒服嗎？」

風間　「他們上次訪日，我是和太太一起來的。」

淑惠　「太太？」

風間　「前妻。」

淑惠　「喜歡 aiko 的。」

風間　「我怕她不想來，但她願意來聽。」

淑惠　「她願意。」

風間　「我怕她對這種沒興趣，但她在我身邊哭了。」

淑惠沉默不語。

風間　「我們也有過這樣的時光啊，很多回憶都回來了。」

淑惠　「然後……」

風間　「就沒辦法留在原地了。」

淑惠　「氣死人了。」

風間　「抱歉。」

淑惠　「為什麼這些事你都不先講？」

風間　「我就沒想到自己是這種心境啊。」

淑惠　「不要回嘴！」

風間　「抱歉。」

淑惠嘆了口氣。

淑惠　「又搞砸了。」

風間　「咦？」

淑惠　「不發脾氣明明是我的理念。」

風間　「妳在講什麼理念？」

淑惠　「走吧，沒必要那麼委屈留在這裡。」

風間　「不。」

淑惠看向風間。

風間　「不能留下來嗎？」

淑惠　「為什麼？」

風間　「音樂是無辜的。」

淑惠　「嗯。」

風間　「我可以在這裡聽嗎？妳可以進去啊。」

淑惠　「我在這裡就好。」

淑惠靠在長椅上。

淑惠　「我比較喜歡這裡。」

風間看向淑惠。風間也靠在長椅上。

音樂流洩而出，兩人不發一語。

#7 海岸（夜）

兩人走在海岸邊。

淑惠　「好冷。」

風間　「嗯，去搭車嗎？」

淑惠　「嗯。」

兩人朝車站前進。

淑惠　「你還喜歡文子嗎？」

風間　「怎麼叫那麼親？」

淑惠　「隨口叫的，喜歡嗎？」

風間　「一點都不喜歡。」

淑惠　「怎麼可能。」

風間　「不是，我是認真的，今天就像是被偷襲或是閃回症狀吧。」

淑惠　「風間啊。」

風間　「嗯。」

淑惠　「你不要對我說謊。」

風間　「我沒有啊。」

淑惠　「你喜歡我嗎？」

風間　「嗯。」

淑惠　「看吧，馬上說謊。」

風間　「朋友的那種啊。」

淑惠　「就不是嘛。」

風間沉默不語。

淑惠　「你也知道不是吧。」

風間　「抱歉。」

淑惠　「為什麼要道歉？」

風間　「嗯～」

淑惠　「你怕傷害到我？」

風間　「嗯。」

淑惠　「為什麼？」

風間　「喜歡的人不喜歡自己不是很難受嗎？」

淑惠沉默不語。

風間　「一定是超級難受的啊，所以……」

淑惠　「風間啊。」

風間　「嗯。」

淑惠　「你那麼體貼，卻講出了最狠毒的話。」

風間　「抱歉。」

淑惠　「真是的。」

兩人不發一語。

淑惠　「我哪裡不行？」

風間　「不是妳的關係。」

淑惠　「喔？」

風間　「單純是我現在沒辦法。」

淑惠　「沒辦法喜歡上別人的意思嗎？」

風間　「嗯。」

淑惠　「那有什麼好怕的？」

風間　「怕我喜歡的人不喜歡我？」

淑惠　「我懂。」

兩人都笑了。

風間　「或是說就算現在喜歡我，以後還是有可能不喜歡。」

淑惠　「你現在沒有心儀的對象嗎？」

風間　「沒有，我覺得。」

淑惠　「為什麼停頓了一下？」

風間　「沒有，就沒有。」

淑惠　「那你很孤單啊。」

風間　「嗯。」

淑惠　「希望你找到喜歡的人。」

風間　「嗯。」

淑惠　「找到再害怕也想傳情表意的對象。」

風間沉默不語。兩人走上通往驗票閘門的樓梯。

淑惠　「我就找到了。」

風間看向淑惠。

淑惠　「啊。」

驗票閘門，淑惠停下腳步。

淑惠　「我還沒講。」

風間過了驗票閘門回過頭來。

淑惠　「我喜歡你。」

風間和淑惠凝視著彼此。

風間　「謝謝。」

淑惠　「希望你找到喜歡的人，希望那個人是我。」

風間沉默不語。

淑惠　「不是我也沒差。」

風間　「這樣不好。」

淑惠通過驗票閘門。

風間　「我也希望能喜歡妳。」

淑惠　「又一句狠毒的話。」

風間　「抱歉，啊，抱歉。」

淑惠搖頭。兩人下樓梯來到月台。

淑惠　「你答應我一件事。」

風間　「什麼？」

淑惠　「不要對我說謊。」

風間　「我沒有啊。」

淑惠　「不對。」

風間　「什麼？」

淑惠　「不要對自己說謊。」

風間看向淑惠。電車進站。

淑惠　「無論會造成多少傷害都沒差，請你不要說謊。」

風間　「我知道了。」

兩人上了電車。電車發車。

衍生文本⑧

純／公平

電影中純和公平的離婚訴訟場景上播放

了一段音檔，寫這篇就是為了錄製這個音檔。這篇文本有拿來實際演出和錄音。

＃1　純與公平的家（夜）

客廳，公平工作中，他敲打著電腦鍵盤。

紙本資料和手機擺在桌上。

公平抓起手機打開語音筆記的功能，把手機拿到嘴邊。

公平嘰哩咕嚕說了幾句，像是在唸什麼稿。

玄關傳來開門聲。公平的視線稍微瞥了過去。

客廳門打開，門後的身影是純。

純　「啊。」

公平　「妳回來了。」

純　「我回來了。」

純準備離開客廳。

公平　「純。」

純　「怎麼了？」

公平將手機放回桌上。

公平　「有點事。」

純　「怎麼了？」

純在客廳門邊看著公平。

公平放下手機。

純　「你在做什麼？」

公平　「下星期有場學會的發表，我在練習。」

純　「為什麼不進書房練？」

公平　「妳去哪了？」

純　「我有講啊，我去看表演。」

公平　「看到這麼晚？」

純　「大家在分享感想，一個不注意就末班車時間了。」

公平　「好看嗎？」

純　「非常好看。」

公平　「我記得是舞台劇？」

純　「是舞蹈，我講過了吧。」

公平　「純啊。」

純　「嗯。」

純看向公平。

公平　「我覺得妳最近很常出門。」

純　「不行嗎？你不是說可以嗎？」

公平　「對，沒什麼不行的。」

純　「嗯。」

公平　「今天也是那個三人組嗎？」

純　「咦？」

公平　「櫻子小姐她們？」

純　「對啊，怎樣？你懷疑我？」

公平看向純，嘆了口氣。

公平　「我不喜歡講什麼直覺，不過最近的我很不對勁。」

純　「怎樣？」

公平　「我要講的是……」

純沉默不語。

公平　「最近的妳很美麗。」

純　「嗄？」

公平　「不對，妳本來就很美，只是我沒發現。」

純沉默不語。

公平　「現在的妳不是我所認識的妳。」

純　「什麼啊？好饒口。」

公平　「對啊，我也不喜歡這樣。」
純　「你講清楚。」
公平看向純。
公平　「妳有別人了嗎？」
純　「別人是誰？」
公平　「妳有男人了嗎？」
純　「原來是問這個。」
公平　「我希望猜忌到此為止。」
純沉默不語。公平的視線朝下。
公平　「妳否認的話就到此結束，我不會再問妳，妳說什麼我都信，我太難受了。」
純看向公平，她坐到公平對面。
純　「你的直覺是對的。」
公平看向純。
純　「我移情別戀了。」
公平　「是喔，是誰？」
純　「你不認識，我今天也跟他見面了。」
公平　「他和妳已經……」
純　「做過了，在一起超過一年了。」
公平陷入沉默。
純　「你生氣了？」
公平　「沒有。」
純　「不生氣嗎？」
公平　「是我之前太放任了，抱歉。」
公平低頭鞠躬。純看著他鞠躬。
公平抬頭看向純。
公平　「跟我說說妳的事吧，我不懂為什麼會變成這樣，我們一起想想要怎麼重來。」
純　「我想離婚。」
純和公平凝視彼此。
純　「終於說出口了。」
純的視線朝下。
純　「我早該說的。」
公平　「離婚？」
純　「我們沒有愛，也沒有小孩，已經沒有理由在一起了。」
公平　「最後……」
純看向公平。
公平　「最後離婚也沒關係，但在離婚前我想要談談。」
純看向公平。
純　「講了你也不懂。」
純站起來走到門邊。
公平盯著純的背影。
此時，公平發現語音筆記還在運作中，他關掉錄音。

×××

純的臥房。純正在整理行李。
公平　「妳要去哪裡？」
純　「不知道。」
公平　「去找他？」
純　「可能吧。」
公平　「我說啊。」
純抱著行李轉過頭。
公平舉著手機。
公平　「剛剛的對話已經錄下來了。」
純沒有回答，她推開公平走出房門。
公平追出房間。

× × ×

玄關。純正在穿鞋子。

公平走過來。

純穿好鞋子站起來。

公平　「剛剛的對話對妳很不利。」

純轉過頭面對公平。

純　「不利？」

公平　「離不了婚的，我不同意。打官司妳也贏不了。」

純一手搭在玄關門把上。

純的手瞬間停止動作。

純撲去抓公平。

純想把手機搶過來。

公平沒有交出手機，兩人發生衝突，摔倒在玄關。

公平沒有交出手機。純站起身，從上往下看著公平。

公平　「我不是蓄意要錄的。」

純　「隨便。」

公平　「我顧不得體不體面了，我不想分手。」

純　「為時已晚。」

公平　「我們談談吧。」

純　「太遲了。」

純打開門走出去。

公平盯著關上的門。

（完）

衍生文本⑨

葉子／明里／香織／栗田

這一篇描寫明里、柚月和栗田在醫院內的日常互動。這個時候的栗田，個性比較內向一點。

＃1　咖啡廳「Ninotchka」・用餐區（夜）

燈光微暗，店裡客人三三兩兩。

槙野明里獨自坐在較內側的座位喝酒。

＃2　同咖啡廳・吧台內

滝野葉子面對著音樂播放器。

她觀察店內情況，重新調整光線亮度，並在筆電上選歌。

葉子猶豫不決，於是拉出內側的CD架，將CD放進播放器。

她稍微調高音量。

＃3　同咖啡廳・用餐區

明里仔細聆聽店裡播放的音樂。

葉子收回其他座位的空杯，準備回吧台。

明里　「葉子。」

葉子　「是，啊，再一杯嗎？」

明里舉起威士忌酒杯。

明里　「我剛剛才點的，妳太急了吧。」

明里笑了笑，葉子也笑了。

葉子　「對不起，怎麼了？」

明里　「妳現在在放的是什麼？」

葉子　「這首歌嗎？」

明里　「嗯，我好像在哪裡聽過，感覺很熟悉，但又好像沒聽過，害我有點好奇。」

葉子　「很像電氣魔軌樂團嗎？」

明里　「啊啊，對，就這類的。」

葉子　「但是現在這張是超小眾的團，大約二十年前的專輯。」

明里　「是喔。」

葉子　「啊，不過他們的據點在神戶，搞不好妳知道。」

明里　「我不知道，我以前不太聽這些。」

葉子　「是喔，我只是想說你們的世代大概差不多。」

明里　「同個世代情況也有百百種啦。」

葉子　「是喔。」

明里　「妳怎麼會找到二十年前的專輯？」

葉子　「這是一間大阪獨立廠牌出的，我很喜歡他們，不過這個廠牌已經不在了，他們只出些保證沒銷量的東西。」

明里　「難怪會倒。」

葉子　「但我還是會買下去，一想到沒有人要買就會產生感情。這張是我偶然在二手店挖寶時發現的，我看到就想說『又是這一家出的啊』。」

明里　「妳的嗜好老是這麼偏門。」

葉子　「那些超乎想像的音符排山倒海而來耶，我總是在想『怎麼做得出這種怪音樂』。現在聽這張專輯聽不出什麼，但用當時的合成器來做混音一定是很大的苦功。一定要堅持不懈講究細節才做得出這種聲音。」

明里　「原來啊，妳好厲害喔。」

葉子　「CD殼也是，怎麼說呢？就有種獨特的美學。」

明里　「啊，我想看，有嗎？」

葉子　「啊，那妳等我一下。」

葉子端玻璃杯回到吧台。

明里聽著音樂喝威士忌。

她抓了幾顆花生，環顧店內。

葉子拿著CD殼來到明里桌。

葉子　「長這樣。」

明里接過來看。

明里　「喔？」

葉子　「是不是很獨特？」

明里　「啊～有耶，有一段時期大家都認為這種樣子很帥。」

明里翻面看CD殼的底部。

明里　「嗯？」

明里把臉湊上去。

工作人員名單中寫著「作曲、混音：栗田耕史」。

#4　醫院・休息室（幾天後・日）

明里正在聽iPod音樂，她聽的是葉子在店裡播放的歌。

明里露出傻笑，啜飲一口咖啡。

香織進入休息室，或坐或趴在桌邊。

明里拔下 iPod 耳機。

明里　「柚月妹，妳怎麼了？」

香織趴著不動。

香織　「沒什麼。」

明里　「又出包了？」

香織抬起頭。

香織　「什麼『又』！」

明里　「啊啊，抱歉，但我沒說錯吧？」

香織頭低低的。

香織　「對。」

明里　「出包是難免的，我也會出包，但我看妳這樣，一定是出了絕對不該出的包被罵吧。」

香織　「投藥用的胰島素……」

明里　「妳豬頭啊！這不是最重要的嗎！」

香織　「我差點搞錯。」

明里鬆了口氣。

明里　「喔喔，太好了，但被罵是應該的，罵妳的是誰？」

香織　「栗田醫師。」

明里　「啊啊……他罵得很狠嗎？」

香織　「對。」

明里　「難免啦，人命關天，有人肯罵妳妳要感激。」

香織　「對啊，這我倒是很感謝他，可是……」

明里　「什麼啦。」

香織　「我覺得很難向栗田醫師攀談。」

明里　「那傢伙會赤裸裸釋出『不要跟我說話』的訊息。」

香織　「我下次查房要跟他。」

明里　「喔，難怪妳愁雲慘霧的，但妳還是得去查房啊。」

香織　「我知道。」

明里　「嗯。」

香織　「有沒有什麼話題可以用啊？」

明里　「妳直接說『剛剛真的很抱歉』不就得了？」

香織　「然後就沒有然後了啊！妳和栗田醫師好像就不缺話題。」

明里　「這就叫歷史，我和栗栗的交情要用年計算的，以後有一天妳也可以這樣叫他的，現在就是歷史的一部分。」

香織　「是嗎？能夠叫他栗栗就已經……」

明里　「是歷史。」

香織　「雖然查房要檢查很多東西，但如果我們一片死寂我會很難熬。」

明里　「妳是不是太敏感了？」

香織　「對啊！栗田醫師不是很正經嗎？我也會想說要嚴肅以對，然後就不知道該說什麼了。」

明里　「話題啊……」

香織　「聊天氣也很怪。」

明里　「還不錯吧，妳聊起來就有種大姊姊播報天氣的感覺。」

香織　「什麼意思啦。」

香織笑了笑，明里也笑了。

明里看向 iPod。

明里　「好像有話題了。」

香織　「什麼？」

明里　「柚月妹，妳願意協助我的調查活動嗎？」

香織　「咦？」

明里　「妳先聽一下這個。」

明里將 iPod 的耳機交給香織。

香織　「怎麼了？」

明里　「妳先聽。」

香織戴上耳機。明里播放 iPod。

香織開始聽音樂。

明里　「怎麼樣？」

香織聽了一段時間後按暫停。

香織　「這個怎麼了嗎？」

明里　「妳覺得怎麼樣？」

香織　「我不太聽電子樂，可是這有種石井健的感覺。石井健好像不會那麼粗糙啦，不對，可能是雕琢過頭了，不覺得它塞得很滿嗎？」

明里一臉詫異。

明里　「妳聽得出來喔？」

香織　「很像 Acid house 或者 Chicago house？感覺是 90 年代初期流行過的東西。槙野小姐，妳喜歡這種曲子嗎？」

明里　「妳太熟了吧。柚月妹，妳喜歡這類音樂嗎？妳喜歡的不是生物股長？」

香織笑了笑。

香織　「我常去 Union 買二手唱片。」

明里　「妳跟我認識的一個女生應該很聊得來。」

香織　「真的嗎？」

明里　「下次介紹妳們認識。不對，搞不好妳們已經在哪裡見過了。」

香織　「剛剛講到哪裡了？」

明里　「啊啊，栗栗。」

香織　「栗田醫師也喜歡這種嗎？」

明里　「這也是……要講古了。」

香織　「講古？」

明里　「我推測這首歌是栗栗寫的。」

香織　「不會吧，那也太厲害了。」

明里　「也有可能是同名同姓。」

香織　「啊啊。」

明里　「但是年代滿吻合的，而且聽說這是神戶的團。」

香織　「嗯~可是我好像可以理解，比方說 drum and bass 用得很乖，或是想用類比合成器追求電子感的意圖也是。」

明里　「妳聽得出來啊。」

香織　「有點叨叨絮絮的感覺。」

明里「沒錯！莫名留下了這種感覺！」

香織「啊～很像他，音樂如其人嘛。」

明里「喔喔，所以啊，柚月妹，妳要不要問問看？」

香織「咦？」

明里「可以聊這個話題啊。」

香織看著 iPod。

#5 同醫院・診間的醫護通道

栗田耕史和香織正在核對查房用的病歷表。兩人不發一語。

香織「栗田醫師。」

栗田「什麼？」

香織「你都聽什麼音樂？」

栗田「一定要現在講這個嗎？」

香織翻閱病歷表的手停了下來。

香織「不用，對不起。」

栗田「妳不用道歉。」

香織「好。」

兩人繼續沉默地工作。栗田看向香織。

栗田「柚月。」

香織「是。」

栗田「突然問別人聽什麼音樂會讓人措手不及。」

香織「對，很抱歉。」

栗田「我懂妳的尷尬，可是要尬聊的時候最好先想怎麼鋪陳。」

香織「好。」

兩人陷入沉默。香織開口。

香織「在我心中是有鋪陳的。」

栗田「嗯？」

香織「感覺你很喜歡音樂。」

栗田「我嗎？」

香織「對。」

栗田「為什麼？」

香織「就感覺。」

栗田「我跟一般人差不多吧。」

香織「是嗎？你在卡啦ＯＫ唱了恰克與飛鳥吧？」

栗田「那個喔，我醉了就會唱，我只是唱大家聽過的歌。」

香織「所以栗田醫師也有聽。」

栗田「有些歌無關喜好，大家那個時候都會聽的。」

香織「是喔。」

香織話說到一半。栗田完成工作。

栗田「走吧。」

香織把栗田整理好的病歷表進行歸檔，想問的問不出口。栗田脖子上掛著聽診器。

#6 同醫院・走廊

查房結束後，栗田和香織並肩而走。

栗田活動自己的肩膀。

香織「辛苦了。」

栗田「病患都很喜歡妳耶。」

香織「還好啦。」

栗田「好好珍惜這個特質。」

香織「好。」

栗田　「但也希望妳更能幹。」

香織　「好。」

栗田　「兩邊通常是無法兼顧的。」

栗田活動脖子。

栗田　「對了。」

香織　「是。」

栗田　「妳都聽什麼音樂？」

香織　「啊啊。」

栗田　「剛剛沒問。」

香織　「這個嘛。」

栗田　「最近的年輕人是聽那個吧，SEKAI NO OWARI？」

香織　「我就 Youtube 聽聽吧，不太熟。」

栗田　「最近都直接在網路上聽了。」

香織　「對啊，所以我反而對以前的小眾歌曲有興趣。」

栗田　「喔？」

香織　「還會去二手 ＣＤ 店挖寶。」

栗田　「好偏門啊，是 Disk Union 之類的嗎？」

香織　「對，以前的器材跟現在截然不同，所以可以聽到一些奇怪的手工業的堅持。」

栗田　「啊啊。」

香織　「這些堅持令人愛不釋手，有很多這類的歌曲。」

栗田　「喔？」

香織　「其實也有些很廢的。」

栗田　「廢的應該有一堆吧。」

香織　「對，真的。」

栗田輕輕一笑。

香織　「你要聽聽看嗎？」

栗田　「咦？」

香織　「我今天想推薦一首歌。」

香織拿出口袋中的 iPod。

她將耳機交給栗田。

栗田　「可以用嗎？」

香織　「我再消毒。」

栗田露出苦笑。香織也笑著回答。

栗田戴上耳機。

栗田　「是什麼樣的歌？」

香織　「這個嘛……這一首保證一點都不廢，雖然不廢，但是既乖乖牌又有點脫序，明明雕琢得很聰明，卻又雕琢過頭了顯得很笨拙。」

栗田　「什麼啦？」

香織笑著播放 iPod，將 iPod 交給栗田。

香織　「待會要還我喔。」

香織播放的是葉子在店裡點播的，栗田的作品。

原本面帶笑容的栗田，漸漸板起臉來看向香織。

香織把栗田甩在身後，在走廊上行走。

栗田想叫她，但是發不出聲音。

香織繼續走，沒有回頭。

衍生文本⑩
葉子／芙美／明里／櫻子／純

這一篇寫四位主角在咖啡廳「Ninotchka」初次見面。同時也突顯出店員葉子的特質。

（2009年2月底／正片劇情的五年前）

#1 神戶・市區的風景（晨）

街上在下雪。

#2 咖啡廳「Ninotchka」・外觀

街上在下雪。

黑板菜單放在屋簷下，粉筆的裝飾字寫著：

「本日開幕！12：00～」

#3 咖啡廳「Ninotchka」・店內（晨）

店裡沒有客人，桌椅都是全新的。

滝野葉子（22）看著窗外的雪。

她從手中的袋子拿出金平糖吃。

神田（30）和長野里美（25）在吧台旁邊聽廣播。

廣播正在播報，近畿地方一整天都會積雪。

神田　「開幕第一天就遇到今年第一場雪是怎樣？」

里美　「店長，你講很多次了。」

神田　「不是啊……」

里美　「就冬天啊，本來就會下雪。」

神田　「那也不必挑今天下吧。」

里美　「咦？這樣反而有種紀念日感吧。」

神田　「喔喔，是嗎？不對，這太觸霉頭了。」

廣播開始報時，時間是九點鐘。

神田確認店裡的時鐘，面向葉子。

神田　「好，那開始今天的朝會吧。」

葉子轉過頭。

葉子　「好。」

葉子將金平糖袋收進圍裙的口袋，小跑步來到里美旁邊。

神田站在葉子和里美的正前方。

神田　「好，大家早安。」

葉子、里美　「早安～」

只有葉子深深一鞠躬。

神田和里美看著葉子，葉子準備做筆記。金平糖還在葉子口中。

葉子　「怎麼了？」

神田　「滝野小姐，妳在吃什麼？」

葉子　「啊，不好意思，家母說緊張的時候可以吃甜食，叫我要帶著。」

葉子拿出口袋中的金平糖。

葉子　「不好意思，我很容易緊張。」

神田　「嗯，沒關係，我比妳更緊張。」

葉子　「嗯，不過對我來說，自己能參與開幕日，見證Ninotchka歷史的第一頁，我不由得會想，我這種人真的適任嗎？」

神田笑了笑。

神田「妳放心！我有好好面試過妳。不過第一天就下雪，看來滝野小姐是比雨女更厲害的雪女。」

里美「沒禮貌耶！店長，你怎麼怪別人？」

葉子露出苦笑。

神田「聽說要下一整天。我們搞不好半個客人都沒有，也可能傍晚開始回家的人潮都湧進來躲雪，不知道是哪種情況，Ninotchka 的命運就看這天了。」

里美「並不會好嗎？這是長期抗戰。」

神田「好，我們要用心不躁進，把每個人都當作未來的常客服務。」

葉子在畫面中新增筆記：「把每個人都當作未來的常客」。

葉子、里美「好～」

神田看著兩人。

神田「里美，妳第一見到滝野小姐嗎？」

里美看向葉子。

里美「請多多指教！」

葉子「啊，面試那天。」

神田「咦？」

葉子手指著里美。

葉子「面試那天。」

里美「有見到嗎？咦？可是我沒有參加面試啊。」

葉子「妳告訴要我怎麼走。」

里美「啊，是妳啊。」

葉子「謝謝妳指路，最後我只遲到了幾分鐘。」

里美笑了笑。

里美「幸好有過。」

葉子「多虧有妳。」

葉子鞠躬。

里美「不客氣。」

神田「是喔。」

里美「啊，我們不是第一次見面。」

神田「嗯，但也差不多吧。」

里美「是啦。」

神田「那來自我介紹吧。」

里美「啊，原來是這樣開場。」

神田「對，就是這樣開場。」

里美「那就要從店長開始吧？」

神田「對，就是這樣開始，我先來了。」

神田雙手抱胸。

神田「重新介紹一次，我是店長神田，有什麼不懂的都可以問我，再麻煩妳們了。」

里美、葉子「請多多指教。」

神田手指著里美。

里美「呃，我是長野里美，我負責內場，我會努力做員工餐的，請多多指教。」

神田、葉子「請多多指教。」

神田「不是員工餐也要努力喔。」

里美「之後再說。」

神田「什麼之後啦。」

神田看向葉子。

神田「嗯，不過她廚藝是好的。」

里美「嘿嘿。」

神田「還不錯。」

里美「嘿嘿，對，還不錯。」

葉子的筆記寫著「內場，長野小姐（還不錯……？）」。

神田看著葉子。

神田「那下一位，滝野小姐。」

葉子「好。」

神田「麻煩妳了。」

葉子「我叫滝野葉子。呃，我第一次做服務業，又很容易緊張，到現在都不懂為什麼面試會過。」

神田和里美笑了笑。

葉子「但我已經22了，我得加把勁賺自己的生活費。呃，該怎麼說呢？我可能會出很多錯、造成大家的麻煩，但是請多多指教。」

葉子低頭鞠躬。

#4 同咖啡廳・外觀（日）

雪積得很深。

塚本芙美（32）快步走了過來，沒有撐傘。

她走到店門口打開門。

#5 同咖啡廳・店內

芙美走進來。

店內客人寥寥可數。

葉子走上前來。

葉子「歡迎光臨。」

芙美「有訂位，3點。」

葉子看向店裡的時鐘，時間是下午2點45分。

葉子「訂位大名是？」

芙美「咦？我想想喔。純小姐，我忘記姓了。」

芙美笑了笑。葉子有點納悶。

葉子「什麼？」

芙美「抱歉，我平常都叫她的名字，她叫純。」

葉子「呃，請稍等一下。」

葉子翻出筆記本找。

神田走過來。

芙美「啊，神田先生。」

神田「啊，西村小姐，謝謝妳。」

神田低頭鞠躬，接著他看著芙美，發現自己講錯了。

神田「啊，是塚本小姐啊。」

芙美「都可以的。」

芙美對神田投以微笑。

神田「那就叫芙美小姐。」

芙美「好像突然變得很親暱。」

神田「而且是跟有夫之婦。」

神田看向芙美手上的婚戒。芙美注意到他的視線，笑了笑。

芙美「別看了，我沒有什麼結婚的體感。」

神田　「那就塚本小姐吧，恭喜妳。」

芙美　「謝謝，也恭喜你的店新開幕。」

神田　「不客氣。」

　神田面向葉子。

神田　「這邊沒問題了。」

葉子　「啊，好。」

　葉子回到吧台。

芙美　「訂位的應該是純小姐。」

神田　「對，3點。」

芙美　「她還沒來嗎？」

神田　「還沒有人來，裡面請。」

　神田指向沙發座。

芙美　「時間有點早，可以嗎？」

神田　「當然。」

芙美　「謝謝你。」

　神田帶芙美來到較內側的訂位席。葉子看著神田和芙美。

　神田給出菜單、點完單後回到吧台。

葉子　「不好意思，我沒有處理好。」

神田　「沒關係，總有些特例。」

　神田進入吧台泡紅茶。

　葉子看向芙美。

　芙美拿出包包的文庫本開始閱讀。芙美好像不太習慣戒指，她動動手指，放下書又戴又脫的。

葉子　「是你認識的人嗎？」

神田　「設計事務所的，幫我設計了『Ninotchka』的LOGO、名片和傳單。」

葉子　「啊，設計師。」

神田　「她不是，嗯，算是專案經理之類的吧。」

　葉子低下頭來。

葉子　「真是抱歉，我竟然沒有好好替她帶位。」

　神田笑著說。

神田　「ＶＩＰ。」

　神田笑了笑。

　葉子的筆記寫著「ＶＩＰ要帶位到裡面的沙發座」。

　神田將水杯、濕紙巾和咖啡放到拖盤上。

神田　「來，交給妳了。」

葉子　「好。」

　葉子端著拖盤來到芙美身邊。

○同咖啡廳・店內

　時鐘顯示時間為下午2點55分。

　槙野明里（32）走進店裡。

　葉子上前接待。

葉子　「歡迎光臨。」

明里　「有訂位，3點。」

葉子　「啊，好，有客人先到了。」

明里　「啊，已經來了？」

葉子　「對。」

　葉子帶明里到裡面的沙發座。

　明里看到正在讀書的芙美。

葉子　「在這裡。」

　正在讀書的芙美抬起頭。

芙美　「啊。」

明里　「妳是芙美小姐嗎？」

芙美　「咦？」

明里　「純小姐的朋友。」

芙美　「對。」

明里脫下外套入座。

明里　「純說妳剛結婚，但是不知道妳新的姓。」

芙美　「啊，是塚本芙美，妳好。」

明里　「變成塚本小姐了啊，聽說原本是西村。」

芙美　「啊啊，講得這麼細，對啊。」

明里　「我是槙野明里，妳好。」

芙美　「果然。」

明里　「咦？」

芙美　「我就想說妳是明里小姐。」

明里　「為什麼？」

芙美　「妳的感覺跟純小姐描述的一樣。」

明里　「啊啊。」

芙美　「護理師。」

明里　「啊啊，對對，設計師。」

芙美　「常常有人這樣說，但我不是。」

明里　「咦？」

芙美笑了笑。明里注意到葉子被晾在那裡。

明里　「啊，抱歉，一杯特調。」

葉子　「好，需要牛奶和糖嗎？」

明里　「不用。」

葉子　「好的。」

葉子在點餐單上做記錄。筆記寫著「ＶＩＰ席是網友見面會？」。

葉子鞠躬回到吧台。

明里重新面向芙美。

明里　「咦？純都說了我什麼？」

芙美　「說妳是龐克護理師。」

明里　「什麼鬼啊。」

明里笑了笑。

芙美　「對啊，不過她講了很多妳的英勇事蹟。」

明里　「等一下，我是不是變成純的好笑故事集了。」

芙美　「妳在大庭廣眾下揍了性騷擾院長，所以才辭職離開前一間醫院的吧。」

明里　「太誇張了。」

芙美　「是出石頭吧，石頭？」

芙美握拳做出揮拳的動作。

明里　「是出布啦，我現在已經金盆洗手，逢人就鞠躬哈腰了。」

芙美　「咦？一定是騙人的。」

明里　「芙美小姐，我們是第一次見面，才第一次啊。」

芙美笑了笑。

芙美　「對不起，妳的事我聽說得太多，都不覺得是外人了。」

明里　「純都亂講什麼啦。」

芙美　「妳年輕的時候很愛惹是生非吧？」

明里　「啊啊，對啊，一般人都會嚇到的。」

芙美　「妳騎重機闖進其他學校的

操場，老師過來警告妳，妳還去追打老師吧？」

明里「對，確實有這件事。」

明里抱頭。明里笑了笑。

明里「早知道就不要告訴純了。」

芙美「咦？超級帥的啊，很像《P. P. Rider》耶。」

明里「那是什麼？」

芙美「妳不知道嗎？《水手服與機關槍》導演的下一部作品，還跟《福星小子》一起上映。」

明里「不知道。我知道藥師丸博子啦，我這個世代的。」

芙美「再見不是道別之語♪[6]」

明里「是再次重逢前的遙遠承諾♪」

芙美「啊，同世代！跟上來了。」

明里「芙美小姐，妳比純口中的更活潑耶。」

芙美「啊，有可能，我跟純小姐相處的時候好像比較穩重。」

明里「什麼啦，在我面前也穩重一下嘛。」

芙美笑了笑。

芙美「妳認識她多久了？」

明里「也沒有很久，去年夏天吧。」

芙美「喔，但是妳直接叫名字耶。」

明里「因為我們認識的經過太讓我震撼了。那天我是去看朋友的演唱會，純是普通歌迷，不過那場演出玩很大。」

芙美「喔？好意外。」

明里「現場不是會衝撞或跳水嗎？純在很前面看。」

芙美「超意外的。」

明里「她頸部的延髓被踢到。」

芙美「咦？真的嗎？她脖子那麼細。」

明里「對啊，我就在她旁邊，本來全場哇啦哇啦亂叫的。」

明里用力表演點頭。芙美笑了笑。

明里「沒想到有個人倒在我身上，我還覺得莫名其妙，結果那個人就是純。」

芙美「命中注定耶，妳接住她喔？」

明里「沒有，她是慢慢倒下來的，還扶著牆邊。我去飲料區拿了濕毛巾來，她說沒事，我還是照顧了她一下。」

芙美「喔？好像王子喔。」

明里「等演唱會結束，她看到我和團員聊天，我就問『咦？妳要來慶功宴嗎』，她眼睛都亮起來了。」

芙美「啊，我懂那個感覺。」

---

6 譯註：《水手服與機關槍》主題曲，由飾演主角的藥師丸博子演唱。

明里　「然後我們一起開喝，在那個時候交換了聯絡方式。我的排休不固定，但反正純是壞太太。」

芙美笑了笑。

明里　「我們時間很好配合，就開始一起去買東西、喝酒。」

芙美　「志同道合啊。」

明里　「純是聆聽高手，她都表現出很崇拜的樣子，讓人忍不住一直說下去。」

芙美　「嗯，她有這種特質。」

明里　「不過純反而說是妳耶。」

芙美　「咦？什麼意思？」

明里　「我說『純是聆聽高手，害我一直講不停』，結果她說人外有人，那個人就是妳。」

芙美　「咦？怎麼會？有嗎？她真的是講了很多人的好笑故事。」

芙美和明里笑了笑。

芙美　「她有好多故事，我總是很好奇她到底有多少朋友，邊聽邊讚嘆。」

明里　「對啊，不過重點是自己也在她的故事集裡啊，早該發現的。」

芙美　「對啊，不知道她講了我什麼。」

明里　「唉呀，不過她又不是講閒話。」

芙美　「對啊，沒錯，這倒是讓人滿飄飄然的。」

葉子端來明里的咖啡。

明里　「謝謝。」

葉子放下咖啡後退下。

明里喝了口咖啡，看向芙美，

芙美也看她。

明里　「美美是怎麼認識她的？」

芙美　「啊，變好親暱。」

芙美笑了笑。明里也笑了。

芙美　「我想想，妳是說純小姐吧。」

明里　「對啊，我聽說跟這間店有關。」

芙美　「嗯，我們公司負責設計這間店的ＬＯＧＯ和傳單。」

明里　「但妳不是設計師喔？」

芙美　「嗯，嚴格來說是協助設計師和客戶溝通的人。」

明里　「喔？中階主管之類的。」

芙美　「也不太算。反正那天純小姐是來看場地的，那是場店面完工後的內部聚會。」

明里　「啊，那妳們是最近才認識的。」

芙美　「對對對，我隔天下班去看電影，又碰巧遇到她。」

明里　「咦？妳看什麼？」

芙美　「克林·伊斯威特的。」

明里　「好老派啊。」

芙美笑了笑。

芙美　「有嗎？伊斯威特執導的《陌

生的孩子》。」

明里　「啊，他也有當導演啊。」

芙美　「對啊，我很喜歡伊斯威特的電影，也喜歡安潔莉娜・裘莉。」

明里　「啊，她很讚，那個嘴唇。」

芙美　「對啊，《陌生的孩子》也是，嘴唇很棒。」

明里　「原來啊。」

芙美　「嗯，觀眾沒有很多，不過我哭了。」

明里　「喔？這麼好看喔。」

芙美　「算好看嗎？那是個沒有希望的故事。」

明里　「是這種的喔。」

芙美　「可是感覺非常有格調。」

明里　「格調？」

芙美　「但我發現影廳裡好像有人哭得比我還厲害。」

明里笑了笑。

芙美　「啊，猜到了嗎？」

明里　「猜到了，太好猜。」

芙美　「那個人就是純小姐，影廳燈亮就發現了。沒想到昨天第一次見面，隔天就看到彼此哭泣的樣子。」

明里笑了笑。

芙美　「我們都覺得好笑，後來一起去附近的酒吧喝。兩星期前也有見到面，那天我們聊了大概十小時。」

明里　「好久啊。」

芙美　「我們快把彼此的前半生講完了。」

明里　「十小時也太扯了吧。」

芙美　「我們1點碰面，散會的時候超過11點。」

明里　「她真的是壞太太耶。」

芙美笑了笑。

芙美　「我也沒資格講她。」

明里　「咦？妳有在工作啊。所以純跟這間店也有關係嗎？」

芙美　「好像說店長有來找她商量要不要開店，店長應該是她高中的學長吧。」

明里　「妳真的很喜歡聽故事。」

芙美　「對啊，聊十小時的那天，她說她一定一定要介紹我和妳認識。」

明里笑了笑。

明里　「什麼啦，是媒婆嗎？」

芙美　「不過我懂為什麼了，很高興今天有來。」

明里　「對了，妳今天本來要工作吧？」

芙美　「嗯，我說我要來看這間店開幕，看完就下班。」

明里　「喔？Ninotchka，店名是什麼意思？」

芙美　「那是店長喜歡的電影，我也沒看過。」[7]

明里　「是喔。」

明里看向店裡的時鐘。已經下

午3點多了。

明里　「集合時間過了吧？」

芙美　「啊，真的耶，是因為下雪吧。」

明里　「啊，電車誤點之類的嗎？」

芙美看向手機。

芙美　「啊，純小姐傳訊息來了。」

明里　「咦？真的嗎？」

明里拿出外套中的手機。

芙美　「『很抱歉主揪遲到了！可是我相信妳們不缺話題的。』」

明里　「什麼鬼。」

明里笑了笑。

明里　「嗯，雪這麼大也沒辦法。」

芙美唸簡訊。

芙美　「『櫻子也說有事會晚到』，妳認識這位櫻子小姐嗎？」

明里　「我有聽說她會來，但沒見過。」

芙美　「啊，明里小姐也沒見過啊。」

明里　「啊，叫我明里就好。」

芙美　「可以循序漸進來嗎？」

明里　「可以啊。」

芙美　「那麼，小明明，妳也……」

明里笑了笑。

芙美　「不認識櫻子小姐。」

明里　「我聽說她們是國中朋友，純時不時會提到她。」

芙美　「說是最好的朋友呢。」

明里　「把她捧成公主似的，還說想生這樣的女兒耶，什麼意思啦。她根本只說別人好話的，話都只能聽一半。」

芙美　「哇，好期待喔。」

芙美笑了笑。

明里　「好像有點想喝葡萄酒。」

芙美　「啊，我也想要熱紅酒，但是供酒時間還沒到。」

明里　「咦？不能點嗎？」

明里注意到葉子，舉起手來叫她。葉子看到明里舉手，走了過來。

葉子　「要點什麼嗎？」

明里　「有葡萄酒嗎？熱紅酒之類的。」

葉子　「有是有。」

明里　「那一杯熱紅酒。」

葉子　「我們17點才開始供酒，酒類要晚一點才能點。」

明里　「啊，是喔。」

葉子　「不好意思。」

明里　「可以通融一下嗎？」

明里露出慧黠的笑容。芙美笑了笑。

芙美　「明里小姐。」

葉子愣住了。

葉子　「我去問問看。」

葉子回去吧台。

芙美看著明里。

明里　「這樣不行嗎？太滑頭了？」

芙美　「對啊，可是……」

明里　「可是什麼？」

芙美　「硬要說的話是滑稽。」

明里「變小丑了嗎？」
明里笑了笑。

#6 同咖啡廳・吧台

神田在筆電中挑選店裡播放的音樂，換了一首歌。
葉子走進來。

葉子「店長。」
神田「怎麼了？」
葉子「雖然時間還沒到，不過有客人說想要點熱紅酒。」
神田「啊，很冷嘛。」
葉子「咦？」
神田「好啊，出吧。」
葉子「啊，可以嗎？」
神田「妳是指酒吧時段嗎？」
葉子「因為之前說17點以後才供酒。」
神田「設定供酒時段是因為一講『現在開始供酒』，大家就比較會點酒，所以供酒反而是對我們有利的。」
葉子「啊，原來是這樣。」
神田「這部分可以隨機應變。」
葉子「很抱歉我不知變通。」
葉子低下頭來道歉。
神田「沒事沒事。」
葉子「嗯。」
神田「是熱紅酒吧。」
葉子「對。」
神田拿出酒瓶，倒進熱水壺裡。
神田「妳去請她們稍等。」
葉子「我知道了。」
葉子走出吧台，前往明里等人的座位。

#7 同咖啡廳・店內

街上依然在下雪。
店裡的時鐘已經來到下午4點多了。
客人漸漸變多，里美也來到外場。
明里喝著玻璃杯裝的熱紅酒。

明里「那兩個人是不是串通好了。」
芙美「咦？」
明里「這間店也是共犯。」
芙美「什麼意思？」
明里「她們應該裝了攝影機，現在正看著我們的樣子嘲笑我們呢。」
芙美「很像是電視節目會有的企畫。」
明里「我們就是叫來被惡搞的，是大家的笑柄。」
芙美笑了笑。窗外，有人快步走來。

7 譯註：即《俄宮豔使》。

#8 同咖啡廳・外觀

櫻子快步走來打開門。

#9 同咖啡廳・店內

葉子帶櫻子來到芙美和明里的座位。

其他桌客人叫了葉子，她過去那裡點單。

櫻子　「對不起，我遲到了。」

櫻子低頭鞠躬，呼吸仍然很急促。

櫻子　「我臨時有急事，然後好不容易搭上電車又遇到延誤。」

明里和芙美面面相覷。

櫻子　「啊，我還沒自我介紹，我姓井場，我叫井場櫻子。」

明里　「我是槙野明里。」

芙美　「我是塚本芙美。」

櫻子　「真的很對不起，第一次聚會就讓妳們乾等。」

明里　「不會，都下雪了，難免的。」

芙美指著座位。

芙美　「請坐。」

櫻子　「啊。」

櫻子脫下外套入座。

櫻子看向明里。

櫻子　「槙野小姐是護理師。」

櫻子看向芙美。

櫻子　「妳是新婚的塚本小姐吧？」

明里　「我們正在推行直呼名諱的活動。」

櫻子　「咦？」

芙美　「剛聊一聊就變成這樣了。」

櫻子　「好，那……」

櫻子看著明里。

櫻子　「明里小姐。」

櫻子看著芙美。

櫻子　「芙美小姐。」

明里露出賊笑，芙美注意到她的笑容。

芙美　「怎麼了？」

明里　「就覺得純真心不騙。」

芙美　「對啊。」

櫻子　「怎麼了？」

葉子拿著水和濕紙巾來到她們的座位。

葉子　「需要什麼嗎？」

櫻子看著菜單。

櫻子　「嗯～要點什麼呢？」

櫻子翻到菜單背面，背面是酒單。

櫻子　「對不起，我點菜都要看很久。」

葉子　「啊，完全沒關係。」

櫻子　「嗯……」

葉子煩惱著要不要先行離開。

芙美對猶豫不決的櫻子說。

芙美　「妳會冷嗎？」

櫻子　「會啊，我想喝點暖暖甜甜的，但又覺得熱可可太甜了。」

芙美　「嗯。」

櫻子　「奶茶又不夠甜。」

芙美「原來如此。」

櫻子「但又不想加太多糖，有推薦的嗎？」

櫻子看著葉子。

葉子「啊，呃，這個嘛……我們好像都賣些不上不下的東西。」

芙美笑了笑。

芙美「店員不能講這種話的吧？」

明里「都傍晚了，要不要喝點甜酒？很溫暖的。」

櫻子「咦？第一杯就喝酒？已經可以開喝了嗎？」

明里「對啊。」

芙美「那焦糖維也納……」

櫻子「咦？」

芙美「妳喝過嗎？」

櫻子搖頭。

芙美「妳應該會喜歡。」

明里「餐飲專家來了。」

櫻子「嗯，有點想喝喝看。」

明里看著菜單。

明里「但是菜單上沒有。」

櫻子「真的耶。」

芙美對葉子說。

芙美「你們可以做焦糖維也納嗎？」

後面傳來客人叫服務生的聲音。

葉子「我想想，應該可以。」

芙美「那就麻煩妳了。」

葉子「好的。」

葉子快速寫下餐點回吧台。

芙美「妳是櫻子小姐？可以這樣叫妳嗎？」

櫻子「啊，這個稱呼好新鮮。」

芙美「咦？會嗎？」

櫻子「家長會上通常都是叫我的姓。」

明里「對喔，妳有小孩了，今年幾歲？」

櫻子「嗯，我兒子今年十歲。」

明里和芙美對看一眼。芙美點頭。

櫻子「今天因為下雪，我兒子的校外教學取消，我得先送他去朋友家，結果就遲到了。」

芙美「已經十歲了啊。」

櫻子「嗯，小學四年級。」

明里「完全看不出來。」

芙美「嗯，其他媽媽說過嗎？」

櫻子「嗯，我在家長會裡通常是最小的。」

芙美「妳早婚吧。」

櫻子「大學畢業就結了。」

明里「咦？是因為……」

櫻子「該怎麼說呢？反正早晚都要結，好像沒什麼好等的。」

芙美「喔喔。」

櫻子「當時的感覺是已經等夠久了，我們國中開始交往，大學又是遠距離。」

明里「啊，好像有聽說。妳先生和純都是唸同間國中吧。」

櫻子「沒錯。」

芙美「咦？有小孩照片嗎？」

櫻子「我看看。」

明里「我要看我要看。」

櫻子笑著拿出包包中的手機，尋找照片。

她秀出兒子大紀的照片。

芙美和明里仔細看。

明里「好可愛。」

芙美「可以上傑尼斯吧。」

櫻子「過獎了，他最近可跩了。」

芙美「喔？妳真的是媽媽啊。」

明里「這張照片是？」

大紀擺著一張臭臉，他前面有一塊插著蠟燭的生日蛋糕。

旁邊的人是先生良彥。

櫻子「我先生把生日蛋糕的蠟燭吹熄了，他在鬧脾氣。」

明里「先生幾歲啊？」

所有人都笑了。

#10 同咖啡廳・吧台

葉子對走進吧台的里美說。

葉子「里美小姐。」

里美「怎麼了？」

葉子「有人想點焦糖維也納。」

里美「奇怪？這菜單上沒有吧。」

葉子「啊，對，可是我想說變通一下應該可以做出來吧。」

里美「妳說好？」

葉子「還沒確定。」

里美「嗯……」

里美打開廚房架子看了看。

里美「我需要白雙糖或白糖，但現在這些東西單價高沒有進貨。」

葉子「喔。」

里美「也沒有替代品可用，妳去回絕掉吧。」

葉子「啊，不過……」

里美「麻煩囉。」

葉子「好。」

里美走出吧台。

葉子也走出吧台，前往明里等人的座位。

明里、櫻子正在看芙美的手機照片嬉鬧。

明里「搞什麼，搞什麼啦，這根本帥哥啊！背景是哪裡？」

芙美「布拉格。」

明里「布、拉、格？」

櫻子笑了笑。芙美也笑了。

葉子停下腳步。

其他座位的客人叫她。

葉子「啊，不好意思，馬上過去。」

葉子去幫其他桌點單。

#11 同咖啡廳（店內）

店裡的人潮越來越洶湧。

明里「唉，妳們都好幸福，真好。」

明里把手機還給芙美。芙美笑了笑。

芙美「結婚不等於幸福。」

明里「嗯，這我懂啦。」

芙美看向明里。

明里　「但是照片不會說謊，妳們就很幸福啊。」

櫻子　「妳有對象嗎？」

明里　「沒有。」

芙美　「真的嗎？」

明里　「騙妳們幹嘛？」

芙美　「還以為妳已婚了。」

明里　「真的嗎？」

櫻子　「啊，不過妳應該是好太太。」

芙美　「嗯，騎到先生頭上的類型。」

櫻子　「對對對。」

明里　「嗯，我是騎到先生頭上了沒錯，我確實有。」

櫻子、芙美　「咦？」

明里看向櫻子和芙美。

明里　「也沒什麼好瞞的，我就說了，我離過一次婚，兩年前。」

芙美　「啊啊，不過好像可以理解。」

明里　「妳這話給我講清楚喔。」

芙美　「就感覺好像笑中帶苦？」

明里　「苦什麼苦啦！」

明里和芙美都笑了。

明里　「咦？我有告訴過純，妳們沒聽說嗎？」

芙美和櫻子搖頭。

明里　「是喔，反正我們沒有小孩。該怎麼說呢？完全是年輕氣盛，從結婚到離婚都是。」

明里按住自己的臉頰。芙美微笑看著她。

明里　「其實我們結婚本身也有點講義氣的成分在。」

櫻子　「義氣？」

明里　「嗯，『妳都這樣說了，我們又有交情在，我不能棄妳於不顧』。」

芙美　「大哥氣慨。」

芙美笑了笑。

明里　「我想說『好啊，跟著他走好了』，然後簽署結婚；後來又想說『既然你這麼絕，好啊，那就分吧』，然後簽署離婚。」

櫻子噗嗤一笑。芙美也笑了。

明里　「喂，不准笑！」

明里也笑了。

櫻子　「對不起，我覺得好像黑道大哥的老婆。」

明里　「櫻子小姐，沒想到妳這麼敢講。」

櫻子　「不過真的超帥的，妳以前一定就是這麼帥。」

芙美　「我好像看到明里小姐歃血結盟的情景了。」

芙美和櫻子都笑了。

明里　「好了啦，對啦，我們有歃血結盟，沒想到後來會被兄弟捅刀。」

芙美　「妳被捅刀喔？」

明里　「他從後面捅我側腹部，我大喊『什麼鬼啊』！」[8]

芙美　「好混搭的場面。」

芙美笑了笑。

櫻子　「咦？那被捅刀是？」

明里　「不是啦，只是比喻。」

櫻子　「我想也是。」

明里　「我兄弟同時和其他老大歃血結盟了。」

芙美　「劈腿啊。」

明里　「對啊。」

櫻子　「叛徒啊。」

明里　「對，所以我們分了，無仁義之戰。」

芙美　「從高倉健變成實錄電影了。」[9]

明里　「妳的比喻都好老派。」

櫻子　「妳讓先生剁小指了嗎？」

明里　「櫻子同學，沒想到妳這麼入戲耶。」

櫻子笑了笑。芙美和明里也笑了。

三人笑了一陣子才停下來。

明里　「唉呀呀。」

明里正想喝葡萄酒，才發現酒杯已空。

她舉起手，但是工作人員沒注意到裡面的座位。

明里站起來。

明里　「感覺不會過來啊。」

芙美　「怎麼了？」

明里　「我去點。」

明里離開座位往吧台走去，半路遇到神田，向他點了杯熱紅酒。

神田　「好，是裡面的座位吧。」

明里　「麻煩你。」

明里直接去了廁所。

芙美和櫻子看著明里的背影。

櫻子　「我們會不會問太多了？」

芙美　「應該還好吧，我也不知道，我也是第一次跟她見面。」

芙美和櫻子都笑了。

櫻子　「我沒有對新朋友吐槽吐那麼兇過。」

芙美　「嗯。」

櫻子　「我都聽傻了，一不小心就忘了要有分寸。」

芙美　「她就很帥嘛。」

櫻子　「嗯，可是……」

芙美　「可是？」

櫻子　「她一定很受傷。」

櫻子看向廁所，芙美看著櫻子。

芙美　「對啊，所以我們也才會那麼賣力演出。」

櫻子　「如果是純，就會很巧妙地照顧到這些細節。」

芙美　「啊啊，她戳人的方式都很有愛。」

櫻子　「沒錯。」

芙美　「講到這個，純小姐好慢啊。」

芙美看向手機。

櫻子　「電車還停在隧道裡，應該聯絡不上人。」

芙美關上手機。

芙美　「純小姐其實是透過鏡頭在

監控我們吧。」

櫻子「咦？什麼意思？」

芙美「等到時機成熟就會現身了。」

櫻子「什麼時機成熟？」

芙美「比方說現在，這個絕佳的氣氛。」

櫻子「啊，可以組團的感覺。」

芙美「一人發一件皮衣，現在就去練團室之類的。」

櫻子笑了笑。

櫻子「為了什麼？」

芙美「為了什麼？如果要這樣問的話，我也不知道今天為什麼有這場四人聚會。」

櫻子「這個嘛，為了練團？」

芙美「操之過急了吧。」

芙美笑了笑。

櫻子「要組團的話，我想當鼓手。」

芙美「好意外。」

櫻子「咦？我覺得鼓手最帥。」

芙美「啊，我要貝斯，我想彈出 bang bang bang bang 的聲音。」

櫻子笑了笑。

櫻子「明里小姐很像主唱。」

芙美「所以純小姐是吉他囉。」

櫻子「啊，感覺她會加進一堆和聲。」

兩人捧腹大笑。

芙美「唉唷，真的是喔。」

櫻子「難怪她說我們一定聊得來。」

芙美「她也有跟我說。」

櫻子「啊，不過純有這樣的特質。」

芙美「從以前就是？」

櫻子「嗯，以前就有。」

芙美「從國中開始？」

櫻子「嗯，沒錯，她從國中到現在好像都沒變。」

芙美「是喔？」

櫻子「對啊，我和我先生也是同一間國中的。」

芙美「嗯嗯。」

櫻子「我們對彼此還沒有意思的時候，她就一直說你們一定很配，快點在一起。」

芙美「你們有在一起嗎？」

櫻子「上高中後才交往。」

芙美「然後就修成正果。」

櫻子「中間先經過一些波折才結婚的。」

芙美「面對純小姐的時候，會有種拿人手短的感覺嗎？」

櫻子「嗯……有點不爽她。」

芙美笑了笑。

8 譯註：出自刑警劇《向太陽咆哮》，刑警柴田純保護的男子開槍攻擊他，在驚愕之中他喊出了這句名台詞。

9 譯註：1960年代興起一波由高倉健等人主演的俠義電影，主題多為邪不勝正；到了1973年，由知名真實事件改編的《無仁義之戰》大獲好評，這類標榜「實錄電影」的犯罪、幫派片開始興起。

櫻子「不過，基本上她說什麼我都相信。」
芙美「好果斷。」
明里回到座位上。
明里「什麼什麼？什麼好果斷？」
芙美「櫻子小姐的婚事。」
明里「啊，我想聽。」
里美過來送上熱紅酒。
里美「久等了。」
熱紅酒上桌。
明里「謝謝。」
芙美「奇怪？焦糖維也納呢？」
明里「對耶。」
櫻子「不好意思，我有點焦糖維也納。」
里美「啊，不好意思，我們沒有賣焦糖維也納。」
芙美「咦？可是店員說有。」
里美「她應該是搞錯了。」
櫻子「什麼嘛。」
芙美「咦？但是她沒跟我們說耶。」
里美「非常對不起。」
櫻子「芙美小姐，沒關係啦。」
櫻子對里美說。
櫻子「啊，沒關係。」
里美「非常對不起。」
芙美「那個店員還好嗎？」
里美退下。店裡傳出「噹」的聲音。
四人看向聲音來源。

#12 同咖啡廳・店內

葉子潑濺出咖啡，現在正在擦地板。

#13 同咖啡廳・吧台

葉子端著空杯走進吧台。
神田和里美在吧台裡。
葉子「對不起我潑出來了。」
神田「里美，那邊交給妳了。」
里美「好。」
葉子「不好意思。」
葉子低頭鞠躬。
里美沒有理會葉子。
里美沖完咖啡走出吧台。
葉子「不好意思。」
神田「滝野小姐啊。」
葉子「是。」
神田「客人點了沒在菜單上的焦糖維也納，妳有去說我們沒賣嗎？」
葉子「啊。」
神田「沒說吧。」
葉子「對。」
神田「這樣不行喔。」
葉子「不好意思。」
神田「咖啡潑出來雖然也是不應該，不過這種意外在所難免。」
葉子「對。」
神田「但是該解釋的還是要對客人解釋清楚。」
葉子沉默不語。

神田「懂了嗎？」

葉子沒有回答。

葉子「對不起，我果然不適合做服務業。」

神田「咦？」

葉子脫下圍裙。

葉子「對不起，我先走了。」

神田「等一下。」

葉子逕自往員工休息室走。

神田抓住葉子拿著圍裙的手。

神田「滝野小姐，妳這樣更不ＯＫ喔。」

葉子「但是我對不起客人。」

神田「妳去好好道歉。」

葉子「可是那組客人好期待焦糖維也納，對話也很熱絡，她們身在歡樂的時光之中，結果卻被我糟蹋了。」

葉子垂頭喪氣的。

神田放開手。

葉子拿著圍裙站在原地。

金平糖從葉子的圍裙口袋掉出來。

神田看著金平糖。

神田「滝野小姐。」

葉子沒有回應。

神田「滝野小姐，妳還有金平糖嗎？」

葉子回頭。

神田「有金平糖或許就能做焦糖維也納了。」

葉子「咦？」

神田「磨碎的金平糖可以取代白雙糖，只是味道有點不一樣。」

葉子「咦？」

神田「等我一下喔。」

神田進廚房開始將金平糖磨碎。葉子看著他。

神田「滝野小姐。」

葉子「咦？」

神田「換個氣氛吧。」

葉子「什麼？」

神田「店裡放的歌妳去換一首。」

神田指著吧台的筆電。

葉子看向神田。

葉子「好。」

#14 同咖啡廳（店內）

明里喝著熱紅酒。

芙美正在玩手機。

明里「純小姐好慢啊。」

櫻子「真的。」

明里和櫻子也開始玩手機。

#15 同咖啡廳（店內）・吧台

葉子無法從筆電中選出曲子。

她拿出自己圍裙口袋的 iPod。

她插上接頭選歌。

播放 iPod 中的曲子。

#16 同咖啡廳（店內）

芙美、明里和櫻子都在玩手機。

三人的手機同時收到簡訊。

芙美、明里、櫻子　「啊。」

三人面面相覷。

櫻子　「嗯，從車站過來大概5、6分鐘吧。」

明里　「她終於要來了。」

芙美吐氣。

芙美　「感覺好像是來等人的。」

櫻子　「不好意思。」

明里　「不不不，她說的是純啦，叫純請客吧。」

芙美　「這樣會不會太超過？」

櫻子　「讓她請客還不錯吧，誰叫她老是在暗中穿針引線，給她一個教訓。」

芙美　「咦？」

明里注意到店裡播放的歌曲。原本播放的是沙發音樂，現在換成越路吹雪的〈Sans toi ma mie〉。

明里　「啊啊，怎麼會選這首？」

芙美　「越路吹雪。」

櫻子　「是喔，我只知道忌野清志郎的版本。」

明里跟著BGM哼起歌。

櫻子　「啊，感覺妳很會唱。」

明里　「我不用看歌詞的。」

櫻子　「是喔。」

明里　「害我想去唱歌了。」

櫻子　「啊，好耶！」

芙美　「啊。」

櫻子和芙美對看一眼笑了出來。

芙美　「我可以去聽妳們唱。」

明里　「咦？為什麼？妳看起來很會唱啊。」

芙美　「才沒有。」

明里　「欸～妳只是在裝吧？聲音很好聽啊。」

芙美　「欸，少來。」

櫻子　「妳很會唱松田聖子吧？」

芙美　「咦咦？」

明里　「〈紅色的麝香豌豆〉之類的。」

芙美　「啊，對啊，我滿喜歡的。」

明里　「而且也會唱吧？」

芙美　「算是吧。」

明里　「就說吧，妳是走雙手握麥的路線。」

櫻子笑了笑。

芙美　「不過要唱還是唱UNICORN這類的吧。」

櫻子　「啊，太詐了。」

明里　「給我等一下，奧田民生是大家的。」

芙美　「咦？可是明里小姐是唱中森明菜吧？」

明里　「我才不要唱〈少女A〉，我大概是RC Succession吧。」

芙美　「〈雨後的夜空〉之類的。」

櫻子　「啊，妳點這首純可能會生氣。」

明里　「咦？是喔？」

櫻子　「她喔，只要聽別人怎麼演

繹……」

櫻子　「就知道那個人聽了多少次

〈雨後的夜空〉。」

明里　「嗯。」

明里　「什麼啊好恐怖，千萬不能

點。」

芙美　「櫻子小姐呢？」

明里　「妳是 DREAMS COME TRUE

這類吧。」

芙美　「啊啊，〈喜歡〉之類的。」

櫻子　「也是可以啦。」

明里　「可是？」

櫻子　「現在應該會點〈兒子〉吧。」

芙美　「啊，大家的奧田民生。」

櫻子　「現在唱可能會真情流露。」

明里　「唱不贏妳了。」

三人都噗嗤一笑。

明里忍不住指著櫻子。

葉子端著焦糖維也納過來。

葉子　「不好意思，為妳們送上焦

糖維也納。」

櫻子　「啊。」

芙美　「咦？不是沒賣嗎？」

葉子　「不好意思，其實是沒有的，

但我卻說有，店長覺得很

抱歉，所以變出食材做出

來了。」

芙美　「是喔。」

櫻子　「謝謝。」

明里　「太好了。」

葉子　「非常對不起。」

櫻子　「不會，謝囉。」

葉子回到吧台。

櫻子看著焦糖維也納。

明里　「是什麼味道？」

櫻子喝了焦糖維也納。

櫻子　「啊，很剛好。」

芙美　「就說吧。」

櫻子　「嗯，這是我要的甜度。」

明里　「是喔。」

葉子遠遠觀察櫻子的反應。

櫻子　「啊啊，這杯很棒耶。」

櫻子一口氣喝光了。

櫻子　「啊，喝光了。」

純打開店門走進來，抱著一束花。

三人嚇了一跳，純看到她們，

雙手合十在臉部前方。

純　「很抱歉，真的很抱歉。啊，

神田，恭喜你！」

純將覆上一層雪的花束交給神

田。

神田　「啊，謝啦。」

純匆匆忙忙趕到桌邊。

三人賊笑著看向純。

純　「抱歉我遲到了還先去送花，

但他們今天開幕。」

三人對看彼此，站了起來。

純　「咦？」

她們各自穿起大衣。

純　「要走了嗎？」

櫻子　「相反。」

純　「什麼？」

芙美　「我們正在說要轉移陣地了。」

明里「強行架走。」

明里和櫻子抓住純的雙手，讓她倒退往後走。

純「什麼意思？」

純看著跟在後面的芙美。

芙美笑而不答。

#17 卡啦OK包廂（夜）

純握著麥克風。

純演唱Ulfuls的〈好女人〉。

明里、芙美和櫻子一起加入多重唱。

四人都激情演唱。

#18 咖啡廳「Ninotchka」・外觀（夜）

咖啡廳熄燈，神田、里美、葉子走出店外。

葉子看著天空。

葉子「雪停了。」

里美「咦？」

神田看著天空。

神田「啊，真的耶。」

里美也跟著葉子和神田仰望天空。

月亮高掛在天際。

整片的雪景反射出月光。

三人看著月亮。

葉子「店長。」

神田「是。」

葉子「我明天還可以來嗎？」

神田「里美，妳覺得呢？」

里美「咦？我嗎？」

神田「嗯。」

里美「妳不來我們怎麼辦？」

神田「嗯。」

里美「人力吃緊耶。」

神田「聽到沒，不過滝野小姐，身為服務生，妳今天做的事……」

里美把一顆雪球砸到神田身上。

葉子呆若木雞。

里美又往神田身上砸了一顆。

神田也捏了一顆砸向里美。

里美「哇啊！來吧，葉子也一起！」

葉子也捏了一顆雪球，狠狠砸向神田。

葉子和里美不斷對神田砸球，

三人玩起打雪仗。

葉子的筆記寫著「金平糖是白糖做的」。

歡笑聲在夜晚的街頭迴盪。

（完）

《歡樂時光》演職員表

演員

田中幸恵

菊池葉月

三原麻衣子

川村莉拉

申芳夫・三浦博之・謝花喜天・柴田修兵・出村弘美・坂庄基・久貝亞美・田邊泰信・澀谷采郁・福永祥子・伊藤勇一郎・殿井步・椎橋怜奈

工作人員

製作總指揮
原田將、德山勝巳

製作人
高田聰、岡本英之、野原位

協同製作人
靜健子、HAYASHI Akikiyo

導演　濱口竜介

編劇　HATANO KOUBOU（濱口竜介、野原位、高橋知由）

攝影　北川喜雄

錄音　松野泉

燈光　秋山恵二郎

副導　斗內秀和、高野徹

配樂　阿部海太郎

製作・發行
Kobe Workshop Cinema Project LLP（NEOPA, fictive）

宣傳　佐佐木瑠郁、岩井秀世

特別感謝
野瀨範久、SASAKI Hideaki、奧野弘幸、山田 Yukari、藤島順二、北川喜信、野本幸孝、金森春樹、芹澤高志、中山英之、Silent Voice、坂本一馬、SAITO Ayako、櫻井敬子、岡村忠親、MASE Yukie

特別協力
神戶設計創意中心（KIITO）
Gateway for Directors Japan

二〇一五／日本／彩色／三一七分／16：9／HD

3

作品列表

創作自述

濱口竜介

假裝沒事　何食わぬ顔

二〇〇二～三年／8厘米／彩色
製片、導演、編劇、剪輯：濱口竜介
攝影：渡邊淳、濱口竜介、東辻賢治郎
錄音：井上和士
配樂：David Nude、ROMAN
演員：松井智、濱口竜介、岡本英之、遠藤郁子、石井理繪
片長：九八分鐘
（short version　四三分鐘）

我在東京大學的電影研究會，以一種拍畢業製作的心情，完成這部8厘米作品。我在拍攝的過程中一直隱約覺得，以後可能再也沒機會用這種方式創作了。故事描述一名男子照著朋友所說的，接續亡兄拍攝一部8厘米的電影遺作，但是他拖泥帶水的態度使得身邊的人困惑不已。

三名男子身穿西裝嬉鬧的場景，原型是卡薩維蒂的《大丈夫》。回想起來，我似乎從這個時候開始，始終都在重複同一件事。「短版」指的是劇中劇，它本身自成一部電影。我一直在思考該如何將互文結構納入電影之中，最後完成的作品就是《假裝沒事》。從這層意義而言，《假裝沒事》其實結合了兩種啟蒙經驗：《回到未來》與約翰・卡薩維蒂。

開始　はじまり

二〇〇五年／DV／彩色
製片、導演、編劇、剪輯：濱口竜介
製作人：遠藤薰
攝影：松本浩志
錄音：井上和士
副導：野原位、笹嶋俊
配樂：川村岬、望月晃
演員：梅田Tsukasa、花澤拓巳、馬場省吾
片長：一三分鐘
入選二〇〇五年仙台短片影展

雖然最後有切換鏡頭，不過開場的一鏡到底幾乎就佔了全部的篇幅。從攝影機固定的長鏡頭開始，漸漸走向鏡頭的切換，我想透過《開始》重新體驗一回電影史。我想拍長鏡頭，又不想只拍長鏡頭，這就是拍

攝《開始》背後複雜的心情。

故事描述一段歲末年初的三角關係，國三的冬天，一名準考生在年底偶然遇見同學，這個同學其實已經將她的祕密告訴朋友。女學生在三人的對話中，發現了他的背叛。本片的副導，由《歡樂時光》編劇團隊中的野原位擔綱。

Friend of the Night

二〇〇五年／DVCAM／彩色
製片：岡本英之
導演、編劇、剪輯：濱口竜介
攝影：濱口竜介、松本浩志
錄音：佐佐木亮介
副導：野原位
演員：鈴木里美、岡本英之、大平惠、梶尾翔平、櫻木麻衣羅等人
片長：四四分鐘

《歡樂時光》的其中一位製作人岡本英之提出邀約，希望在一場結合音樂與電影的活動中，播放恐怖類作品，於是我開始籌備拍《Friend of the Night》。我接下案子後遲遲寫不出劇本，最後這個故事，就發展成一個遲遲寫不出劇本的編劇，一直在聽一位女性分享經驗談，希望能找到電影的靈感。

隨著劇情推進，觀眾會漸漸發現這些恐怖經驗談是她自己過去的惡行，其實最駭人的就是她。

這是我第一次有自覺地，去嘗試純粹用語言建構一部電影。而且由於只需要「一直聽她講故事」，因此我想我也透過這部作品，摸索出了低預算、短時間把片拍完的方法。

那一場活動辦得熱熱鬧鬧的，先是放映電影的前半部，中間插入現場演唱會，最後放映後半部。

記憶的氣味　記憶の香り

二〇〇六年／16厘米／彩色
製作單位：東京藝術大學影像研究所
製作人：東條真努香
導演：濱口竜介
劇本：小林美香
攝影：佐佐木靖之
錄音：草刈悠子
美術：田中浩二
剪輯：筒井武文
配樂：和田春
副導：船曳真珠
演員：藤川俊生、河井青葉等人
片長：二八分鐘

我二〇〇六年進入東京藝術大學影像研究所，就讀導演組的期間必須拍出兩部短片、兩部長片。在拍完短片《遊擊》後，我的第二部短片就是《記憶的氣味》。到目前為止，這是我最初也是最後一部16厘米的膠捲作品。

本片是我首次執導其他編劇的劇本。故事描述一名男性上班族，他發現通勤途中經過的公車站總是有一個女孩在那裡，女孩似乎痴痴在等待因車禍離世的母親。某個下雨天，他在這一站下車，結果被捲入一段不可思議的時光……

這個劇本在講評會上頗受好評，但是我並不太懂它的好。我一知半解照著劇本拍，拍出一部將缺陷本身封存下來的作品，不過我卻滿中意它的。工作人員基本上都是藝大主修電影的在學生。

這是我第一次與攝影師佐佐木靖之合作，電影比例是4：3，因此我們在片中做了些簡單的實驗，比方說嘗試採用很有小津安二郎感的構圖等等。

SOLARIS

二〇〇七年／HD／彩色
製片：藤井智、塩原史子、東條真努香、成田耕祐、山田卓
導演、編劇：濱口竜介
攝影：佐佐木靖之

燈光：湯澤祐一
特殊攝影：瀨田 Natsuki、船曳真珠
美術：田中浩二
錄音：草刈悠子、光地拓郎
剪輯：山本良子
副導：吉田雄一郎、山田咲、吉井和之
演員：松田賢二、前田綾花、澀川清彦、
酒井健太郎、平井賢治
片長：九〇分鐘

這是藝大一年級的期末專題實作，黑澤清導演出的專題，是要我們改編史坦尼斯勞・萊姆的《索拉力星》。我的劇本因為「有拍攝的可能性」因此獲選。製作上不但用了CG，還在藝大的攝影棚拍了一個月，真是一次奢侈的拍片經驗。在拍完《記憶的氣味》之後，《SOLARIS》也同樣邀請專業演員來演出。

我的構想是，電影前半先忠於原作，電影後半在太空站中漸漸發展成對話劇，形成增村保造風格的世界觀（！）。不過我後來有所反省，這次為了使用CG必須事先畫分鏡圖，分鏡圖卻可能使得我在導戲上把演員限縮進景框之中。增村的景框雖嚴實，演員們卻擁有自由的動能；而《SOLARIS》的演員都要遷就景框，似乎不太能有自己的動能。這次的反省，影響到我執導下一部《暗湧情事》。

暗湧情事 PASSION

二〇〇八年／HD／彩色
製作單位：東京藝術大學影像研究所
製作人：藤井智
導演、編劇：濱口竜介
攝影：湯澤祐一
燈光：佐佐木靖之
錄音：草刈悠子

美術：安宅紀史、岩本浩典
剪輯：山本良子
副導：野原位
演員：河井青葉、岡本竜汰、占部房子、
　岡部尚、澀川清彥等人
片長：一一五分鐘
入圍二〇〇八東京Filmex影展競賽單元、
入選二〇〇八聖賽巴斯提安國際影展

這是東京藝術大學的畢製作品，算是過往的集大成。我總是想把人物放在景框中的完美位置，拍攝某幾部作品時也是以這樣的欲望為優先，不過我起初想拍的照理說應該是演員，也就是表演的人。來回兩個女人的家是《面孔》，三個男人的登場是《大丈夫》，侯麥「六個道德故事」系列的元素也用上了。

《暗湧情事》入選國際影展之後，為我開創了一條自己的道路。我也開始和演員們有了更多交集，後來再度請到河井青葉小姐和其他演員演出我的電影。

《暗湧情事》的籌備期約為一個月，我刻意安插了排練期間才正式開拍。我希望讓演員在本片中自由，但是我和他們的關係其實也還沒有達到那個階段。簡單來說就是，我無法將攝影機放在他們的正前方。有兩名演員在場的時候，我會顧慮兩人的關係，將攝影機放在比較斜的角度。因此，我總覺得自己侵吞了他們的表演，這也成為我後來的課題。

表演只是表演，而電影必須捕捉表演，但所謂的捕捉，照理說又不是單純在捕捉真實的表演而已。經過這番反思，我從下一部《永遠愛著你》又開始將攝影機正對演員。

三男三女的大學同學，一場同學會上，一組情侶發表了婚訊。其中一個女生聽到婚訊就哭了出來，後來現場氣氛開始尷尬……不但新郎想試探自己喜歡過的女生，還有人單戀著新娘，簡單來說故事就是一夜輕佻膚淺的愛情戲碼。我之所以想描寫這種人性百態，或許是因為青春期常看某一些電視連續劇。

我自認在《SOLARIS》拍不到的瞬間，到《暗湧情事》便拍到了。五名演員的表現都可圈可點，希望未來還有機會與這個團隊拍片。

順帶一提，我有一套獨門公式。我的前一部片拍三角關係，片長是九十分鐘，代表九十分鐘可以拍三人之間的關係，每多一個人，電影就會多十五分鐘……可見《歡樂時光》想把十七個人都拍進來，必然超過三百分鐘。

永遠愛著你　永遠に君を愛す

二〇〇九年／HD／彩色

製片：竹澤平八郎
導演：濱口竜介
劇本：渡邊裕子
攝影：青木穰
燈光：後閑健太
錄音：金地宏晃、上條慎太郎
美術：原尚子
剪輯：山崎梓
副導：佐佐木亮介
配樂：岡本英之
演員：河井青葉、杉山彥彥、岡部尚、菅野莉央、天光眞弓、小田豐等人
片長：五八分鐘

我並沒有天真以為自己藝大畢業後，就能無縫接軌去當商業片的導演。畢業一年後，我決定自己想辦法拍片，於是先委託藝大的學姐渡邊裕子寫劇本。寫完《暗湧情事》的劇本之後，我已經不想再自己寫了。我提供她一個情境：主角是一名婚

期將至的女性，她有孕在身，但是孩子的爸爸不是未婚夫，很有可能是舊情人的。她一直在煩惱該如何是好，而大喜之日就要來臨了……

籌備期間並不算長，不過我們仍然先排演才開拍。《永遠愛著你》為我上了一堂課，我發現一定要先存在某些讓演員產生化學反應的元素，他們的表演才能自發性地開展下去。我彷彿體悟到，表演的開展無關乎劇本結構的優劣，演員需要的是啟動自己的台詞。於是我從下一部《景深之中》又開始自己寫台詞了。

在拍《永遠愛著你》的時候還不知道它有沒有放映的機會，想不到後來能在「橫濱文化創造都市學院」的特輯〈未來的大師們〉中得到首次放映的機會，並與梅本洋一先生進行對談，讓我留下許多難以忘懷的回憶。

景深之中　THE DEPTHS

二〇一〇年／HD／彩色

製作單位：東京藝術大學影像研究所、韓國國立電影學院

製作人：原堯志、Shim Yoon-Bo

導演：濱口竜介

編劇：濱口竜介、大浦光太

攝影指導：Yang Keun-Young

燈光：後閑健太

錄音：金地宏晃

美術：田中浩二

剪輯：山崎梓

副導：菊地健雄

演員：金民俊、石田法嗣、朴昭熙、米村亮太朗、村上淳等人

片長：一二一分鐘

二〇一〇東京 Filmex 特邀作品

《景深之中》是日韓合製的企畫，由製作人 Shim Yoon-Bo 提出，我應

藝大之邀擔綱導演一職。

Shim 提供了一個故事架構，韓國攝影師主角赴日時遇見一名應召男妓，主角想帶男妓回韓國卻無法如願。我感覺它應該能構成一部電影，於是接下導演之職開始寫劇本。

劇本寫作期間約有半年以上，寫作中也與韓國方溝通過幾次。儘管台詞會被翻譯成韓文，我仍然盡力而為，希望台詞多少能有助於角色的塑造。

正式開拍後，我意外發現自己能夠判斷台詞中是否有情感。比起NG與否的判斷，與攝影師達成價值上的共識反而更為困難。

石田法嗣並不是典型的美少年，但是他散發出某種獨特的魅力，讓觀眾有發揮想像力的空間。遇見他，對我來說是特別美好的緣分。

親密　親密さ

二〇一一～一二年／HD／彩色
製作單位：ENBU Seminar
導演、編劇：濱口竜介
攝影：北川喜雄
剪輯：鈴木宏
聲音後期：黃永昌
副導：佐佐木亮介
製片：工藤涉
劇中歌：岡本英之
演員：平野鈴、佐藤亮、伊藤綾子、田山幹雄等人
片長：二五五分鐘
（short version　一三六分鐘）

這是 ENBU Seminar 影像演員組的畢製作品，我要擔任講師指導學員如何表演，指導完後開拍。不過我本來就沒有表演教學的經驗，比起對演員指手劃腳，我更常做的是把

劇本交給演員自由發揮，我相信這樣的效果更好。我先將舞台劇《親密》的劇本交給演員，由舞台劇《親密》、舞台劇的籌備經過以及尾聲，組成電影版的《親密》。

透過本片，我獲得了一次實驗的機會，我試著摸索出一套方法，去拍攝每一位演員體內油然而生的自主反應。倘若實驗順利，我應該能獲得一個體悟：即便劇本框限出故事的範圍，即便軌道已經鋪設完備，現場仍然會出現某些真實的瞬間。最終他們在鏡頭前提煉完成的表演，是前所未有的真誠與率直。他們不是典型的俊男美女，演技也不特別精湛，卻能綻放出如此熠熠的光輝。見證這個場景，對我而言是極度感動的體驗。我開始堅信，任何人的存在一定都有綻放光輝的瞬間。

「短版」是完整的一齣舞台劇，「長版」則是舞台劇加上圍繞舞台劇的故事，長短版都自成一部電影。而且長版的舞台劇經過剪輯後其實只有133分鐘。耐人尋味的是，有些人兩個版本都看過，先短後長的人不覺得少了什麼，反而是先長後短的人，覺得短版有所不足。短版少的到底是什麼？

《親密》的片長，其實是出於我的某種野心有意為之。《親密》是不是真的非這麼長，長到超乎常規不可？其實可能也未必。某些部分算是一種冗贅，某些鏡頭則是出於野心的一種自我表現。不過在寫台詞、寫劇本的時候，我便決定要褪下外衣，把這一切丟人現眼、好的壞的全都攤開來。青澀的心或許撩動了青澀的共鳴，我想是我這樣的意念，與表演者碰撞出了某些火花。

在《親密》中，女導演和男編劇情侶組成了舞台劇的製作團隊，編劇認為只要不改台詞其他都可以，導演則是想慢慢磨出表演，兩人想走去的是不同的地方，並開始為了舞台劇《親密》發生正面衝突。

隨著編導兩人的關係日漸緊繃，戰爭突然發生了，一名劇團團員決定奔赴戰場。失去演員的舞台劇自然會分崩離析，男編劇為了力挽狂瀾站上了舞台——到這裡為止是前篇。後篇是一對兄妹因父母離婚而分隔兩地，時隔多年又重逢。哥哥有一個沒有血緣關係的妹妹，親妹妹以為他們是情侶，親妹妹喜歡的人又喜歡沒有血緣關係的妹妹，人物關係越來越纏夾不清……電影就在沒有人的心意被接收到的情況下，漸漸邁向尾聲。

東北紀錄片三部曲　海浪之音

東北記録映画三部作　なみのおと

二〇一一年／HD／彩色

製作單位：東京藝術大學影像研究所
製作人：藤幡正樹、堀越謙三
導演：濱口竜介、酒井耕
攝影：北川喜雄
聲音後期：黃永昌
受訪者：田畑 Yoshi、東 Kinu、鐮田滿、小山和範、橋本恒宏、佐藤 Katsuyo、庄司慈明、安倍淳、安倍志摩子、伊藤裕子、伊藤瑠花
片長：一四二分鐘
製作補助：芳泉文化基金會、German Japanese Association

東北的沿海地區，在那場東日本大地震來襲的時候經歷了什麼？當時有許多瓦礫堆和海嘯來襲瞬間的影像大量流傳，我雖然看到了，卻不知道該作何理解。我不曾經歷過全面摧毀人類生活的浩劫，無論那是戰爭或大規模天災，因此我想親自走一遭，親眼看看當地經歷過什麼、正在經歷什麼。然而假如沒有這部作品，我多半也沒有勇氣帶著攝影機親赴東北，我絲毫沒有想過要走訪災區拍一部紀錄片。

同一時間，仙台媒體中心的「莫忘三一一中心」即將成立，這個平台旨在保存民眾第一手記錄的災情影像。藝大也有出力協助平台的成立，校方要派遣人力過去，於是來問我要不要參與。

二〇一一年五月，我應邀後立刻出發，七月，共同執導的酒井耕和攝影師北川喜雄也來到當地，我們幾個人開始拍攝。要拍攝這種作品的時候，我都會請北川喜雄擔任攝影師。他這方面的功力相當精湛，除了能以不支配演員（在紀錄片中就是受訪者）的方式建構關係，也能以新的觀點捕捉現場的事件。

我們在東北見到了名符其實的奇觀異景。我有生以來第一次看到三六〇度全景的瓦礫堆，那樣的情景與純看影像是截然不同的。

進一步而言，我以「說故事」為拍攝題材有兩個原因。第一，有一次我聽到別人低聲說「所有東西都變成無機物了」。聽到這句話之後，我希望自己拍出的影像能讓觀眾產生立體的感受，感受到「我現在看到的瓦礫堆並不只是無機物」。

第二，請民眾分享海嘯經驗的時候，在場所有人全神貫注專心聽一個人說故事的情景，讓我相當感動。在場超過十個人的注意力，全部投注在一個人說的故事，那真的是簡單而有力的景象。

災後才來訪此地的我，自然不可能拍到事件，也就是海嘯本身。而且，此刻並不存在一種正確的鏡位，可以用來拍攝倖存的物質。因為正確的鏡位，和這些物質曾經的狀態，全都被大浪吞噬了。

既然如此，我們還能拍些什麼？讓我真切感受到攝影機前有事件在發生的，就是「說故事」，它也是三部曲一以貫之的母題。

我明確體會到，自己首次拍下了在鏡頭前如此朝氣蓬勃與我們分享的人。不足為奇的字字句句，卻是飽滿的字字句句，這件事讓我無比動容。我反覆在想，真希望也有人在虛構作品中，這樣對鏡頭說話。

東北紀錄片三部曲　海浪之聲　氣仙沼

東北記録映画三部作 なみのこえ 気仙沼

二〇一三年／HD／彩色

製作單位：silent voice

製作人：芹澤高志、相澤久美

導演：濱口竜介、酒井耕

實景攝影：佐佐木靖之

聲音後期：黃永昌

受訪者：岩本秀之、岩本清志、高橋和江、大島幸枝、本田哲也、齊藤和枝、齊藤純夫、中舘捷夫、水戶慎一、水戶明美

片長：一〇九分鐘

東北紀錄片三部曲　海浪之聲　新地町

東北記録映画三部作 なみのこえ 新地町

二〇一三年／HD／彩色

製作單位：silent voice

製作人：芹澤高志、相澤久美

導演：濱口竜介、酒井耕

實景攝影：北川喜雄

聲音後期：鈴木昭彥

受訪者：谷隆、谷奈津子、伏見春雄、鈴木健志、目黑博樹、寺島江合子、佐佐木朋、小野春雄、小野智英、青田弘子

片長：一〇三分鐘

製作補助：Association for Corporate Support of the Arts、ARTS NPO LINK、Künstler helfen Künstlern、P3 art and environment、Shinsai Regain（「《海浪之聲　氣仙沼》」亦同）

我想將《海浪之音》無法採用的一組組對談做成電影，於是產出了這兩部《海浪之聲》。我同時也希望離開沿海地區，讓不同區域的樣貌浮上台面，於是選擇了兩個小鎮做記錄。災情相關的紀錄影像照樣會留存於仙台媒體中心，不過這次我和酒井耕需要製作人的幫助。我一直希望還有機會嘗試這種拍攝方式，也很幸運地認識了silent voice讓我得償所願。所有受訪者都是透過朋友圈互相介紹，只要有人介紹我們就一定會拍。

我們選用某種鏡位來拍攝談論與聆聽海嘯體驗的一組人馬，這個鏡位的靈感來自《親密》即興訪談的場

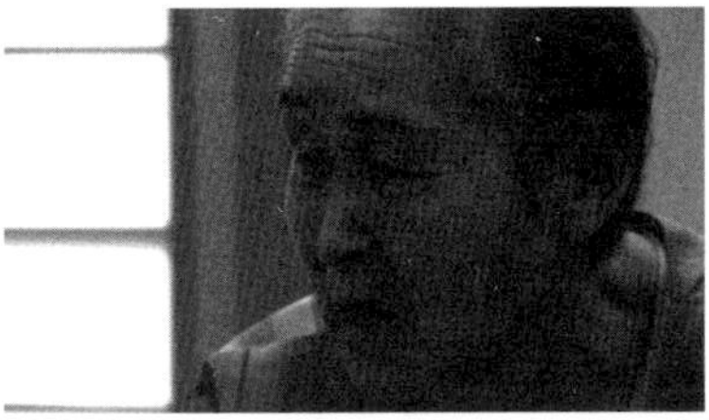

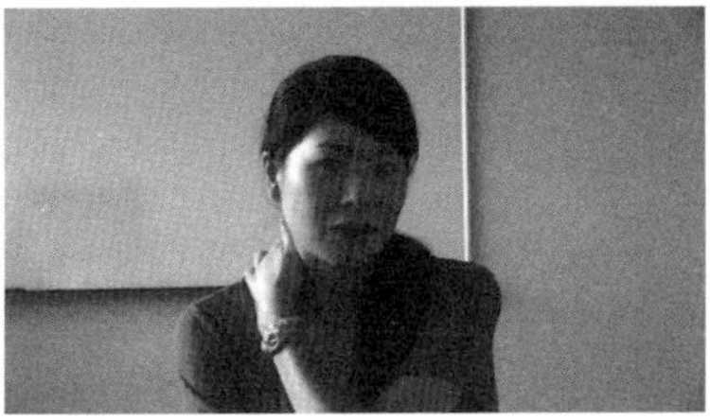

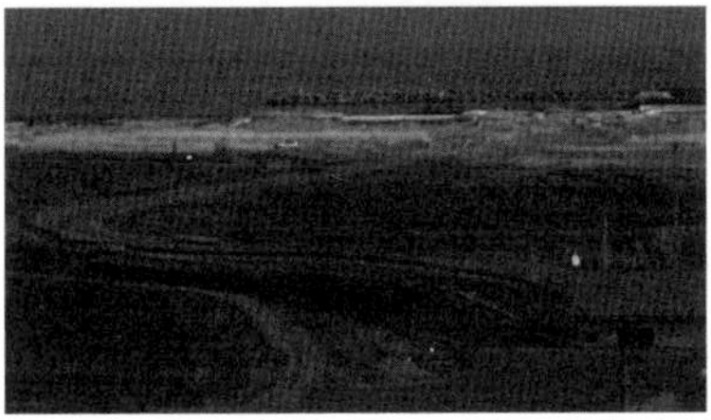

景。我們會請受訪者面對面但是稍微錯開，形成Z字形。Z字形鏡位可以製造假的時間軸，同時也更容易揭示它的並不為真。講到紀錄片，很多人會誤以為影像記錄的是潔白無瑕的真實，然而實際上並非如此。我希望製作本片的時候，能夠揭示這個大前提。

Z字形鏡位還有一個優勢，就是可以最完整保留受訪者的表情。經過剪輯之後，便能讓觀眾和受訪者身分互換，讓雙方產生連結。這種鏡位也促使受訪者專注聆聽。

採用凝視與被凝視的鏡位，對於受訪者和觀眾都會製造出某種障礙，但我覺得這是必要的。我在《暗湧情事》曾懊悔自己侵吞了表演，若不想重蹈覆轍，勢必就得拍得這麼露骨。

受訪者和觀眾或多或少會因此感到尷尬，但是「聆聽」可以克服這個心魔，我認為對話本身能夠一點一滴消融令人不自在的感覺。

講述者正對著鏡頭說故事的時候，會在某一些瞬間看起來最有生命力，如何才能讓這個精彩的瞬間發生？答案就是鼓勵對方成為他自己，讓對方全然「做自己」，這也成為了後來《歡樂時光》的基本概念。

我開拍《親密》之後就察覺到，表

達自己的時候或多或少需要「表演」這個的元素。

我很感激能聽到作品獲得肯定，說這是「正面接納災民的一流紀錄片」。然而與此同時，我始終認為我們不該也無法去揭露受訪者不願提及的那些。我擔憂這些揭露，會使得觀眾對於本片的感覺僅止於「一流」。

這樣的挫折又讓我起心動念想拍劇情片，我發現有些東西只能用劇情片表達，我想窮盡那些只能用表演表達的。這三部曲拍到了專屬於紀錄片的對話場景，不過這些對話的背後，或許存在著專屬於劇情片的，人們的生命姿態。

東北紀錄片三部曲　說故事的人

東北記録映画三部作　うたうひと

二〇一三年／HD／彩色

製作單位：silent voice

製作人：芹澤高志、相澤久美

導演：濱口竜介、酒井耕

攝影：鯨岡幸子、北川喜雄、佐佐木靖之

聲音後期：黃永昌

受訪者：伊藤正子、佐佐木健、佐藤玲子、小野和子等人

片長：一二〇分鐘

製作補助：文化藝術振興費補助金、**Association for Corporate Support of the Arts**、全國稅理士共榮會文化基金會、**P3 art and environment**、**Shinsai Regain**

本片記錄生活在宮城縣的講述者，記錄東北地區流傳的民間故事，也同時記錄尋訪他們的聆聽者小野和子小姐。

三部曲的壓軸《說故事的人》和前三部幾乎是同步進行拍攝。我透過《說故事的人》，確信「聆聽」是有力量的，這部分可以參考本書的〈《歡樂時光》的方法論〉。

二〇一三年山形國際紀錄片影展放映本片後，仍舊有觀眾認為它僅止於一部「一流的」紀錄片，也有觀眾認為它確實發生了有電影感的事件，兩種聲音都存在。有些紀錄片是立基於不可撼動的事實，而《說故事的人》並非此類紀錄片，因此我理解他們的反應從何而來。兩位製作人都理解我們的企圖，讓我們獲得了從頭到尾全面的支持。

觸不到的肌膚

不気味なものの肌に触れる

二〇一三年／HD／彩色

製作單位：LOAD SHOW、fictive

製作人：北原豪、岡本英之、濱口竜介

導演：濱口竜介

劇本：高橋知由

攝影：佐佐木靖之

聲音設計：黃永昌
配樂：長嶌寬幸
副導：野原位
製片：城內政芳
舞蹈：砂連尾理
演員：染谷將太、澀川清彥、石田法嗣、
　　瀨戶夏實、河井青葉、水越朝弓、
　　村上淳等人
片長：五四分鐘

二〇一三年，我因應關西的專題放映而拍攝了《觸不到的肌膚》。同一時間，我也在神戶準備啟動《歡樂時光》的工作坊。《觸不到的肌膚》是一個試拍片的企畫，未來預計發展成電影《FLOODS》。

我委託高橋知由寫《FLOODS》前半段的劇本，原本設定只要十五分鐘，卻出乎意料變得很長。我一方面為了讓演員更好表演，結果讓劇本越改越長，另一方面是舞蹈以我

完全沒有預料的形式成為了核心元素，使得篇幅被拉長了。

一名少年將因自己沒有犯下的殺人罪遭到警察逮捕，故事就在氣氛詭譎的土地上展開。少年的舞伴是同父異母的哥哥，哥哥在河川清潔事務所工作，而那間公司的氣氛也有點詭異危險……《FLOODS》想拍攝的是中上健次或杜斯妥也夫斯基那種，血與時間如影隨形的空間和土地。這裡所說的空間，包含了人與人之間形成的空隙。

劇本即將完成的時候，我覺得它很類似黑澤清導演或青山真治導演的手法，彷彿與九〇年代的日本電影建立了緊密連結。我猶豫著是否該繼續採取這個路線，最後我的猶豫，將砂連尾理先生為本片帶來的舞蹈元素推上了主舞台。舞蹈原本只是類似道具的功能，甚至完全沒有在《FLOODS》企畫中出現，沒想到會發展成本片的象徵性元素。

我之前就希望能再次與這三位演員合作，有機會實現願望實在是很美好的經驗。拍完《觸不到的肌膚》之後，對於《FLOODS》的原初構想已經開始產生變化。我在此宣示，我一定會完成《FLOODS》。劇本預計在二〇一六年內完成，請各位靜候消息。

（文字整理：左右社編輯部）

在鏡頭前表演

濱口竜介導演論＋《歡樂時光》原始劇本 & 衍生文本

作　　者　濱口竜介、野原位、高橋知由
譯　　者　陳幼雯
封面設計　Timonium lake
書名字體　何佳興、魏榮辰
內頁構成　詹淑娟
文字編輯　劉鈞倫
執行編輯　柯欣妤
業務發行　王綬晨、邱紹溢、劉文雅
行銷企劃　蔡佳妘
主　　編　柯欣妤
副總編輯　詹雅蘭
總 編 輯　葛雅茜
發 行 人　蘇拾平

出　　版　原點出版 Uni-Books
Facebook: Uni-Books 原點出版
Email: uni-books@andbooks.com.tw
新北市231030新店區北新路三段207-3號5樓
電話：（02）8913-1005 傳真：（02）8913-1056

發　　行　大雁出版基地
新北市231030新店區北新路三段207-3號5樓
24小時傳真服務（02）8913-1056
讀者服務信箱 Email: andbooks@andbooks.com.tw
劃撥帳號：19983379
戶名：大雁文化事業股份有限公司

初版一刷　2024 年 3 月
初版二刷　2024 年 5 月
定價　550元

ISBN 978-626-7338-72-8（平裝）
ISBN 978-626-7338-68-1 (EPUB)

大雁出版基地官網：www.andbooks.com.tw

國家圖書館出版品預行編目(CIP)資料
在鏡頭前表演/濱口竜介, 野原位, 高橋知由著 ; 陳幼雯譯. -- 初版. -- 新北市 : 原點出版 : 大雁文化事業股份有限公司發行, 2024.03　320面 ; 14.8×21公分　ISBN 978-626-7338-72-8(平裝)
861.558　113000795